KB272710

천도비화수

天刀飛花手

천도비화수 3
손승윤 新무협 판타지 소설

초판 1쇄 찍은 날 § 2003년 12월 5일
초판 1쇄 펴낸 날 § 2003년 12월 15일

지은이 § 손승윤
펴낸이 § 서경석

편집장 § 문혜영
편집 § 장상수 · 서지현
마케팅 § 정필 · 강양원 · 이선구 · 김규진 · 홍현경

펴낸곳 § 도서출판 청어람
등록번호 § 제1081-1-89호
등록일자 § 1999. 5. 31
어람번호 § 제2-0291호

주소 § 경기도 부천시 원미구 심곡1동 350-1 남성B/D 3F (우) 420-011
전화 § 032-656-4452 팩스 § 032-656-4453
http://www.chungeoram.com
E-mail § eoram99@chollian.net

값 8,000원

ISBN 89-5505-880-2 04810
ISBN 89-5505-877-2 (SET)

손승윤 신무협 판타지 소설

天刀飛花手

천도비화수

3

혈우(血雨)의 노래

도서출판
청어람

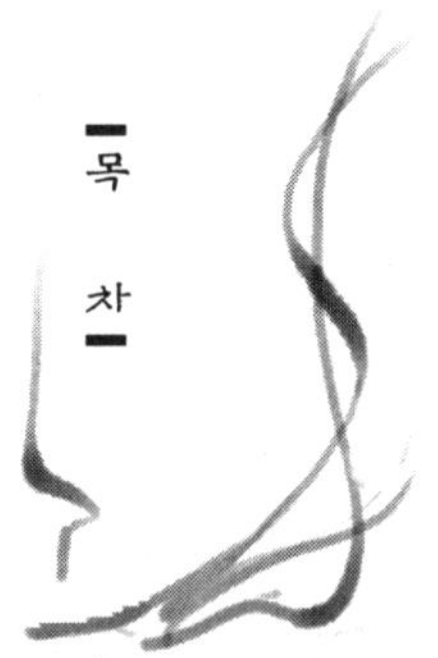

제1화 혈우(血雨) 내리는 밤

한순간 실내가 뒤집어졌다.

우당탕!

삼첨양인도에 찍힌 식탁이 천장으로 날아올랐고 말발굽에 채인 의자가 산산이 부서졌다. 술병과 술잔이 바닥을 굴렀다.

"서, 성님!"

이 급작스럽고 살벌한 기세에 눌린 마삼이 주방으로 뛰어들어 오는 순간, 그를 교차한 공사성이 튀어나왔다.

"웬 놈들이냐?"

그러자 기물이 부서질 때 생긴 먼지와 깨진 술병에서 흐른 술 냄새가 코를 가득 메웠다.

'세상에! 말이라니… 말들이라니.'

공사성의 눈에 보이는 건 믿을 수 없게도 말들이었다.

아니, 말을 탄 자들이었다.

…꿀꺽.

공사성은 멍청해졌다.

아무리 기억을 더듬어도 말 탄 자들과 조우했던 기억이 없었다. 설사 그런 기억이 있다 해도 그건 어디까지나 밖에서의 일. 그가 지금 이해할 수 없는 건 말이 아니라 안에까지 말을 몰고 들어온 미친 작자들이었다.

덜컹!

그 미친 작자들의 틈에서 던져진 무엇인가가 바닥을 굴렀다.

폭 두 자, 길이 석 자… 작두였다. 그 작두를 본 공사성의 눈이 커졌다.

"목귀… 거연창!"

"알아봤으면 조용히 꿇어."

그러나 공사성은 어금니부터 다물었다.

"우성 나무귀신께서 제남엔 웬일이신가. 소금을 얻으러 온 건가? 그러면 사정을 해야지, 이 무슨 되지 못한 행패냐!"

붉은 물들인 거연창의 홍창과 작두는 제남 파락호들 사이에서도 전설이었다. 돈영회 어느 소두목은 그를 흉내 내 수하에게 작두를 지고 다니게 할 정도였다.

"해앵―패?"

거연창이 웃었다.

"크큭. 꿇을 텐가, 죽을 텐가?"

추릿!

생각할 여유를 주지 않는 빠른 대응. 홍창이 공사성의 미간을 가리켰다. 공사성은 등골을 타고 흐르는 땀을 어쩌지 못했다.

"꿇어, 새끼들아!"

"고개 숙여!"

그런 그의 뒤, 점소이들이 끌려 나와 상체가 벗겨지고 있었다.

그들은 점소이가 아니었다. 용각사에서 키우는 신진으로 객점이나 화가 같은 거친 바닥에서 힘과 배짱을 키워 아주 특별한 경우가 아니고는 소모품으로 쓰이는 존재들이었다.

"이런 씨팔!"

상체가 벗겨진 그들이 바닥에 꿇려지자 공사성은 오구도를 바짝 틀어쥐었다. 조금 더 시간을 끌어 지금 주방에 숨어 있는 마삼이 탈출할 시간을 벌어줄 생각이었지만 지금 원북역하는 완전히 포위된 상태. 사방에서 말들의 거친 입김이 뿌려지고 있었다.

"한번 해보자."

순간 오구도가 빛살을 뿌리며 날아가 거연창을 휘감았다.

휘르릉—

공사성이 이렇게 선방을 친 건 용각사에 대한 충성보다 가혹한 작두가 두려워서였다.

거연창은 항복한 적의 목숨을 살려주는 경우에는 어김없이 손이나 발을 잘랐다. 항복한 적은 물론 가족까지 씨를 말려 버리는 용각사보다야 나름대로 과분한 조치였지만 파락호들의 세계에서는 생명이 다한 것이나 마찬가지였다.

"이런 솜씨를 주방에서 썩혔다니… 의외로군."

느닷없이 날아온 오구도에 물렸던 홍창을 다시 앞으로 내민 거연창이 입맛을 다셨다.

파악—

순간 홍창에 관통당한 공사성이 뒤로 서너 걸음 물러났다.

홍창의 특성인 길이 조절 기능을 알지 못해 당한 일격이었다.

후루룽—

뒤를 따라온 홍창이 낭창거렸다.

역시 거리를 자유자재로 조절하는 거연창의 능력은 소문 이상이었다. 염로에서 고명경의 개문에 단 몇 수 만에 패하고 절치부심을 거듭한 지 십 년. 비단 병기의 이점이 아니더라도 그의 홍창, 홍주난비류(紅州亂飛流)는 거의 무적이었다.

추릿, 추릿!

홍창에 뚫린 공사성이 여기저기서 피를 뿜어냈다.

“으…….”

길이를 늘려 공사성의 어깨를 뚫은 거연창이 창을 빼는 대신 창대를 두두둑, 접으며 공사성에게 밀려들어 갔다.

순간 반격의 기회를 노린 오구도가 칙칙한 반원을 그리며 허공에서 교차했다.

“어딜!”

휘르릉—

그러나 오구도의 사나운 기세 안에 거연창은 이미 들어 있지 않았다. 홍창을 빼려고 공사성이 물러서면 두두둑, 창대를 따라붙으며 밀려들었고 그를 잡으려고 전진하면 두두둑, 멀어져 일정한 거리를 유지했다.

“이런 염병할!”

공사성은 절망하지 않을 수 없었다.

퍽!

홍창을 견디지 못한 쇄골이 삭정이처럼 부러져 나갔다.

그러자 뭉클한 피가 전신을 물들였다. 그렇게 들어왔다 나갔다를 반복하던 거연창이 어느 순간 홍창을 쳐들었다.

파앗!

버섯처럼 피어나는 붉은 궤적을 따라 공사성의 한 팔이 오구도를 쥔 채 떠올랐다.

"어억!"

장병기(長兵器)인 홍창에 비한다면 오구도는 단병기(短兵器)다.

요사한 울림으로 상대의 눈과 귀를 홀린 다음 턱밑으로 바짝 파고들어 목을 따버리는 특기는 거리를 자유롭게 조절하는 홍창을 당해내지 못했다.

파—악!

이번에는 배였다.

지방과 살가죽을 비집고 내장을 뚫어 인분을 한 번 휘저은 창은 아직 소화되지 않은 음식물을 밖으로 뽑아냈다.

'이럴 수가……'

공사성은 자신의 몸을 지나간 홍창의 궤적을 생생하게 느꼈다. 그는 하나 남은 오구도를 휘둘러 저항했다.

무의미한 저항인 것은 거연창보다 그가 먼저 알았다.

이미 꿇려진 점소이들이 보는 앞. 자신이 이렇게 마지막까지 저항하는 모습을 보여줘야 한다고. 그래 처참하게 죽어가는 모습을 낱낱이 각인시킴으로써 그들의 마음에 불을 지를 생각으로 저항한 것이 아니었다.

그를 관통한 창이 회오리처럼 맴돌기 때문이었다.

그 바람에 비어진 내장이 바닥을 휩쓸었고 인분 섞인 피가 사방에 뿌려졌다.

푸—악!

마침내 배를 기준으로 양분된 공사성이 뒤로 날아가자 거연창은 창을 거뒀다.

"군사, 주방에 숨은 쥐새끼를 잡아와."

주방에 숨어 있던 '쥐새끼' 마삼은 제 발로 나오고 있었다.

그렇지만 마음에서 원해, 혹은 항복하려고 나오는 것이 아니었다. 두 손을 번쩍 든 채, 불가항력으로 누군가에게 밀려 나왔다.

"대주!"

소도를 뽑아 든 애각구충을 따라 소우가 나오고 있었다.

피와 인분내로 엉망이 된 실내를 둘러본 소우의 눈이 구석에 몰려서 벌벌 떨고 있는 점소이들에게 가서 멎었다.

"……."

기쁨이나 슬픔이 전혀 보이지 않는 절제된 감정이 그의 창백한 얼굴을 타고 흘러내렸다.

"용각사의 신입들입니다."

"…꺾었습니까?"

"아직."

고개를 돌린 소우가 마삼을 봤다.

눈이 마주치자 마삼은 이 엄청난 무리의 두목이 누군지 그제야 알아차렸다.

“사, 살려주세유.”

“조용히!”

성난 곰처럼 애각구충이 으르렁거렸다.

“아, 예, 예.”

잘 모르는 사람이 보면 순진한 농투성이를 위협하는 것 같다고 생각될 만큼 마삼의 겁먹은 표정은 악의가 없어 보였다.

“…….”

소우는 물끄러미 마삼의 그런 표정을 보고 있었다.

“녀석이 생긴 건 저렇게 뚱하게 생겼어도 용각사에서는 제법 알아주는 치이옵니다.”

“아, 아니유!”

마삼이 부르짖었다.

“이놈은 그저 위협에 못 이겨 용각사를 따랐을 뿐이유.”

“속으시면 아니 되옵니다, 대주.”

마삼의 천연덕스런 거짓말에 우림이 발을 굴렀지만 소우의 표정은 변화가 없었다. 버릇처럼 기울인 고개도, 눈동자도 그대로였고 입은 천 년이 지나도 열릴 것 같지 않았다.

‘잘하면 목숨을 살릴 수도 있겠구나.’

마삼은 쾌재를 불렀다.

까만 피풍에 덮인 사내는 훤칠한 키와 잘 발달된 근육을 가지고 있지만 저런 얼굴로 어떻게 우성의 파락호들을 휘어잡았는지 이해가 안 갈 정도로 창백한 피부와 섬세한 얼굴 선을 가졌다.

누가 봐도 부드러운 성격이 드러나는 얼굴이었다.

‘흠!’

마삼은 사내가 자신보다 마음이 여린 신출내기라고 단정했다.

그래 눈물을 보인다는 게 좀 창피스럽지만 개의치 않기로 작정했다. 칼을 다루는 실력으로 소두목까지 지냈던 오월살귀(吳月殺鬼) 공사성이 사라진 지금, 특기인 암습 따위를 생각할 여유가 없었다. 제 몸뚱이 하나 살리기도 버거운 것이다.

그러나 수모에 대한 앙갚음은 반드시 한다!

그렇게 생각한 그의 눈꼬리가 갑자기 아래로 축, 처졌다.

"저… 대협."

한순간 눈물이 그의 양쪽 눈꼬리를 비집고 굴러 떨어졌다. 분위기가 이리 묘하게 돌아가자 우림이 소리쳤다.

"네 이놈! 어디서 감히 흉물을 떠는 게냐? 네놈은 상인들을 상대로 살인과 암매장, 시체의 유기 같은 지저분한 일을 도맡아한 주제가 아니냐?"

"절대 그렇지 않어유. 말씀드렸다시피 용각사가 노모를 잡고 위협하는 바람에 용각사의 일원이 됐을 뿐, 맹세코 나쁜 짓은 안 했어유. 그건 저기 있는 애들에게 물어봐도 알어유."

마삼의 측은한 대꾸에 애각구충의 소도가 조금 느슨해졌다.

그러나 마삼이 점점 설득력을 가진다고 느낀 우림은 안타까움에 발을 구르기만 할 뿐이었다.

"네 이놈!"

"……."

"자, 잘못했어유. 사실 나쁜 짓은 몇 번 저질렀지유. 그렇지만 그것도 용각사 놈들이 시켜서 한 일일 뿐, 깊이 반성하고 있어유. 엉엉, 대협(大俠)께서 악의 뿌리인 용각사를 제발이지 없애주세유. 그래 정의는 반드시 승리한다는 것을 보여주서유, 예?”

꽤 오랜 시간이 지난 후에 사내가 물었다.

“…대협?”

“그, 그려유.”

마삼은 얼른 눈을 씻고 사내를 바라보았다.

눈물 콧물을 다 짜낸 노력을 생각한다면 반응치고 형편없는 반응이
었다. 그러나 사내의 목소리는 이 세상 어느 곳에서도 들어보지 못한
기이한 울림이 섞여 있었다. 그 낮으면서도 분명한 울림이 마삼의 볼
을 가만 가만 쓸어 내렸다.

“더 말해 봐.”

“예, 대협. 대협 같은 분께서 언젠가는 나서주시리라 믿고 이놈은 그
저 절망 속을 살아왔구먼유.”

“…그랬군.”

“사실 용각사만큼 나쁜 곳은 이 세상 어디에도 없어유. 사람의 목숨
을 파리의 그것만도 못하게 여기지유.”

마침내 애각구충이 소도를 거두었다.

“끄웅!”

상황이 이렇게 유리하게 돌아가는 것 같자 이때까지 가증스러운 연
극을 했던 마삼은 정말 자신이 용각사의 위협을 받는 불쌍한 신세라고
착각하기 시작했다. 쥐어짜지 않아도 저절로 눈물이 나왔고 눈썹과 코
를 비롯한 모든 기관들이 불쌍하게 반응했다.

“대주, 놈에게 속지 마시옵소서.”

보다 못한 우림이 또 나섰지만 소우는 흥미가 당기는 모양이었다.

“더… 말해 봐.”

"예, 대협. 얼마든지 말할 수 있어유. 그놈들은 우리네 같이 약한 사람들의 피를 빨아먹고 사는 거머리지유. 이용 가치가 있을 때는 목숨을 부지시켜 주지만 그렇지 않다고 판단되면 바로 죽여 버리는 거여유. 역하가 마르는 날엔 그것을 알지유. 얼마나 많은 사람들을 죽여 그곳에 수장을 시켰는지. 저 어른의 말씀이 맞아유. 이놈은 사실… 그놈들이 죽인… 사람을 수장시키는 일을 몇 번했어유. 그렇지만 맹세코……!"

바늘 끝처럼 보이던 삶의 출구가 점점 넓어지는 느낌에 되는대로 말을 주워섬기던 마삼은 문득 말을 멈췄다.

"에?"

이상했다.

사내의 눈은 오직 마삼, 자신에게 고정된 눈이었다. 그렇지만 사내가 자신을 보고 있다고 자신할 수 없었다.

어떻게 보면 보고 있는 것 같았고 또 어떻게 보면 아닌 것 같았다.

"……!"

퍼뜩, 정신을 차린 마삼은 이때까지의 연극을 집어치우고 다시 한 번 사내의 눈을 자세히 들여다보았다. 그리고 절망했다.

예상대로 사내의 눈에 어려 있는 그림자는 자신이 아니었다.

삶의 변방을 내닫는 바람. 혹은 거침없는 눈발이 흐르는 눈.

고뇌와 슬픔이 아련하게 떠돌고 있는… 그런 눈이었다.

그 까만 눈은 허위와 기만에 가득 찬 마삼의 몸뚱이를 지나 세상의 이면과 진실을 가늠하고 있었다.

그것을 증명하듯 사내의 창백한 볼에 한 줄의 금이 생겨나면서 붉은 입술 아래의 하얀 이가 조금 드러났다.

“풋! 대협이라… 했나?”

“그, 그래유.”

“…정의라 했나?”

“……!”

기이한 물음에 마삼이 손을 허리춤으로 넣었다.

그것을 전혀 눈치 채지 못한 것처럼 소우가 단정적으로 말했다.

“이 새끼를… 제껴!”

마삼은 움찔했지만 자신에게 한 말이 아님을 깨달았다.

슈악!

애각구충의 소도가 빛살을 갈랐다.

그러나 만반의 준비를 이미 갖춘 마삼의 움직임이 더 빨랐다. 마삼은 어느새 소우의 뒤로 돌아가 철삭으로 소우의 목을 휘어 감고 소리쳤다.

“움직이지 마!”

마삼의 외침에 재차 허공을 그어오던 소도가 그대로 정지했다.

“대주!”

거연창의 홍창이 움찔했다.

“물러서, 새끼들아! 이 새끼들, 내가 누군지 알고 감히 까불어!”

“누군데?”

철삭에서 풍겨지는 피비린내를 맡으며 소우가 물었다.

마삼이 능글맞게 웃었다.

“음훼훼훼. 용각사 철삭동인 마삼이시다, 이 새꺄!”

무지랭이나 촌뜨기가 아니라면 한 번쯤은 들어보았을 이름이라고 생각한 마삼은 뒤이어 나올 사내의 대꾸를 기다렸다.

사내의 대꾸는 아까의 웃음과 마찬가지로 그의 기대를 철저히 뭉개는 것이었다.

"도저히 못 봐주겠다."

"뭐?"

철삭을 더 옥죄일 찰나, 부드럽게 돌아간 소우의 왼쪽 팔꿈치가 마삼의 가슴에 닿았다.

픽!

마삼의 큰 덩치가 꿈틀 한 번 움직였다.

순간 팔꿈치를 따라 돌아간 오른손이 부챗살처럼 펴져 그대로 턱을 밀었다.

툭.

손바닥이 밀려오자 마삼은 본능적으로 고개를 돌리며 얼른 철삭을 잡아채려고 했다. 오랫동안 숙달시킨 동작이라서 따로 고민을 할 필요도 없었다. 그렇지만 오늘은 그럴 수 없었다.

"엇?"

사내의 손바닥에서 떠오른 금빛 환 때문이었다.

그것이 손바닥보다 몇 배나 빠르게 다가와 엄청난 중량으로 그의 턱을 함몰시켰다.

팡!

"큭."

제일 먼저 충격을 어쩌지 못한 눈알이 신경줄을 끊으며 앞으로 퉁겨졌다. 이어서 코뼈가 바스러지고 머리뼈가 논바닥처럼 쩍쩍 갈라지기 시작했다. 뇌압(腦壓)을 이기지 못해 부풀어 오른 뇌수가 갈라진 머리뼈 사이를 메웠고 머리가 삽시간에 풍선처럼 부풀어 올랐다.

"터지기 전에 보내야 되겠지."

빠빠빡—

가죽을 때리는 듯한 경쾌한 타격음 세 번에 마삼은 삼 장을 날아가 벽에 머리를 박고 있었다.

꾸당!

산산이 깨어진 머리가 와르르 무너져 내렸고 허공에 떠 있던 철삭이 아래로 떨어졌다.

탑.

그 철삭을 잡아챈 소우가 말했다.

"저들을 꺾으세요, 수석!"

순간 멍하니 서 있던 거연창이 우림을 보았다.

"…작두를 가져와!"

그러자 점소이들의 얼굴이 흙빛으로 변했다.

작두를 앞에 놓은 우림이 그들에게 소리쳤다.

"애들아. 좋게 말할 때, 한 녀석씩 나와라. 응?"

2

"도대체 어떤 놈들이여?"

적련사로부터 이상을 보고 받은 여파달이 수하들을 규합한 시각은 해시 정(亥時正:22:00), 원북역하에서 손가락이 하나씩 잘린 점소이들 의 비명 소리가 끝난 다음이었고 독비와 냉이겸의 싸늘한 시체를 찾아온 다음이었다.

되지 못한 성질 때문에 육간으로 보내 버린 이추 양마달은 그렇다 쳐도, 요암 백불이와 화룡도 채음, 그리고 지금 시체로 변해 바닥에 누워 있는 광구 독비와 흑살부 냉이겸은 을방(乙房)의 공신들이었다.

그들의 거침이 없는 복종과 잔인한 손속이 오늘날의 여파달을 만든 것이다. 여파달은 그 점이 몹시 불안했다.

"없는 놈들이 누구누구여?"

그러자 파락호들이 수군거리며 인상을 찌푸렸다.

"전쟁인가?"

"피바람 불게 생겼군, 젠장."

"몇 달 조용하다 했더니……."

아무리 험악한 파락호들이라도 뭔가를 보여주고 싶어 몸살난 신출내기가 아닌 바에야 피가 튀기는 칼부림을 좋아할 리 없다.

전에는 완력이나 무술로 싸움을 벌였는데 자신들이 연장질을 하고부터는 제남의 모든 파락호 조직이 연장으로 무장한 것이다. 몸으로 벌이는 싸움은 어디가 부러지는 정도인데 반해 이 연장질을 사용한 싸움은 최소한 중상이었다.

"저어……."

청룡이 멈칫 나서려다 적련사의 제지를 받고 물러났다.

순간 여파달의 험악한 시선이 청룡에게 쏟아졌다.

"뭐여, 자식아. 넌?"

"예? 무슨 말씀이십니까, 소대가?"

눈을 몇 번 꿈적거린 청룡이 모호하게 되묻자 모란꽃 문신을 꿈틀거리며 청룡의 아래위를 쓸어 내린 여파달이 눈을 가운데로 모았다.

"왜 뒤에서 눈을 끔벅거려! 앙?"

"그, 그게 뭘 어쨌다고……."

빡!

"심난하잖어, 새꺄!"

일단 청룡을 한 번 두들김으로써 우왕좌왕하는 수하들을 침묵시킨 여파달은 수하들의 숫자를 파악했다.

어림잡아서 육십여 명. 급하게 끌어 모은 것치고는 대단한 숫자였다. 여기에 상황을 파악하러 사방에 뿌린 수하들 십여 명을 더하면 갑방과 을방에 속한 수하들은 거의 모인 셈이었다.

"원북역하와 육간이라고?"

마침내 모든 정보를 취합한 여파달이 신병인 삼비도(杉飛刀) 주머니를 메고 일어선 시각은 자시 초(子時初:23:30).

그 시각, 소우는 팔황맹 제남지부와 조우하고 있었다.

"문을 닫았소이다. 그러니 돌아가 주시기를."

"뭐?"

어리둥절해진 묵염도(墨炎刀) 팽주천(彭朱踐)은 옆을 보았다.

그러자 그의 동생 가뇌(家腦) 팽호천(彭浩踐)이 앞으로 나섰다.

"무슨 소린가? 우린 팔황맹일세. 예약이 되어 있는데 문을 닫다니. 자네가 뭘 착각하고 있는 모양이로세."

별호답게 치밀한 성격을 지닌 팽호천은 공기가 예전과 다름을 느끼며 열려진 문을 통해 안을 들여다보았다.

"어흠!"

다른 때 같으면 요리와 미주로 가득 차 있어야 정상인 안은 텅 비어 있었다. 식탁과 의자들이 어디로 갔는지 보이지 않았고 점소이들 또한 보이지 않았다.

"주인은 어뎄나? 당장 나오라고 하게!"

"원북역하는 오늘부로 우리가 접수했소이다. 이전 주인은 먼 길을 떠났지요. 우리는 우성의 목귀대올시다. 귀하께서도 잘 아시다시피 우성이 하도 피폐한 땅이라 식솔들을 거느리고 황하를 건넜소이다."

"뭐라?"

우림은 한눈에 자신에게 물음을 던진 자의 머리가 보통이 아님을 알아보았다. 검은 돼지를 연상시킬 만큼 낯빛이 검고 뚱뚱한 자는 눈썹의 무게에 함몰된 실눈을 가지고 있었다.

'이자가 바로 가뇌라 불리는 여우, 팽호천이로군.'

조사한 바에 따르면 칼부림에는 소심해도 혀를 놀리는 일과 머리 쓰는 일에는 과감한 자가 바로 팽호천이었다.

'그렇다면 저자가 묵염도 팽주천이겠고…….'

"누구 맘대로 원북역하를 핍박한 거냐?"

비대한 건 제 동생과 같았지만 동생과 전혀 다르게 부리부리한 눈에는 위엄이 가득했고 가슴을 덮는 기름진 수염이 특징인 팽주천이 물었다. 목소리가 쇠종이 깨지는 소리 같았다.

철컥.

순간 그들의 뒤편에서 살이 따가울 정도의 살기가 풀어져 우림의 목을 조여왔다.

"……!"

제일 먼저 모습을 드러낸 자들은 따로 떼어놓고 본다면 각자의 생김을 구별하지 못하고 한 명이라 생각할 정도로 닮은 네 명의 노인들이었다. 그들이 멘 고색창연한 환수도(環首刀)에 우림은 그들의 정체를 짐작했다.

'팽문사괴(彭門四怪)…….'

그중 한 노인이 메고 있던 환수도를 숙이며 고양이처럼 새파란 눈을 번득였다.

"건방지구나, 이놈!"

다음 순간 노인의 좌우로 다른 그림자들이 일렁였다.

'십전(十田)!'

노인의 뒤편에 드러난 그림자들은 휘어진 박도(朴刀)를 품고 있었다. 그들이 드러낸 칙칙한 살기가 습한 바람에 풀어져 습기를 몰아냈다.

"그러니까 자네의 목귀대인가 뭔가 하는 조직이 우성에서 남하했다, 이 말인가?"

"그렇소이다."

우림은 당당함을 잃지 않으려 애를 썼다.

목귀대를 전혀 모르는 것처럼 팽호천이 생뚱한 표정을 짓는 것이다.

'역시 여우로세.'

저잣거리의 파락호들이 다 알고 있는 사실을, 그 파락호들을 거머쥐고 있는 팔황맹이 모른다면 말이 되지 않았다.

협소해서 지부를 안 두었을 뿐이지, 우성의 크기가 제남의 반 정도만 됐어도 팔황맹은 우성에 지부를 내려보냈을 것이 분명했다.

"자넨 누군가?"

우림은 팽호천의 실눈에 담겨 있는 적의와 호기심을 보았다.

"자네가 두목인가?"

"그렇지 않습니다. 소생은 군사올시다."

“호오! 군사?”

두 손을 들어 올린 여우 팽호천이 묘한 탄성을 발했다.

언뜻 들으면 시골 파락호 주제에 대주는 무슨 대주고 군사는 무슨 군사란 말인가, 하는 비아냥거림 같았다. 그가 대뜸 물었다.

“자네… 용각사를 꺾을 자신이 있나?”

팔황맹의 인물답게 광오한 물음이었고 또한 시험이었다. 우림은 당황하지 않고 대꾸했다.

“막대기의 길고 짧음은 대봐야 알지 않겠소이까?”

“평이한 대답이로세. 이거 실망인걸.”

“말씀을 들으니 소생을 잘 아시는 것 같소이다.”

허를 찌르는 말에도 여우 팽호천은 여우답게 여유로웠다.

“대주가 목귀 거연창인가?”

“아니올시다.”

“흠.”

한참을 그대로 서 있던 팽호천이 갑자기 발을 돌렸다.

“잘해보게.”

그러자 이때까지 도파를 만지작거리며 불쾌한 기색을 감추지 않았던 팽주천도 미련없이 그를 따랐다.

‘뇌호천(腦浩踐), 무주천(武朱踐)이라더니.’

우림은 멍하니 서서 그들을 지켜보았다.

스윽.

그들의 뒤를 따라 나타날 때 그러했듯 팽문사괴가 흔적없이 사라졌다. 그 뒤를 따라 가공할 살기를 내뿜던 십전도 어둠 속으로 스며들었다.

그들의 피풍에서 팔황맹의 상징, 여덟 개의 꼬리를 단 호랑이가 거칠게 바람을 뒤집었다.

'잘해보게?'

팽호천이 슬쩍 던져 놓은 말, 축복일 수도 저주일 수도 있는 말의 여운이 우림의 마음을 맴돌았다.

그는 왜 신임 대주가 누군지 묻지 않았을까?

'…여우는 여우란 말이지?'

깊어진 어둠이 그리움의 눈망울 같은 감색 불빛을 더 따뜻하게 만들었다. 물 위를 미끄러지는 그 불빛을 바라보고 있노라면 일어선 물 비늘 내려앉는 소리, 물굽이에서 생성되는 안개가… 그 안개 속에서 텀벙거리는 잉어의 지느러미가 잡힐 듯 다가온다.

소우는 역하가 내는 소리들을 바라보고 있었다.

소리로만 보여지는 역하. 피를 말리고 뼈를 깎는 자부동의 어둠 속에서도 뚜렷이 보였던 역하는 의외로 담담했다. 소우의 모습도 담담해 우림은 한참 서 있다 보고했다.

"돌아갔사옵니다."

"……."

또다시 오랜 시간이 지난 후에 소우가 물었다.

"이 사람이 알아서 숙이고 들어와라, 이 뜻인가요?"

"뜻은 그렇지만 아마 그래도 몇 번의 퇴짜를 놓을 것이옵니다."

"그렇겠지요."

"하지만 지금은 참으시는 수밖에 다른 방도가 없사옵니다. 대주께서도 아시다시피 지금 그들의 비위를 거슬렀다간 모든 게 수포로 돌아가옵니다. 그들은 이미 천하이기에."

“……”

우림은 어둠에 눈을 묻은 채 침묵하는 소우를 물끄러미 바라보았다.

인연이란 얼마나 어이없는가.

십 년 전, 염로에서 보았던 꼬맹이는 어깨에 산하를 얹은 장중한 청년이 되었고, 그때 뒤를 좇던 자신은 그의 수족으로 백발이 되어간다. 우연히 만나 적이 되었고 다시 동지가 된 것이다.

각자 다른 꿈을 향해 질주하다 같은 꿈을 향해 앞으로 나아간다는 건 무얼 의미하는가.

우림은 아직도 그날, 비렁뱅이보다 더 남루했던 꼬맹이와 마차, 일행들을 잊지 못하고 있었다.

거대한 나무가 그러하듯 무수히 뻗친 인연의 가지가 어떻게 해서 그와 자신을 만나게 했는지 생각해 보면 신기한 일이었지만 염로가 오직 염상들만의 길이어서 염로가 아니듯, 그와 자신이 만나지 못할 이유 또한 없었다.

“팔황맹 제남지부에… 그래도 사람이 있었군요.”

오랜 침묵을 깨고 소우가 말했다.

“행실은 파락호들보다 못한 자들이지만 생각만큼은 차원이 다르옵니다. 조심 또 조심하셔야 하옵니다.”

“대형의 행방은 알아보셨습니까?”

소우는 그들에게 잡혀 간 용비를 물었다.

조금의 사이를 두고 우림이 대답했다.

“아직… 못 찾았사옵니다.”

“당분간 이곳에 머뭅니다.”

소우가 돌아섰다. 돌아서는 속도를 이기지 못한 머리카락이 입술에

물렸다.

"용각사에게 확실한 표적을 보여줘야 될 필요가 있어요. 여기서 그들을 맞을 겁니다."

"예, 대주."

우림이 허리를 들자마자 입구에서 말들이 이동하는 소리가 들렸다.

"어떤 놈들이냐!"

거연창이 고함을 지르고 있었다.

"…왔군요, 기다렸던 일착이."

주먹을 소리나게 쥔 소우가 피식 웃었다.

3

"이게 뭐여?"

여파달은 의아해했다.

안개가 스적이는 원북역하의 너른 뜰은 사 기(四騎)씩 한 덩어리를 이룬 말과 사람들이 정연하게 버티고 서 있다.

별빛이 흘러내리는 삼첨양인도와 뭐가 그려진 건지는 모르겠지만 군기(軍旗) 비슷한 깃발이 바람을 털어내는 소리가 사납게 사방을 흔든다.

"이것이… 지금 군대가 아니여?"

제남의 어떤 조직도 철갑기병이 전장에서나 사용하는 삼첨양인도를 버젓이 지니고 다니지 않는다. 말을 타지만 그건 어디까지나 이동을 위한 수단일 뿐, 저렇게 싸움을 하기 위하여 철갑으로 씌운 말들을 타고 다닌 게 아니었다.

"당신들은 뭐여?"

여파달은 우선 물었다.

군대라면 이야기가 달라진다. 군대라면 곧 관이라는 이야기이고, 관이라면 어떤 경우가 있어도 싸움을 벌여야 하는 상대가 아니다.

그러나 여파달은 그들이 절대 군대가 아님을 직감했다.

"니 아비라고나 할까?"

그들이 풍겨내는 살기의 생생함, 왁자하게 웃어버리는 불량스러움은 저잣거리의 그것이었다.

다가닥, 다가닥.

그 이상한 무리들 중의 누군가가 말을 몰아 나왔다.

여파달은 본능적으로 삼비도를 잡으며 적련사에게 말했다.

"대오를 정비해. 여기서 뼈를 분질러야 할지도 모르겠다."

"예, 소대가."

적련사가 물러가자 수하들의 웅성거림에서도 당황한 기색이 느껴졌다. 그렇지만 여파달은 적련사를 믿었다.

적련사는 몰락한 장군가(將軍家)의 후예였다.

평범한 촌부의 집에서도 가장이 바뀌면 집의 질서가 새롭게 바뀌듯 전대에 촉망받던 아비가, 황제가 바뀌면서 역모에 걸려 죽임을 당하자 거리로 나서게 된 계집. 화가(花家)에서 특유의 독심과 악랄한 손속으로 악명을 떨치다 그에게까지 굴러들어 왔다.

그녀는 장군가의 후예답게 무공을 익히고 있었고 병법에도 조예가 깊어 대두목인 철비담 팽련호도 욕심을 내는 중이었다.

"조용히 해, 새끼들아!"

수하들에게 다가간 적련사가 적련강편(赤鍊鋼鞭)으로 허공을 휘어 감았다.

추릿.

어둠을 물어뜯는 듯한 강편의 윙윙거림이 자신들의 머리 위로 지나가자 이때까지 술렁거리던 수하들이 조용해졌다.

"갑방은 갑방끼리 을방은 을방끼리 헤쳐 모여! 갑방은 앞으로 나오고 을방은 뒤를 받친다. 실시!"

일사불란하게 수하들이 움직이자 여파달은 청룡을 불렀다.

"청룡."

"예, 소대가."

여인의 몸으로 험악한 사내들 사이에서 쇠가 벼려지는 목소리를 내는 적련사의 당참에 감탄하고 있던 청룡이 얼른 고개를 떨궜다.

"무슨 하실 말씀이라도……?"

"네가 나가."

"예?"

여파달이 한 발을 뒤로 물리자 자연스레 앞으로 돌출된 청룡이 여파달을 보았다.

"오늘 밤은 내 대신 네가 소대가를 해."

"예?"

얼굴이 일그러지는 청룡을 무시한 여파달은 얼른 뒤로 물러나 수하들 틈새로 끼었다.

'거연창!'

홍창을 본 이상 어떤 무리인지 확실했다. 계속 뒤로 물러난 여파달은 마침내 을방의 맨 뒤에 이르러 긴 한숨과 함께 어금니를 깨물었다.

"우성 목귀파! 거연창 저 개새끼가 왜?"

그로서는 아무리 생각해도 이해 가지 않는 일이었다.

말을 몰고 다니며 피에 담갔다 꺼낸 것처럼 붉디붉은 창을 쓰는 자는 그밖에 없었다.

"흠."

여파달은 대두목인 철비담 팽련호에게 가야 한다고 생각했다.

과거의 어떤 은원이 얽혀 원북역하가 무너지고 수하들이 살해당한 것이라 믿은 것은 착각이었다.

'목귀파가 황하를 넘어왔다?'

그렇다면 용각사와 목귀파의 전면적인 전쟁이지 개인적인 칼부림으로 끝날 일이 아니었다.

"어흠."

점차 짙게 깔리기 시작하는 안개 속으로 여파달의 몸이 스며들었다. 그렇게 스며든 여파달은 잠시 후, 너른 뜰이 훤히 내려다보이는 원북역하의 용마루를 밟고 나타났다. 그가 고개를 갸웃했다.

"도대체 왜?"

아래에서 청룡이 그 이유를 묻고 있기에 여파달은 귀를 바짝 기울였다.

"용각사, 갑방과 을방의 소대가로서 묻는다. 도대체 너희들은 누구며 왜 나쁜 짓을 저지르고 다니는 건가? 대명천지에 인명을 해치고도 살기를 바라나? 용각사는 너희들이 생각하는 것처럼 물렁물렁한 만두가 아니다."

'저런 병신새끼!'

서책을 읽어 내리는 듯한 청룡의 물음에 여파달은 한심했다.

대두목인 팽련호의 일가붙이인 청룡은 이름과 뱀눈만 그럴싸하지 사실 돌대가리였다. 그래도 배경을 적절히 이용할 줄 아는 재주를 가지고 있어 호되게 다루지 않으면 금방 기어오르고 생떼를 썼다. 갑방과 을방의 근황을 시시콜콜히 팽련호에게 고해 바치는 습관도 지니고 있어서 이만저만 신경 쓰이는 놈이 아니었던 것이다.

'한 창에 꿰이겠군, 저 새끼!'

여파달은 그리 예감했다.

그러나 아래에서는 거연창이 특유의 광포한 성질을 부리며 홍장을 내지르는 광경도, 소리도 들려오지 않았다.

'이상하다?'

잠시 찡그렸던 인상을 푼 여파달은 다시 아래의 동정에 귀를 기울였다.

거연창이 끔찍한 창질 대신 무슨 말인가를 하고 있었다.

"재미있군, 다시 한 번 읊어봐!"

마상의 거연창은 여유있게 청룡을 보았다. 그러자 이제 겨우 약관이 넘은 것 같은 앳된 얼굴. 시퍼렇게 부어오른 코와 눈두덩만 아니라면 기루에 놀러 온 귀공자 같은 청룡이 얼른 말을 받아넘겼다.

"용각사의 소대가로서 난 당신들의 행위가 비겁하다는 말이다. 기습과 암습은 어디까지나 파락호들이 취하는 비열한 행동이지 저잣거리의 영웅호걸이 취할 행동이 아니다! 한번 사내답게 일 대 일로 붙어보자. 참고로 말하자면 나는 용각사의 대영웅이신 팽련호님의 외사촌 동생이다!"

노란빛 감도는 뱀눈과 달리 허리춤에서 뽑혀져 나온 것은 금방 날을 세운 장검이었다. 서툰 숫돌 자국이 달려가는 검신. 고정되지 못한 첨(尖)이 마구 흔들렸다.

"끙!"

거연창은 난감했다. 최소한 오월살귀(吳月殺鬼)쯤 돼야 홍주난비류로 상대할 맛이 나는 것이다.

잠시 고민하던 그가 한숨을 푹 쉬며 청룡에게 물었다.

"애야, 네 두목은 어디 갔니?"

"뭐?"

얼굴을 벌겋게 물들인 청룡이 미간을 꿈틀했다.

"……!"

순간 거연창은 고막을 파고드는 미세한 소리를 감지했다. 그 소리는 물뱀이 물을 저어갈 때 내는 소리와 비슷했는데 촘촘한 공기를 반으로 가르며 빛살처럼 어둠을 헤치는 소리였다.

홍창이 날아가 그 소리와 충돌했다.

땅!

질 좋은 철판이 함몰됐다 튕겨 오르는 소리가 사방을 흔들었다.

"계집이 아닌가!"

청룡 뒤에서 불거진 붉은 그림자를 본 거연창은 홍창을 거두었다. 순간 호선을 그리면서 허공을 선회한 강편이 다시 날아왔다.

추─릿!

지네처럼 요동 치며 날아온 강편은 여인의 몸에서 발출된 것이라고는 믿을 수 없을 만큼 치명적이라 손을 한 번 흔드는 그 순간에 이미 이마에 꽂히고 있었다.

스릉.

강편에 박아놓은 미늘이 공기와 부딪치면서 스산한 울음소리를 냈고, 발려진 적독(赤毒)이 뱀 비린내를 풍겼다.

깡!

거연창은 창두를 돌려 강편을 후려쳤다.

그러나 강편은 제 스스로 의지를 지닌 것처럼 창두를 미끄러지며 이내 몸을 휘돌아 목을 휘어 감았다.

쫙!

꽈리 틀어진 강편의 미늘과 미늘이 서로 부딪는 소리가 하얗게 어둠을 갈랐다. 동시에 말머리가 허공으로 치솟았다.

그때쯤 이미 말에서 뛰어내린 거연창은 적련사에게 쇄도했다.

슈악―

홍창이 막 적련사의 목줄에 닿은 순간, 꽈리를 풀어헤친 강편이 먼저 그의 등으로 내리 꽂혔다. 동시에 적련사가 뒤로 쭈욱, 밀려나 거리를 벌렸다.

"춧!"

왼발을 축으로 돌린 거연창이 독사의 혓바닥처럼 등으로 달려든 강편을 비켰다. 창을 거둔 거연창은 멀어진 적련사를 따라잡을까 하다가 그만두었다.

"좋은 수법을 지녔군, 계집! 이름이 뭔가?"

전력을 다한 대결은 아니었지만 충분히 인정해 줄 수 있는 실력. 계집의 몸에서 나온 것이라고는 짐작조차 못할 폭발력과 유려한 운용, 공격과 방어가 절묘하게 맞물려 돌아가는 순발력은 정말이지 칭찬해 줄 만했다. 상대를 만난 거연창은 갑자기 기분이 좋아졌다.

"흥! 파락호치고는 당신도 대단하군요."

계집이 뿜어낸 향기가 사방에 뿌려져 있었다.

적련사의 대꾸는 용마루에 배를 깔고 있는 여파달뿐 아니라 바로 그 사장 아래에 앉아 있는 소우에게도 똑똑히 들렸다.

그 날카로운 목소리가 이제까지 감정이 보이지 않았던 그의 얼굴에서 약간의 감정을 돋게 만들었다.

천천히 일어선 소우는 입구를 향해 나갔다.

"형, 왜 그려?"

그것을 보는 애각 형제도 마찬가지였지만 우림도 의아했다.

그럴 리 없겠지만 대주로서 한낱 조무래기 파락호들을 상대하면 안 된다고 설득해 기껏 눌러 앉혀놓았더니… 한낱 여인네의 목소리에 부동이 풀어진 것은 아닐까.

"으음."

궁금한 마음에 우림도 애각 형제를 따라 입구로 나왔다.

그러자 뜰에 가득한 인마와 사람들 사이로 거연창과 대치한 계집이 보였다. 우림이 슬쩍 소우를 보았다.

계집에게 꽂혀 있는 그의 눈이 묘하게 일렁거리고 있었다.

"……?"

그럴 리 없다고 생각한 우림이 다시 한 번 소우를 바라보려 했을 때, 소우는 이미 땅에 발을 딛고 있었다.

휘잉―

갑자기 몰려온 바람이 그의 긴 머리카락을 흩트리고 피풍을 뒤집었다. 썰물처럼 갈라지는 목귀대를 지나 거연창 옆에선 그의 고개가 옆으로 기울어졌다.

“오랜만이야, 적산월!”

‘시방 뭐가 어떻게 돼 돌아가는 겨?’

지붕의 여파달은 자신의 몸이 드러나는 것도 잊은 채 고개를 기울였다. 길을 터주는 목귀파의 정중한 행동들로 보나 거연창의 숙여진 고개를 보나 검은 피풍을 휘날리며 나타난 사내의 신분은 보통이 아니었다.

‘저놈이 적련사를 알고 있다니?’

도깨비에 홀린 기분이었다. 그가 오 년 전에 처음 만난 적련사, 적산월은 오월살귀 공사성이 관리하던 유일한 화가(花家) 홍춘(紅春)의 화목(花牧:창기들 중의 우두머리)이었다.

‘그런데 알고 있다?’

여파달은 조금 더 가까이서 보려고 고개를 늘렸다.

몸무게에 눌린 기왓장이 비틀어지는 소리를 냈지만 그는 개의치 않았다. 그가 개의하고 싶은 것은 따로 있었다.

‘도대체 둘이 무슨 관계여?’

적산월은 자신이 불려지자 흠칫 놀라 하마터면 강편을 떨어뜨릴 뻔했다.

장담하건대 제남에서는 자신을 아는 사람이 없었다.

황제[建文帝]가 바뀌면서 전대의 구신들이 모두 숙청됐고 그 숙청의 와중에서도 살아남았던 아버지 적사평은 황제의 숙부[永樂帝]가 일으킨 반란이 성공하자 마침내 사사되었다.

상촌의 집이 불타고 전답들이 몰수당했으며 그녀와 그녀의 어머니는 관노(官奴)가 되었다.

아마 사내였다면 살아남지 못했을 것이었다.

그녀는 아전의 첩이 되었다가 연회(宴會)에서 상전 눈에 들어 그의 첩이 되었다.

그 상전이 죽자 평소에 사이가 좋지 않았던 본처가 노비를 시켜 그녀를 강간케 했고 그녀는 그 노비를 쳐 죽이고 화가로 숨어들었다. 그런 저런 유전을 거쳐 물에 뜬 낙엽처럼 흘러 들어온 제남에서 설마 자신을 알아보는 사람이 있으리라곤 생각하지 못했다. 얼굴을 잔뜩 굳힌 적산월은 강편 잡은 손에 힘을 주었다.

"사람을 잘못 봤다, 난 적산월이 아니다!"

강한 부정은 결국 지붕에 있는 여파달이 들어도 충분히 알 수 있는 서투름이었다.

그러나 사내는 그 서투름을 눈치 채지 못한 것 같았다.

평온한 목소리로 이렇게 말했기 때문이었다.

"…다행이군."

머리카락을 쓸어 올린 소우가 나머지 말을 이었다.

"난 아는 사람을 죽일까 봐 확인해 본 거야."

"……!"

순간 적산월은 돌아서는 그의 등이 왠지 낯익다고 생각했다.

그가 머리카락을 쓸어 올렸을 때, 그래서 그의 얼굴이 확연하게 드러났을 때도 그랬지만… 저렇게 쓸쓸하게 돌아서는 모습은 분명 기억의 어디쯤 각인되어 있는 것이었다.

그것이 어디쯤인지 확실치 않지만 그다지 유쾌한 기억은 아니었다. 그렇다고 불쾌한 기억도 아니었다.

다만 어떤 일로 해서 자신이 담아두었고 그것이 오늘 난데없이 펼쳐
지니 당황스러웠을 뿐이었다.

'화가에서 만난 놈인지도.'

그런 주제에 자신을 정확히 안다는 것이 더욱 의심스러웠지만 술에
취해 주절였을 수도 있다는 생각에 마음을 놓았다.

'아무래도 상관없다, 죽여 버리면 그만이니까!'

잠시 생각을 다듬은 그녀가 다시 강편을 움켜쥐었다.

스으.

순간 그의 돌아서던 어깨가 조금 흔들린 것 같았다.

그 흔들림을 감지하자마자 그녀는 강편을 뻗었고 강편의 길이만큼
승리를 장담했다. 강편이 그의 피풍을 뚫고 그의 몸을 관통했기 때문
이었다.

팍!

그녀는 몰랐다. 지금 강편에 관통당하고 있는 그는, 조금 전까지 그
곳에 있었던 그의 잔상이란 걸.

믿을 수 없는 속도로 다가온 그의 손이 그녀의 멱살을 움켜잡고 있
는 순간에도 그 잔상은 사라지지 않았다.

"넌⋯ 적산월이다."

적련사, 적산월의 멱살을 움켜잡은 소우가 빙그레 웃었다.

그 웃음과 흑요석을 박아놓은 듯한 눈을 본 적산월의 눈이 어떤 기
억을 찾는 것처럼 빠르게 명멸했다.

"너⋯ 넌 그 염쟁이 새끼!"

4

"놔, 이 새끼야!"

적산월은 붉어진 얼굴로 캑캑거렸다.

그녀가 얼굴을 붉힌 건 소우가 잡은 멱살이 거칠어서가 아니었다. 아비의 위세를 업고 공주(公主)처럼 군림했던 상촌의 기억. 그것이 마음의 저 아래에서 폭발하듯 기어올라 와 얼굴로 몰려들었기 때문이다

"안 놔?"

그렇게 기어올라 온 것은 상촌의 기억만이 아니었다.

남의 첩으로 몇 바퀴를 돌다가 창녀가 됐고, 그것도 모자라 파락호의 세계에 발을 디딘 유전이 같이 기어올라 와 머리 속까지 수치로 물들인 것이다.

염쟁이집 새끼가 염쟁이가 되지 않고 파락호가 된 건 출세라고 할 수 있지만, 비록 서출이어도 장군가의 여식이 남의 첩이 되고 창녀가 됐다가 파락호의 물을 먹는다는 것은 수치 이상의 수치였다.

"이 염쟁이 새끼. 널 죽여 버릴 거야!"

그녀에게 상촌과 문곡정(文谷亭)의 기억은 죽고 싶을 만큼 힘이 들 때마다 떠올리는 달디단 추억이었다.

더불어 그것의 농도만큼 현실의 비참함을 적나라하게 가늠해 주는 잣대이기도 했다.

그녀는 그때처럼, 소우를 쫓아내던 그때처럼 악을 썼다.

"놔, 이거 놔! 이 개새꺄. 놓으란 말야!"

순간 이때까지 뒤에서 구경만 하던 청룡의 뱀눈이 묘하게 뒤틀렸다.

그는 누구도 예상하지 못했던 이 괴이한 상황이 벌어지자 우선 흥분했
고, 장검을 들어 적련사를 잡은 사내를 후려쳤다.

　슈앙―

　그가 그렇게 흥분한 것은 동료가 사로잡혀서만이 아니었다.

　청룡은 소문으로 어렴풋하게 떠돌던 적산월의 과거지사를 듣고도
개의치 않았다.

　믿지 않았다는 것이 아니라 철저하게 믿었다.

　단지 어떤 시각이었느냐, 가 다를 뿐이었다.

　남자나 여자나 이 과거지사란 것은 사실을 파고들면 그리 자랑할 것
이 못 됨에도 불구하고 자랑거리가 되는 경우가 있고 반대로 발목을
잡는 경우가 있다.

　특히 여자보다 남자의 과거지사는 소설처럼 부풀려지기 마련이어서
처해진 상황을 더 추악하게 만들뿐 아니라 인격마저도 의심케 하는 일
이 거의 대부분이다.

　이를테면 전에 첩을 무려 다섯씩이나 두었던 자가 그로 인해 패가망
신하고 오늘날엔 정혈이 고갈되어 벽에 똥칠이나 하는 주제로 전락하
는 경우, 찬란했을지도 모르는 자신의 축첩기(蓄妾記)를 되뇌며 하릴없
는 세월을 보내는 경우처럼.

　그렇게 쓸모없고 추악하기는 여자의 과거지사가 더한지도 모른다.
그렇지만 청룡은 다른 여자들의 그것이 다 그렇게 지저분하고 추악할
지라도 적산월의 경우는 다르다고 생각했다.

　물론 그 시각은 그녀가 자신과 같이 파락호 세계의 물을 먹고 있다
는 동류 의식에서 출발한 시각이 아니었다.

　적련사는 머리가 뛰어나고 성격이 칼칼하다. 무공도 남 못지않고 출

신도 저잣거리의 천출(賤出)이 아닌 장군가의 후예.

그럼에도 불구하고 그녀가 남의 첩으로, 화가의 창녀로 살 수밖에 없었던 이유는 바로 세상이 잘못됐기 때문이다.

그런 그녀를 단지 과거지사 때문에 멀리한다면 옹졸한 위인이 아닌가.

이유는 이렇게 구구해도 사실 청룡은 자신의 우유부단한 성격을 잘 알고 있었다. 그래서 성격 과감하고 일 처리 야무진 적련사를 남몰래 은애(恩愛:사랑)하고 있었다.

그에게 그녀의 과거지사는 지저분하거나 추악한 것이 아니라 오히려 신비하게 만드는 작용을 했다.

어쨌든 앞뒤 생각하지 않고 느닷없이 내지른 장검은 소우의 피풍을 갈랐다.

슈웅―

순간 몸을 돌린 소우가 사람의 관절로서는 도저히 불가능한 각도로 발을 꺾어 피풍을 베어오는 장검을 가볍게 밀었다. 그 발이 장검을 밀면서 청룡의 턱까지 파고들어 가 엄청난 압력으로 작렬했다.

빡!

압력에 대한 반작용으로 뒤로 물러섰다가 다시 몇 발 앞으로 나오던 청룡의 명치가 소우의 팔꿈치에 닿았다.

픽!

깃털처럼 가벼운 부딪침이었다. 당자들도 여간 신경을 쓰지 않으면 소리는 물론 닿았는지조차 모를 정도의 접촉이었지만 결과는 절대 그렇지 않았다. 몸을 강력하게 휘돌아 나온 무풍이 쇠뇌처럼 청룡의 명치에 틀어박힌 것이다.

팡!

소리와 동시에 청룡의 등에 손바닥만한 구멍이 뚫렸다.

"꺽."

아마 무공에 일가견이 있는 사람이라면 수박처럼 터져 나가는 등을 보고 격산타우(隔山打牛)의 수법이라고 가늠했을 것이다.

그러나 형태와 운용 방식은 격산타우와 동일했지만 격산타우가 아니었다.

격산타우가 장이나 권을 사용해야 하는 데 비해 소우가 방금 사용한 수법은 신체의 어떤 부분에 응축시켜 놓은 기를 상대의 몸으로 밀어 넣어 내부를 부스러뜨리는 수법.

이 수법을 처음 본 귀곡선생이 비무 중에 물었다.

"이름이 무엇인 줄 아느냐?"

"자부신공(紫府神功) 중의 탁환시(托幻矢)입니다."

이 탁환시는 철삭동인 마삼이 당했던 그것이기도 했다.

"어어… 억!"

탁환시에 직격된 청룡이 헝클어지면서 그가 놓친 장검이 하늘로 퉁겨 올라갔다. 정점에서 이른 장검이 포물선을 그렸다.

"이 새끼!"

그것을 흘깃 본 적산월이 발에 힘을 줘 소우를 장검 아래로 밀어붙였다. 순간 밤에 내리는 빗줄기처럼 장검이 아무런 소리 없이 소우의 정수리로 낙하했다.

"죽여주마, 이 더러운 새끼!"

적산월은 소우의 손을 꼭 잡고 놓지 않았다.

죽일 수 없다면 부상이라도 입혀야 속이 시원할 것 같았다.

왜 그런 생각이 든 것인지는 잘 모르겠지만 언뜻 든 생각은 봐서는 안 될 자신의 모습을 본 것에 대한 증오였다.

"참 다행이야, 그치?"

장검의 궤적을 모르는 듯 소우가 물었다.

"뭐?"

갑작스런 물음에 적산월이 되물었다.

'그래, 억겁과도 같은 찰나가 지나면 장검이 꽂히겠지. 그때 울부짖어야 하는 사람은 내가 아니라 네놈이 될 것이다!'

적산월은 장검의 속도를 가늠하며 즐거워했다.

그러나 소우는 이번에도 전혀 의외의 행동으로 나왔다.

대답 대신 무릎을 들어 적산월의 회음(會陰)을 쳐 올린 것이다.

퍽!

"하나도 변하지 않았어."

고통에 잠깐 적산월의 정신이 흐트러진 사이, 적산월의 멱살을 푼 소우가 적산월의 목을 끼고 한 바퀴 돌면서 청룡의 장검을 가볍게 뒷발로 쳐 올렸다.

텅!

"난 네가 착하게 변했으면 어쩌나 했지."

장검을 쳐다본 소우가 풍차처럼 회전했다. 한 바퀴 돌면서 장검의 무게를 가늠했고 두 바퀴 돌면서 발과의 거리를 계산했다. 세 바퀴 돌면서 날려보낼 지점을 보았고 네 바퀴를 돌면서 비로소 발을 내밀었다.

톡.

먼저 내밀어진 왼발이 장검을 수평으로 눕혔고 그것을 오른발로 밀어 첨(尖:끄트머리)과 파(把:손잡이)의 방향을 바로 했다. 그렇게 장검을 공중에 띄워놓은 채, 다시 거푸 세 바퀴를 돌아온 왼발이 장검을 세게 때렸다.

팡!

'윽! 저게 뭐여?'

용마루에 엎드려 아래에서 벌어진 괴이한 광경을 지켜본 여파달은 자신도 모르게 흠칫 놀라 벌떡 일어섰다.

적련사를 부른 사내가 빛살처럼 적련사에게 다가와 아주 친한 사이처럼 무슨 말인가를 속삭일 때… 뒤에서 암습을 가한 청룡이 나가떨어진 것까지는 그런대로 봐줄 만했다. 어차피 언제 죽여도 죽여야 할 놈이었으니까.

그런데 난데없이 사내가 적련사를 끌어안고 회전했다.

그 괴상한 회전이 끝나기 직전.

흙먼지가 일 정도로 강렬한 회전축에서 나무가 분질러지는 소리와 동시에 무엇인가가 퉁겨졌나 싶더니, 그것이 무려 칠 장이나 떨어진 자신을 향해 날아오는 것이다.

슈악―

여파달은 미리 뽑아놓았던 네 개의 삼비도를 흩뿌렸다.

그리고 얼른 뒤로 물러났다.

대두목인 비철담 팽련호조차도 그의 손에 삼비도가 들려 있으면 말을 조심한다는 소문이 돌 정도로 비도를 다루는 실력은 제남에서 제일이라는 소리를 듣는 그였다.

따따따땅!

폭죽이 터지는 것처럼 허공에서 빛과 소리가 난무했다.

그 빛과 소리가 무엇을 의미하는지 깨닫는 순간.

"어이쿠!"

여파달은 기왓장 위로 몸을 뒹굴렸다. 자신이 던져 낸 네 자루의 삼비도가 무엇인가에 맞아떨어지는 광경이라는 직감이 그를 공포로 몰아넣었다.

'내가 시방 귀신에 홀린 게 아녀?'

꿈을 꾸는 듯한 비현실감에 여파달은 손가락이라도 깨물어 확인해 보고 싶은 마음이었다. 여파달은 기왓장을 덥석 잡았다.

눈치 챈 것이 분명한 놈들이 쫓아오기 전에 어서 일어나 대두목인 팽련호에게 가야 했다.

'으음?'

그러나 의지뿐 기왓장이 잡히지 않았다.

도대체 왜 잡히지 않나 하는 생각으로 손을 내려다본 여파달이 뒤집어졌다.

"악!"

없었다. 손은커녕 팔도 보이지 않았다. 순간 쇄골 어림에서 잘려진 팔의 단면이 피를 뿜어냈다.

"으아악! 내 팔, 내 팔!"

아래로 떨어져 내리면서도 그는 계속 소리를 질렀다.

그런 그를 가볍게 받아 든 애각구충이 지혈과 동시에 뺨을 후려 때렸다.

짝.

“시끄! 이 후레자식아!”

휘돌아 내려온 손이 다시 한 번 적산월의 뺨을 후려쳤다.

쫙.

“잘 들어둬.”

적산월의 코에 자신의 코를 붙인 소우가 속삭였다.

“난 상촌의 기억 따위가 없어. 너에게 상촌이 어떤 의미로 자리매김 되어 있는지 몰라도 나에게 상촌이란 아무런 의미가 없어. 알겠나?”

“퉤—! 그럴 테지, 더러운 염쟁이 새끼.”

소우의 얼굴에 핏물을 뱉은 적산월이 바득거렸다.

핏물을 닦아낸 소우가 아무렇지도 않은 듯 씨익 웃으며 거연창을 불렀다.

“수석.”

“예, 대주.”

이 난데없는 사태에 어리둥절하고 있던 거연창이 얼른 대답했다. 그리 당황하기는 목귀대도 마찬가지여서 피비린내에 흥분한 말들이 불안하게 제자리걸음을 하고 있었다.

“저들을 꺾으세요.”

“알겠습니다, 대주.”

물러난 거연창이 서슴없이 홍창을 쳐들었다.

“당장 쓸어버려!”

그러자 막혔던 둑이 터진 것처럼 퉁겨진 목귀대가 용각사를 휩쓸었다. 말발굽이 닿는 곳마다 삼첨양인도가 도리깨질을 하듯이 휘둘러졌다.

그러자 삽시간에 뼈가 분질러지고 살이 튀어 오르는 소리, 비명 소리가 북역하의 너른 마당을 점령했다.

소우는 다시 적산월을 보았다.

"유치해지지 말자, 우리."

"놔, 이거 놓으란 말이야!"

"따지고 보면 내가 이렇게 된 것이 너 때문이지만 지금 그걸 원망하고 싶은 마음이 없어."

"놓고 얘기해, 이 개새꺄!"

부어오른 볼과 핏발 선 눈, 터진 입술에서 피가 흐르는 적산월은 꼭 아귀를 연상시켰다. 소우가 소리없이 웃었다.

"네가 문곡정에서 나를 쫓아내지만 않았어도… 난 아무 일 없이 지금쯤 염쟁이를 하고 있을지 몰라."

"호오. 출세했구나. 그럼 나에게 고마워해야 되는 게 아니냐!"

"그래서 지금 이렇게 고마워해. 됐나?"

순간 뿌연 선이 그어지면서 적산월이 저만치 나가떨어졌다.

"이 새끼!"

찢어져 버린 턱을 붙잡고 적산월이 엉금엉금 일어났다. 다음 순간 그녀가 쥔 강편이 허공을 맴돌아 소우에게 달려들었다.

소우는 맹렬한 울음으로 공기를 갈라 들어오는 강편을 옆으로 뛰어넘어 다시 적산월에게 쇄도했다.

빡!

다시 적산월의 몸뚱이가 뒤로 날아갔다. 바닥을 몇 바퀴 구른 그녀가 다시 일어났다.

추릿!

"죽여, 이 개새꺄!"

용각사는 목귀대의 강력한 공격에 무너져 한쪽 구석으로 몰려가 모두 무릎을 꿇고 있었다. 마침내 몇 번의 헛손질을 한 적산월이 강편을 던지며 울부짖었다.

"죽여, 죽이란 말이야!"

소우는 고개를 옆으로 기울였다.

"미안하다, 적산월."

"무, 무슨 소리야?"

"난 널 죽이지 않아."

"염쟁이 새끼가 그런 걸 다 가렸니? 차라리 죽여, 새꺄!"

돌아서는 소우 뒤에서 적산월이 강편을 들고 달려들었다.

순간 다시 피풍을 뒤집은 소우가 발을 치켜올렸다.

"컥!"

목줄을 누른 발을 어쩌지 못한 적산월이 뒤로 물러섰다.

"…죽이고 싶게 만들지 마."

빡!

널브러진 적산월은 다시 일어나지 못했다.

잠시 장내를 둘러본 소우는 꿇려진 여파달에게 다가갔다.

"오래 기다리게 했군, 여파달!"

"사, 살려주시우. 대, 대가!"

"대가?"

"예, 대, 대가… 복종을 할 것이구먼유."

"잘 봐, 여파달."

소우가 여파달에게 자신의 눈을 바라보게 했다.

"…큭."

"아마 십 년 전의 어느 겨울이었을 거야. 너는 잊었을지도 모르지. 만약에 말이야, 혹시라도 잊지 않았다면 그때… 그 부서진 육간에서 엉엉 울던 꼬맹이, 그 애의 눈을 기억하나?"

5

우림의 준비는 착실했다.

그는 우선 여파달을 묶어 뜰에 세웠다. 그러자 공포로 정신이 탈색되어 버린 여파달이 알 수 없는 소리를 지르며 마구 발버둥 쳤다.

그 소리에 인근 사람들이 하나씩, 둘씩 나와 지켜보는 가운데 우림은 목귀대의 상징인 주작기를 정문에 걸었다.

그 다음으로 원북역하의 현판을 뜯어냈다.

"으음… 아직 현판이 준비 안 됐군. 보기 흉하지만 어쩔 수 없는 일이지, 그냥 두는 수밖에."

거연창이 투덜거렸지만 우림은 그저 빙긋 웃었다.

"상호도 없질 않사옵니까?"

이내 거연창이 고개를 끄덕였다.

"그렇군. 속히 어른을 모셔와야 하는데, 워낙 장도라서 말이야. …내일이라도 애들을 보낼까? 그나저나 산돼지가 잘 모시고 있나 모르겠네. 워낙 불학무식한 놈이 아닌가?"

말은 그랬지만 거연창은 풍산촌에 남아 있는 귀곡선생과 과거 옥룡

채(玉龍寨)의 두목이었던 야저(野猪) 백붕(伯棚)을 걱정하는 마음에서
한 소리였다.

"무슨 일이야 있겠사옵니까? 사실 따지고 보면 풍산촌만큼 안전한
곳도 드물지요. 그리고 우리는 아직 자리를 잡지 못했사옵니다. 모셔
도 자리를 잡은 다음에 모셔야 되옵니다."

"하긴 그렇군. 군사 말씀이 맞네. 어서 일이나 하세."

둘은 부서진 탁자와 의자를 이용하여 기존에 있던 창을 필요한 만큼
만 그대로 두고 모두 막았다.

그리고 뒤켠의 객사(客舍)를 헐어내 마구간으로 개조했다.

길과 면한 뜰에는 사 기(四騎)씩 삼 교대로 번을 세우고 모닥불을 피
웠으며 진입로를 제외한 사방에 철질려(鐵蒺藜)를 뿌렸다. 더불어 은
사(銀絲)를 겹겹이 늘여 그 끝에 방울을 매달았다.

누군가 이 은사를 건들면 은사에 연결된 방울이 울려서 침입자의 위
치를 알려주게 설치한 것이다.

밖의 일을 마치고 안으로 들어온 둘은 항복한 용각사의 무리를 한
줄로 세우고 하나하나 수결(手決:사인)을 받았다.

제일(第一), 배신하지 말 것.

제이(第二), 불평불만을 일삼지 말 것.

제삼(第三), 땀을 흘릴 것, 아울러 남의 피땀을 탐내지 말 것.

제사(第四), 명령에 무조건 복종할 것.

우림이 내민 문서에 쓰여진 조항들이었다.

하루아침에 용각사에서 목귀대로 소속이 바뀐 파락호들은 불만이

적지 않았지만 수결을 거부한 동료 하나가 그대로 작두에 목을 올려놓는 것을 보고는 서둘러 수결을 해야 했다.

우림과 거연창이 동분서주하면서 이런저런 준비를 하는 동안 소우는 여파달이 엎드려 있던 용마루에 앉아 있었다.

"정말이지 대단한 여자더라구요."

벌린 팔로 장난스럽게 중심을 잡으며 용마루를 걸어오는 여리가 말했다.

"치료를 해주겠다는데도 뿌리치고 그냥 가버리지 뭐예요? 빠드득 소리나게 이를 갈아붙이면서 새파랗게 눈을 뜨더라고요. 그 여자 이빨이 부러지지나 않았나 몰라. 여리는 그런 여자는 싫어. 딱 질색이에요."

떨어질 것처럼 뒤뚱뒤뚱 걷는 여리는 꼭 오리 같았다.

"……."

소우는 끊임없이 술렁이는 역하를 바라보았다. 그 잘디잔 술렁거림이 잡힐 듯 밀려와 기왓장을 적셨다.

"그 여자와 어떤 사이에요? 당신에게 전해달라더군요. 당신을 반드시 죽여 버리겠다고. 알아요?"

잠시 사이를 두었던 소우가 말했다.

"…살의(殺意)만으로 사람은 안 죽어."

역하의 술렁거림 같은 목소리였다.

"뭐라구요? 도대체……."

"많이 변했다는 이야기를 하고 싶은가?"

"아니요. 어차피 사람은 변하니깐. 그 여자 누구예요? 아, 그렇다고 이상하게 생각하는 건 아니에요. 열 살짜리가 뭘 했겠어요? 다만 당신답지 않게… 많은 말을 했어요, 오늘. 그거 알아요?”

“…….”

소우는 대답하지 않았다.

억새 사이 어디쯤에서 들려온 소쩍새의 울음소리가 둘 사이에 놓인 침묵을 쪼아내는 사이로 몇 차례의 바람이 불었다. 그 바람에 수놓아진 물비린내가 둘의 머리카락을 가만가만 흔들었다.

한동안 그대로 침묵을 지키던 여리가 조심스럽게 그 침묵을 허물었다.

“사실… 당신은 많이 변했어요.”

“알아.”

“처음 봤을 때의 당신은…….”

여리가 말을 잇지 못했다.

“…….”

소우는 그 마음을 이해했다.

함박눈 내린 순백의 산하. 그곳에서 여리가 만났던 열 살짜리 소년은 이제 어디에도 없다. 젖살 통통했던 볼은 세월의 바람에 깎여졌고 여렸던 콧날은 칼날처럼 세워졌다. 한시도 멈추지 않고 지나간 세월의 바람… 그것이 빼앗아간 것이 소년의 유년만일까.

소우는 굳이 대답을 찾으려 애쓰지 않았다.

돌이켜 보면 의지대로 되는 일이 뭐가 있을까.

걷다 보면 길은 늘 변하고 목적지는 사람을 기다리지 않는다. 돌아보아도 길은 보이지 않고 도착해 보면 엉뚱한 목적지.

그래도 절망하지 않는 것은 길 위에 새로운 길이 열리고 더불어 목적지 또한 새로 생기기 때문이 아닐까.

“저어… 할 이야기가 있어요.”

“…….”

“왜… 그 등로라는 분, 춘야월의 기녀… 예기(藝妓)가 됐대요.”

“…….”

은하수 사이에서 빗금 같은 궤적을 가진 별들이 떨어져 내렸다. 그 별들이 떨어져 내린 산 너머에서 새들이 뒤척이는 소리, 검불을 추스르는 산짐승들이 느껴졌다.

“…그런가.”

“그런데… 마, 말을 하지 못한대요.”

“…….”

“그분, 원래는 말을 했었는데 어떤 일로… 충격받아 그렇게 됐다더군요. 지금 여리 말 듣고 있어요? 듣고 있는 거예요?”

“…듣고 있어.”

소우가 고개를 한쪽으로 기울였다.

“여리가 이런 말을 할 자격이 있는지는 잘 모르겠네요. 하지만 말하고 싶어요. 음… 여리는 당신이 제일 먼저 그분을 만났어야 했다고 생각해요. 그러니까… 음. 아유, 어려워. 맞아! 사실 따지고 보면 당신이 아픈 만큼 그분도 아팠을 거예요.”

“…….”

소우는 무릎을 끌어안고 희뿌옇게 보이는 역하의 물안개에 눈을 주고 있었다.

“여리는 당신이 좀 더 용감해지길 바라요. 한번 생각해 봐요. 누구나 아픔은 하나씩 가지고 있는 거예요. 음… 물론 더 아플 수도 있겠지만 아픔은 아픔끼리 만나야 위로 받을 수 있어요. 기쁨이 아픔을 위로

해 주지 못해요."

"……."

바람에 실려온 기억이 피풍으로 내려앉았다.

아, 아, 그 가을 날.

저마다의 결실로 물들어가던 산하… 청연목에 새긴 이름. 그 앞에서 맺었던 언약과 생애 최초의 부드러운 입맞춤이여.

사과의 표피 같은 볼을 지녔던 소녀, 등로의 향기가 아련하게 소우의 마음을 물들였다.

"만나세요, 내일 당장!"

일단 운을 그렇게 뗀 여리가 숨을 들이켰다.

소우가 부정했다.

"그럴 수 없어."

"왜요?"

"……."

몇 번이나 입술을 깨물고 무엇을 생각한 소우가 대답했다.

"난 거친 파락호들의 수령이고 복수에 미친 혈귀(血鬼)야. 상황이 그렇게 되지 않으면 안 돼. 아직 일이 많이 남았어."

"그게 무슨 상관이에요?"

여리가 반문했다.

"그것들과 그분을 만나는 게 무슨 상관이에요? 여리는 도무지 납득이 안 돼요."

"생각해 봐, 여리. 내가 누… 나를 만나면. 그래, 누나와 나의 관계가 알려지면 그건 바로 나의 약점이야. 나를 노리는 놈들이 누나를 그냥 둘 것 같아?"

소우는 아직 자신의 생각을 표현하는 일에 서툴렀다.

애써 말해도 남이 듣기에 말과 말 사이의 단락이 보였다. 생각보다 말이 먼저 나오거나 늦게 나온 말은 더러 그 의미가 모호하고 불분명했다. 그렇게 말이 서툴기는 여리도 마찬가지였다.

"지키면 되잖아요."

"그러지 못하는 경우가 생기면 어떡하지? 또 한 번의 아픔을 줄 뿐이야. 승패가 확실하지 않은 일은 애초부터 시작하지 않는 것. 그게 나와 누나에게 제일 좋은 방법이야."

"변명이잖아요!"

"……."

별처럼 반짝이는 덧니로 여리가 힐난했다.

"……."

"내일 아침이면 당신에 대한 소문이 제남에 퍼질 거예요. 그러면 당신이 그분을 만나러 가지 않아도 돼요. 설마… 그걸 기다리는 건 아니겠지요? 소문을 들은 그분이 당신을 찾아올 수도 있잖아요. 찾아와서 괜찮다고, 어쩔 수 없는 일이었다고… 그래 당신의 잘못은 아무것도 없다고 먼저 말해 주길 기다리는 건 아니지요?"

"……."

신랄할 수도 있는 말에 소우는 입술만 깨물었다.

"……."

다시 둘 사이에 어색한 침묵이 흘렀다.

소쩍새 울음이 지친 듯 잦아들면서 끊임없이 물 비늘을 접었던 역하도 조용해지고, 물안개가 둘 사이의 침묵을 기웃거리다 마당에 피워놓은 모닥불로 달려가 똬리를 틀어 올리기 시작했다.

히힝.

번을 교대하는 말들이 안개 속으로 들어가며 낮게 울었다.

소우는 안개로 축축해진 여리의 속눈썹을 한참 동안이나 들여다보았다. 그러자 아무런 감정도 보이지 않는 까만 눈과 부딪친 여리의 눈이 모로 내려갔다.

"저……."

여리의 입술을 비집고 아직도 못다 한 무슨 말인가가 나오려 하고 있었다. 먼저 침묵을 푼 것은 그런 여리가 아니라 소우였다.

피풍을 벗어 여리의 목에 감아준 소우가 말했다.

"춥다. 여리… 이제 내려가 봐."

평소처럼 목소리는 깊었다. 그러나 그 목소리 속에는 평소와 다른 무엇인가가 들어 있었다.

봄볕처럼 전해지는 따뜻함에 여리는 전율했다.

"나… 난 괜찮아요."

"알아."

다시 침묵이 이어졌다.

이번에 침묵을 먼저 깬 것은 소우가 아니라 여리였다.

덧니를 활짝 드러낸 여리가 속눈썹에 묻어 있는 안개를 털며 밝게 제안했다.

"우리 해장하지 않을래요?"

순간 소우의 볼에 가느다란 실금이 생겼다.

"어? 웃었어요? 흠, 좋아요. 뭐, 여리가 말괄량이인 건 천하가 다 아는 사실이니까. 하지만 음식 만드는 재주가 있는 줄은 아무도 몰라요. 속는 셈치고 한번 여리를 믿어봐요. 알았어요?"

천성이 밝은 것이… 말괄량이일까.

대답하려고 소우가 고개를 들었을 때 여리는 자리에 없었다. 공중제비를 넘어 안개 속으로 사라진 뒤였기에.

"후……."

살구 속 같은 그녀의 향기가 남아 있다가 손에 잡혔다.

웃음 지워진 얼굴로 소우가 다시 하늘을 보았다.

"……."

선홍빛 미명이 살라지면서 별들이 희미해지고 있었다.

소우는 가만히 되뇌어보았다.

'춘… 야월.'

그러자 십 년의 모진 세월을 뛰어넘어 춘야월의 가을 풍경이 다가왔다.

버드나무 이파리 노랗게 지던 춘야월. 나무를 심은 자리 하나에도 다른 세상에 온 것 같았던 정갈함과 절제가 배어 있던 그곳.

그날 그곳에서 부서졌던 햇살의 눈부심이 밀려들었다.

'후유.'

그 춘야월은 지금 이 지붕 위에서도 보일 만큼 지척이었다.

풍산촌을 떠나기 전에는 거리가 천 리였고 마음이 지척이었는데, 이제 거리가 지척이 되었지만 마음이 천 리였다.

소우는 몸을 눕혔다.

만날 수 없다면… 듣기라도 해야 하리.

감겨진 눈 안에서 무엇인가가 희미하게 그려졌다.

'그때, 우리 모두 상처받을 때에 힘이 없어 울기밖에 못했던 꼬맹이가 이렇게 컸다는 걸. 그래, 지워 버릴 수 없다 해도 조금은 위안이 되

기를. 다시 만날 때까지 그렇게 살아주기를.'

…누나.

"맛있지요, 그쵸?… 맛이 없어요?"

우물에서 건져 온 화주는 목이 시렸고 금방 만든 만두는 싱거웠다. 맵기까지 해서 입 안에 불을 지르는 것 같았다.

"…맛있어."

"그래요? 흠, 역시 그렇다니까."

만두를 한 번 와작, 씹은 여리가 고개를 갸웃했다.

"진짜… 맛있어요?"

"그래."

"지인짜?"

묻기는 그렇게 물었어도 여리는 자신의 음식 솜씨가 형편없다는 것을 알고 있었다. 할아버지와 살 때는 어려서 음식을 만들지 못했고 소우네와 살 때는 애각 형제의 솜씨가 뛰어나 만들 기회를 갖지 못했다. 그래도 맛있게 먹어주는 소우가 눈물이 나도록 고마웠다.

"혼자 다 마실 거예요?"

화주병을 빼앗아 한 모금을 마신 여리가 캑캑거렸다.

금방 얼굴이 붉어지면서 가슴을 누르는 것으로 봐 화주를 처음 마셔보는 모양이었다.

"그리 쓰면 먹지 마."

"아뇨."

찡그리지 않고 화주를 한 모금 더 마신 여리가 병을 내밀며 주객처럼 쓰윽, 하고 입을 닦았다.

"술은 나눠 마셔야 한대요."

꿀꺽.

"좋은 말이군. 누가 그런 말을 했지?"

이번 만두는 소금을 넣은 것처럼 짰다.

그러나 정작 기침은 여리 목에서 터져 나왔다.

"여리가 말했어요. 콜록, 콜록! 아유, 매워!"

소우는 동그랗게 입을 벌리고 부채질을 하는 여리의 이 밝음이 언제까지나 계속되어지기를, '영원'이란 게 존재한다면 '영원'이 다 닳아 없어지는 그날까지 유지되기를 기원했다.

"취했다고 그래요? 이런 기분을?"

"……."

"어지러워요. 뱅뱅이를 한 열 바퀴 돈 것 같아요, 아유."

제2화 우리가 만나고 헤어질 때

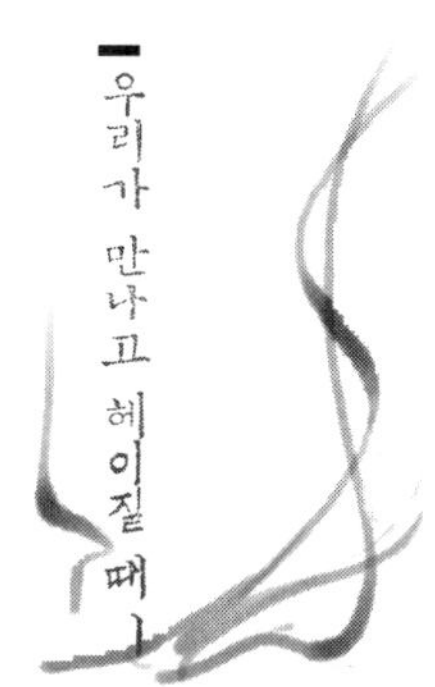

습관일까.

이렇게 머리를 기대고 잠이 드는 것. 말문이 막히면 '괜찮아요' 소리를 하는 것. 불안한 자세에도 깊게 잠이 들고 '괜찮아요'를 연발해도 할 말은 다 하는 여리.

소우는 고른 숨소리를 내는 여리의 머리카락을 가만가만 쓸어 내렸다. 살구향이 배인 건강한 그 머릿결을 따라 안개가 걷히고 서서히 새벽이 오면서 역하에 은색의 물 비늘이 떠다니기 시작했다.

'여리는 내가 편한가?'

자부동을 폐쇄했을 때, 밖에서 애타게 문을 두드리던 여리는 며칠이 지난 후 산정으로 올라와 높이가 거의 오십 장이나 되는 자부동의 숨구멍, 그 아래를 향해 목이 터져라 소리를 질렀었다.

“살아 있는 거야?”

대답을 하지 않자 여리는 매일같이 올라와 사정했다.

“꼬옥 살아 있어야 돼, 알았어?”

다시 몇 달이 지난 후에 여리는 부탁했다.

“살아 있으면 얼굴을 한 번만 보여줘, 응?”

바닥에 떨어진 눈물이 보석처럼 튀었다.

여리가 돌아간 뒤 소우는 얼굴을 보여주는 대신 윗옷을 벗어 숨구멍 아래, 언제나 동그란 햇빛, 아니면 달빛이 떠 있는 자리에 놓았다.

“살아 있었어? 아유, 여리는 문을 부수려고 했어.”

다음날 찾아온 여리의 목소리에는 기쁨이 들어 있었다.

그 뒤로 눈이 오나 비가 오나 여리는 하루도 거르지 않고 올라와 별로 중요하지도 않은 시시콜콜한 신변잡기를 들려줬다.

“이가 아파 어젯밤엔 한잠도 못 잤어. 아무래도 이를 빼야 하나봐. 이를 빼봤어? 여리는 무서워. 이를 빼봤으면 신발을 보여줘. 누군가 같은 고통을 겪었다는 것으로 위안을 삼게 말이야.”

다음날 여리는 소우의 신발을 볼 수 있었다.

그렇게 오 년이 흐른 후, 어느 날 여리가 찾아오지 않았다.

다음날 찾아온 여리는 목소리부터 변해 있었다.

“어제는 많이 아팠어… 요. 그래 이제부터 존댓말을 쓰기로 했네요. 왜냐하면 여리는 어제부로 여자가 됐거든. 존댓말이 어색하면 신발을 가져가요.”

소우는 신발을 그대로 두었다.

여리의 말투는 초경(初經)을 치른 여자답게 조심스러웠다.

그러나 그날만 특별히 조심스러웠을 뿐 다음날부터는 마찬가지였다.

"덧니를 가지게 됐어요. 다, 당신도 많이 변했을 것 같아. 동경(銅鏡:구리 거울)있어요? 음… 없으면 언제 비가 온 날 달이 떴을 때 고인 물에 얼굴을 비춰보세요. 각 오라버니와 애 동생도 이젠 사내가 다 되었어요. 아유, 어떤 때는 징그러워요."

여리가 돌아간 후, 소우는 달이 떠 있는 웅덩이에 얼굴을 비춰보았다. 거기에 비친 자신의 모습은 언젠가 육간의 우물에서 보았던 그 어린아이가 아니었다.

"나, 구려여. 난 풍산의 호위 무공인 자부위공(紫府衛功)을 배워. 호흡이 무풍과 동일해서 다행이라고 귀곡 할배가 그러셨어. 내가 배움이 늦어서 많이 혼나. 그나저나 어떻게 지내고 있능겨? 춥진 않어?"

"형, 한번 생각해 봐. 구려 형이 덩치가 있는데 겨우 활 쏘기를 배운다면 분명히 잘못된 거지? 그래서 내가 활을 잡고 구려 형이 도를 잡기로 했는데 그것을 불만 삼아서 나를 아주 많이 괴롭혀."

여리를 따라 가끔 올라오는 애각 형제들의 목소리도 예전의 그 앳된 목소리가 아니었다.

다시 삼 년이 지난 어느 날, 여리가 말했다.

"…당신이 보고 싶어 죽겠어요. 저녁마다 자리에 누워 당신의 얼굴이 어떻게 변했을까 상상해요. 도대체 언제 나와요? 여리는 매일같이 이렇게 산에 올라 다니는 통에 다리가 아주 굵어졌어요. 이러다가 시집을 못 가는 것이 아닐까 걱정이 돼요. 아유, 그렇다고 책임을 지라는 말은 아니에요. 혼자 살면 되지 뭐."

소우는 자부동의 기억에서 현실로 돌아왔다.

여전히 여리는 깊은 잠을 자고 있다. 자잘한 금화살 같은 햇빛이 여리의 긴 속눈썹에 머물러 있었다.

‘여리는 무엇을 ‘괜찮다’ 고 했을까?

소우는 문득 궁금해졌다. 이 ‘괜찮다’ 는 의미는 따지고 보면 아무 뜻도 없이 그저 순수하게 ‘괜찮다’ 는 의미일 수 있지만 ‘괜찮은 것이 아니다’ 는 다른 표현일 수도 있지 않을까.

“후…….”

입김이 속눈썹을 건드린 모양이었다.

“어?”

눈을 뜬 여리가 얼른 옆으로 멀어졌다.

“당신을 또 베고 잤군요.”

달아오른 볼을 감싼 여리가 민망해했다. 혹시 입가에 흘렸을지도 모르는 침을 닦는 손길도 분주했다.

“힘들지 않았어요?”

“…….”

여리가 버릇처럼 하는 말을 이번에는 소우가 말했다.

“괜찮아.”

그러자 한참 동안이나 말똥한 눈으로 소우를 본 여리가 머리를 꾹꾹 누르며 이맛살을 찌푸렸다.

“아유, 머리 아파. 당신은 괜찮아요?”

“…….”

“남자들은 술을 왜 먹어요?”

“글쎄.”

여리의 햇빛 담긴 머리카락이 눈부셨고 사슴의 그것처럼 선한 눈망울이 눈부셨다. 연지를 바른 듯한 입술의 주름이 눈부셨고 가끔씩 보이는 덧니가 눈부셨다.

그런 눈부심을 외면한 소우가 어깨의 밤이슬을 털었다.

"…잊지 않기 위해 마시는지 모르지."

＊　　　＊　　　＊

머리가 지끈거리는 사람은 또 있었다.

그는 새벽녘에 잠자리에 들어 점심 어림에야 일어나는 습관을 가지고 있는데 오늘은 몇십 년 동안 지켜온 그 습관을 어겨야 했다.

"후룩!"

잠자리에 든 지 두 시진이 되기도 전에 일어난 그는 언제나처럼 침상에서 용정차(龍井茶) 한 잔으로 깔깔한 입 안을 헹구었다.

"으… 음."

입에 대어져 있던 찻잔이 내려오면서 그의 핏발 선 눈과 실룩거리는 볼, 떨리는 손이 드러났다. 잠을 제대로 자지 못한 피곤처럼 보였지만 반드시 그렇지만도 않았다.

땅!

소리나게 소반에 찻잔을 붙인 그가 휘장이 드리워진 천장으로 눈을 주었다 이내 고개를 꺾어 침상 아래 무릎을 꿇고 있는 사람을 쳐다봤다.

"……."

그와 눈이 마주친 여인이 고개를 수그렸다.

그는 다시 한 번 용정차를 마시려다 문득 물었다.

"사실이냐?"

"그렇사옵니다, 대가."

터진 입술에서 나온 대답치고 또렷하고 분명한 발음이었다.

"흐음!"

비철담 팽련호는 물끄러미 여파달의 수하, 적련사를 바라보았다. 입 안을 감돌던 용정차의 여운이 금방 사라졌다.

다시 한 번 입 안을 헹구어낸 그가 부어터진 입술, 멍든 눈두덩, 핏물에 절여진 옷을 입은 그녀에게 물었다.

"여파달이 분질러졌다?"

"그렇사옵니다, 대가."

그녀의 헝클어진 머리카락이 바닥에 닿았다.

"기습이었던 데다 상대의 무위가 보통이 아니었사옵니다. 갑방과 을방의 전력이 한순간에 꺾였사옵니다."

"돈영회(豚營會) 패거리냐?"

"아니었사옵니다."

"고룡단(孤龍團) 놈들이냐?"

"아니옵니다."

"허면… 누구냐? 누가 감히 우리 용각사를 분질렀단 말이냐?"

"틈사파(闖蛇派)나 칠공자(七公子) 패거리도 아니었사옵니다."

피가 흐르는 입으로 적산월은 고개를 들었다.

휘장에 가려지긴 했어도 건너편 창에 얼비친 비철담 팽련호의 덩치는 상상을 초월했다. 젊은 시절, 갑자기 달려든 미친 말을 붙잡아 그대로 허리를 분질러 버린 이력을 가지고 있는 팽련호는 신병인 비철담(飛鐵擔)을 익히기 전에도 제남에서는 신력(神力)이 제일인 파락호였다.

언젠가는 청동 화로의 귀퉁이를 엄지와 중지만을 사용하여 조각조각 떼어내고 아귀의 힘만으로 납작하게 뭉뚱그려 버린 적도 있었다.

“그들이 아니라면 과연 누구냐, 우리의 갑방과 을방을 분지른 자들이. 신생 조직이더냐?”

조직의 반이 무너졌음에도 산전수전을 다 겪은 노회한 팽련호는 역시 대두목답게 분노를 겉으로 드러내지 않았다. 차분하게 적산월을 살피며 세밀하게 묻고 있었다.

“아니옵니다, 대가.”

“…….”

팽련호는 잠시 사이를 두었다 엉뚱한 질문을 했다.

“네가 바로 적련사라는 계집이냐?”

“그렇사옵니다.”

“흠, 듣던 대로 걸물이군.”

혼잣말처럼 하는 감탄이었지만 사실은 방 안의 누구라도 들을 수 있었다. 오래전부터 측근에 두고 싶었지만 수하를 견제한다는 오해를 받을까 지켜보기만 했던 계집.

“과찬이시옵니다.”

적산월이 고개를 수그렸다.

“어흠.”

침상 밖으로 내려진 팽련호의 발이 휘장의 바깥으로 빠져나오면서 장중하기 그지없는 몸이 드러났다.

홍포로 싸인 어깨는 태산준령 같았고 흰 눈썹 아래 부리부리한 눈알은 호랑이의 그것 같았다. 마마 자국에 올올히 박혀 있는 삼엄함이 적산월의 어깨를 뻐근히 내리눌렀다.

“말해 봐라, 누가 여파달을 분질렀는지.”

“그들은 말을 타고 있었나이다.”

“말을… 탔다?”

다른 사람이 들었으면 믿지 못해 다시 질문을 던지거나 화부터 냈을 것이 분명한데 팽련호는 심드렁하게 되물으며 뒷짐을 지고 방 안을 거닐었다. 잠시의 시간이 흘러간 뒤 그가 물었다.

“팔황맹이더냐?”

“아니옵니다. 그들의 수령은 붉은빛 감도는 창을 사용하는 자였나이다.”

치욕을 당한 여자로서 적산월은 일단 소우의 존재를 숨겼다. 사실 염쟁이 자식과 자신의 관계를 팽련호에게 구구절절이 다 말해야 될 이유는 없었다.

'반드시 널 사로잡아서 난도질해 버리겠다!'

적산월은 소우의 이야기만 빼고 자신이 겪은 것을 모두 이야기했다.

“우성의 조무래기들이로군.”

적산월의 말이 다 끝나자 팽련호가 이빨 사이로 말을 뱉어냈다. 이내 돌아선 그가 허공을 향해 누군가의 이름을 불렀다.

“노공(魯珙).”

그러자 천장의 어디쯤에서 철판을 긁는 듯한 불쾌한 목소리가 벽을 타고 흘러내렸다.

“예이, 대가.”

“암대(暗隊)를 소집하게. 그리고 병방과 정방에 일러 소두는 이리로 들라 하고 아이들은 출동 준비를 갖추라 이르게.”

“알겠사옵니다.”

부스럭거리는 소리가 들려오더니 이내 조용해졌다.

아무 일도 없는 것처럼 묵묵히 서 있는 팽련호에게 적산월이 목소리를 높였다.

"드릴 말씀이 있사옵니다, 대가."

"말해 봐라."

"외람된 말씀이오나 소녀가 보기에는 병방과 정방의 무위가 이번에 분질러진 여파달 소대가의 갑방과 을방보다 강하지 않사옵니다."

우선 그렇게 운을 뗀 그녀는 자신의 이마에 따갑게 와 닿는 팽련호의 기세를 가늠했다. 사실 도박장을 관리하는 병방은 제대로 된 칼잡이가 없었다. 협박과 공갈에 능한 파락호들이 더 많은 것이다. 그래 유난히 칼잡이 욕심이 많았던 여파달의 갑방이나 을방과는 수준이 달랐다.

그런 사정은 정방도 마찬가지였다.

소금과 차를 밀매하는 정방 역시 일의 특성상 관부(官府)와 연줄을 가진 거간꾼과 협잡꾼이 대부분이었다.

따라서 팽련호의 호위대인 암대 열 명과 병방의 소두목 수리검(修理劍) 안달(安達), 정방의 소두목 혈웅(血熊) 노룡도(盧龍途)를 제외한 대부분은 이런 경우 별 소용이 되지 않는 것이다.

적산월은 그것을 지적했고 팽련호는 선선히 인정했다.

"좋은 방도가 있느냐?"

"방도야 만들면 되옵니다."

"그래?"

"소녀에게 솜씨 좋은 칼잡이 스무 명만 붙여주신다면 방도를 한번 만들어보겠나이다. 그사이 대가께서는 우리 용각사와 함께 현재 제남을 석권하고 있는 사대세력인 돈영회와 고룡회, 틈사파와 칠공자 패거리와 일단 화친을 맺으십시오."

"……."

“대가께서 외지 세력에 대한 그들의 공분(公憤)을 불러일으키신다면 가능한 일이옵니다. 그렇지 않고서 우리는 결코 승리를 장담하지 못하옵니다. 그래 불행히도 패한다면 저잣거리에서 우리 용각사가 지워지는 것은 물론 대가께서도 장차 뼈를 묻을 곳이 없을 것이옵니다.”

“그들이 강한가?”

“그들이 강하다기보다 우리가 약하옵니다. 그리고 그들 중에 이상한 놈이 하나 있어서 더욱 그러하옵니다.”

이야기가 기대 이상으로 풀리자 적산월은 이쯤에서 언뜻 소우의 존재를 비치는 것이 자신에게 유리하다고 생각했다.

“목귀 거연창을 말하는 것인가?”

“아니옵니다. 그보다 못하지만 아주 방자한 놈이옵니다.”

“방자하다? 말해 보라.”

팽련호가 표정을 풀고 관심을 보였다.

적산월은 소우에 대해서 이야기를 시작했다.

물론 꾸며낸 이야기였다. 적산월은 일 할의 진실과 구 할의 거짓을 섞으면 사람들은 대부분 속아 넘어가는 것을 잘 알고 있었다. 또한 구 할의 진실과 일 할의 거짓이 섞이는 경우에는 여간해서 속아 넘어가지 않는다는 것도 알고 있었다.

그것은 노회한 팽련호의 경우에도 다르지 않았다.

“놈은 천하디천한 염쟁이의 자식이옵니다. 소녀가 상촌에 잠시 살았었는데, 그때부터 놈은 파락호였지요. 오늘과 같은 불행한 일이 벌어진 것이 다 놈의 농간 때문이옵니다. 놈이 그들의 앞잡이가 되어 오늘과 같은 일이 벌어진 것이옵니다.”

“왜 하필이면 우리 용각사인가?”

“놈의 어미가… 우리가 경영하는 화가에서 일하다가 춘병(春病:성병)에 걸려 버려졌다 했사옵니다. 그것이 뼈에 사무친 모양이옵니다. 놈은 참람하게도 대가를… 반드시 매달겠다 했사옵니다.”

“실로 광오한 놈이군. 놈의 나이와 이름은?”

“스무 살, 이름은 소우(小雨)라 하옵니다.”

“좋다.”

팽련호의 얼굴이 붉어졌다.

“네게 스무 명의 칼잡이를 붙여주겠다. 대신 조건이 있다. 반드시 놈의 모가지를 떼어와라. 그러지 못하면?”

“목숨을 걸겠사옵니다!”

“좋아.”

팽련호가 다시 천장을 보았다.

“마여(馬呂), 들었나?”

“예이, 대가.”

이번에는 다른 목소리였다.

“이 아이에게 암대 다섯을 주고 병방과 정방에서 특별히 선발한 칼잡이 열다섯을 붙여주게.”

“알겠사옵니다.”

“그리고 돈영회를 비롯한 나머지 사대파에 연통을 넣게. 오늘 중으로 모임을 가지자고. 아마 내가 만나자면 다들 무시하지는 못할 것이야.”

“알겠사옵니다.”

아까와 비슷한 소리를 내며 천장의 인물이 사라졌다.

‘두고 봐, 염쟁이 새끼!’

적산월은 주먹을 불끈 쥐었다.

'내 반드시 네놈의 눈알과 주둥이를 뭉개고야 말 테니!'

애증(愛憎)의 시작이었지만 적산월은 미처 알지 못했다.

2

下馬飮君酒 問君何所之
말을 내린 그대와 술 한잔을 나누네. 묻나니 그대여, 어디를 가는 길인
가요.
君言不得 歸臥南山
그대 대답하길, 꿈을 이루지 못하여 남쪽의 산을 찾아갑니다.
但去莫復聞 白雲無盡時
나는 흘려듣고 새기지 않았네. 문득 정신을 차려보니 흰 구름 떠다니는
낮이 아니었다지.

왕유(王維:送別).

뜰은 초여름이 한창이었다.
버드나무는 푸르고 그 아래 박힌 매미의 울음소리가 발을 넘어와 예
월(藝月) 상화(尙花)의 무릎을 달뜨게 했다.
"나 오늘은 소리 그만 하고 싶어."
핏줄이 다 보일 정도로 새하얀 이마에서 흘러내리는 땀을 닦은 그녀
가 입을 삐죽, 내밀었다.

"이렇게 화창한 날, 바람을 쏘이지 못한다면 그게 어디 인생이야? 난 아니라고 봐. 자고로 인생의 아름다움은… 음, 보고 싶은 것을 실컷 보고, 하고 싶은 일을 실컷 하며, 가고 싶을 곳을 가서 먹고 싶은 걸 실—컷 먹는 거야. 안 그래?"

상화는 앞의 문월(文月) 정랑(貞浪)에게 물었다.

"언니는 또 시작이야?"

묵묵히 수묵을 치던 정랑이 고개를 들었다. 그러자 까무잡잡한 피부가 탄력있는 얼굴과 푸른빛 신비하게 일렁이는 눈썹 아래 갈색 눈동자가 장난꾸러기 같은 웃음을 머금었다.

"언니는 계절에 민감한 체질인가 봐? 말띠라고 그랬지? 어디 보자… 음. 좋은 낭군을 만나지 못하면 평생 바람처럼 살아야 할지도 모르겠네? 아, 실수! 바람이 아니라 말처럼."

붓을 놓고 손가락을 짚는 척한 그녀가 꽤나 심각한 어조로 말을 했어도 상화는 발 사이를 들춰보며 여전히 화창한 날씨타령이었다.

"바람이면 어떻고 말이면 어떠니? 그저 한세상 구름처럼 자유롭게 노닐다가 황천에 몸 씻으면 되는 것을. 아, 아, 정말 미칠 것같이 화창한 햇빛이야. 넌 저 햇빛에 드린 깔깔한 소금기가 보이지 않니? 난 정말 저 햇빛에 흠뻑 절여지고 싶다고."

"호—홋! 절여져요? 하여튼 언니는 매사를 꼭 음식하고 결부를 시킨다니까? 그럼 좋은 낭군을 하나 만들어요. 그분보고 가끔 데리고 나가 달라고 하면 되잖우?"

"누가 나 같은 노류장화(路柳墙花)를 데려간대? 그런 꿈은 애당초 포기한 지 오래됐네요. 뭐, 철부지 때는 그런 사람이 있었는지 몰라도 지금은 저—얼대, 아니네."

"어머! 그런 사람이 있기는 있었어요?"

얼른 말꼬리를 잡은 정랑이 옆으로 뒹굴었다.

"난 언니가 사내에게 무심한 석녀(石女)인 줄 알았는데… 한번 얘기
해 봐요. 누구였어요? 우리가 아는 사람이에요? 지금 우리 춘야월에 오
긴 와요? 잘생겼어요? 와, 궁금해라!"

정랑의 호들갑을 고스란히 등에 박으며 상화는 발의 간격을 조금 더
벌렸다.

너른 뜰에 가득 심어진 버드나무들이 보이고 가산이 보였다.

햇빛을 안은 연못이 게으르게 뒤척이고 있다.

상화는 문득 오래전의 어느 날 연못과 가산의 사이를 수줍게 걸어오
던 덩치 큰 소년을 생각했다.

싱싱한 고기를 내밀며 서툴게 몇 마디를 던지고는 횡하니 사라져 버
리던 그 소년.

'애.각.구.려.'

그러자 기다렸다는 듯 부스스한 머리카락과 땟국물 흐르던 얼굴, 선
량한 눈망울로 늘상 바보처럼 흐흐흐… 웃던 그가 마음의 저 아래에서
살아 올라와 얼굴을 물들였다.

"…햇빛이 너무 좋아, 정말."

상화는 붉어진 얼굴을 어쩌지 못했다. 흐르는 계절을 따라 자신이
소녀가 아니라 여인이 된 것처럼 그도 소년이 아니라 사내가 됐을 것
이다. 이 세상 그 어느 사내보다도 넓은 가슴과 큰 몸집을 가진 멋진
사내가.

상화는 자신도 모르게 입을 열어 이백(李白)이 지은 장간행(長干行)
중의 마지막 구절을 불렀다.

早晩下三巴 預將書報家 相迎不道遠 直至長風沙

일찍 날 저무는 삼파 땅이라도 제게는 그리 먼 길이 아닙니다. 소식을 보내주시면 그대를 만나려 달려가겠습니다. 그곳이 비록 바람 끊이지 않는 모래땅이라 할지라도… 저는 정성으로 그대를 볼 수 있을 겁니다.

"정말 심각하다, 언니. 이 화창한 여름날에 그 무슨 청승이유?"

"아, 아, 청승이라도 좋으니 그때로 돌아갈 수 있었으면 좋겠다. 이제는 너무 오래 지나 버렸어."

정랑의 놀림을 흘린 상화는 문득 그 애가 사라지기 전날 눈이 펑펑 내리는 어둠을 뚫고 들어와 한식구가 된 사람을 보았다.

냉월(冷月) 등로.

등로는 상화와 정랑의 농담에도 아랑곳하지 않고 한쪽에 앉아서 금(琴)을 손질하고 있었다.

흘러내린 머리카락 사이로 드러난 긴 목과 앙상한 쇄골. 입술은 언제나처럼 다물려 있었다.

그녀의 얼굴을 자세히 들여다본 사람이라면… 춘아월의 사월(四月) 중에서 그녀가 가장 아름답다는 것을 알 것이지만 그렇지 않은 사람은 제일 빠진다고 생각하기 쉽다.

그럴 수밖에 없는 것은 얼굴에서 사람의 감정을 찾아볼 수 없기 때문이었다. 맑은 눈동자는 언제나 저만치 뒤로 멀어져 세상과 거리를 두고 있었고 희로애락(喜怒哀樂)의 감정이 드러나 있어야 정상인 표정은 금을 탈 때 이외에는 식물처럼 무감정했다.

그런 등로에게 다가간 상화가 물었다.

“언니, 언니는 좋은 사람이 없었어?”

“······.”

등로가 천천히 고개를 들었다가 이내 고개를 숙이고 하던 일에 열중했다. 상화는 머쓱해하지 않았다.

말을 못해서 그렇지 자신이 제일 편한 상대. 진심으로 자신의 이야기를 들어주는 사람이 바로 그녀였기 때문이다.

“언니, 난 말이야.”

상화는 등로의 곁에 앉아 본격적인 이야기를 시작했다.

“아주 어렸을 때 여진 아이를 좋아했었나 봐. 꽤 오랜 시간이 지났는데 아직도 생각이 난다? 그 앤 육간에 있었어.”

순간 등로의 손이 멈칫했다.

따앙—!

끊어지는 현의 울림이 상화의 목을 움츠리게 만들었다.

“어머! 안 다쳤어?”

상화가 호들갑을 떨었지만 등로는 다시 금의 손질을 시작했다. 아무일 없었다는 듯 끊어진 현을 빼내고 갈아 끼우는 손길에 여유가 있었다. 잠시 후, 가슴을 몇 번 콩콩 두드린 상화는 다시 이야기를 시작했다.

“언니, 그 애의 성과 이름이 뭐였는지 알아? 성은 애각이고 이름은 구려였어. 덩치는 어른 같았는데, 참 순했고 따뜻했다? 그 애의 동생은 사마귀를 달고 있었는데… 음. 이름이 뭐였더라? 아! 구충이었어, 구충. 그리고 용비가 있었고 또 누구더라? 예쁘장하게 생긴 애가 하나 더 있었는데? 음?”

금 위에서 등로의 손이 무슨 글자를 그렸다.

“소(小)··· 우(雨). 소우?”

상화가 묻자 등로가 고개를 끄덕였다.

"언니가 그 애를 어떻게 알아?"

자세히 보지 않으면 모를 정도의 떨림으로 등로의 눈꼬리와 입술이 조금 휘어졌다.

"언니, 지금 웃는 거야?"

끄덕끄덕.

"그 애를 알아?"

끄덕끄덕.

"어떻게 알아?"

그러자 등로의 눈빛이 애잔함으로 물들었다.

"아하!"

상화는 탁, 소리가 나게 자신의 이마를 쳤다. 등로가 그렇다, 아니다만을 고갯짓으로 표현할 수 있을 뿐 말을 하지 못한다는 사실을 깜박했던 것이다.

"음, 언니. 미안. 참, 이걸 어떻게 물어봐야 하지?"

상화는 고민했지만 더 이상 묻지 않았다.

사람이라면 모두 다 그러하듯이, 특히 기녀라면 기녀가 되기 전의 자유스럽고 좋았던 추억을 회상하며 밤을 밝힌다.

그러나 그것은 가슴에 고이 묻어둔 혼자만의 아름다운 이야기일 뿐 여간해서는 입에 올리지 않는 금기(禁忌)를 지닌다.

"휴……."

부지런히 손을 놀리는 등로의 입술에서 가벼운 한숨이 새어 나왔다. 상화는 그런 그녀를 물끄러미 바라보다 수묵을 치고 있는 정랑에게 말을 걸었다.

“네 할아버진 요즘 어떠시니?”

정랑의 할아버지는 그 아이, 애각구려가 일했던 육간의 바로 맞은편에서 고서점을 하고 있는 진(陳) 노인이었는데 그만 망령이 들어 자신이 싼 똥이나 주무르며 죽을 때만 기다리는 중이었다.

“여전하시지요 뭐.”

한참 만에 대답한 정랑이 붓과 종이를 거뒀다.

동시에 문이 열리며 장이 들어왔다.

“너희들.”

장은 상화의 투덜거림을 들은 것처럼 모두에게 말했다.

“당분간 외출을 삼가거라. 저잣거리에서 지난 몇 년 동안 조용했던 파락호들이 전쟁을 벌인다는구나.”

“예? 아니, 언니. 그렇다고 외출을 삼갈 것까지야…….”

딱한 눈길로 상화를 쳐다본 장이 말을 이었다.

“지금 파락호들은 예전의 풍류를 알고 의리에 목숨을 걸었던 그 낭만적인 파락호들이 아니다. 여인네 알기를 물건 알 듯이 하고 함부로 무기를 휘둘러 댄다.”

“…….”

“뿐이냐? 작은 이문이라도 이문이 생기면 의리 따위는 더이상 생각지 않고 바로 배신해 버린다. 너희들이 그럴 리 없겠지만, 혹여 정을 주었던 파락호가 있다면 끊어버리라 강요는 하지 않겠다. 다만 그가 이번 싸움에 어찌 되더라도 휩쓸리지 않기를 바라는 마음이다. 알겠니?”

“예, 언니. 그나저나 그렇게 크게 싸움이 벌어졌나요?”

지나가는 말처럼 정랑이 묻자 장이 고개를 끄덕였다.

“그렇단다. 우성에서 내려온 파락호들이 용각사 구역을 일부 차지했다는구나. 역수거리가 그들 손아귀에 떨어졌다는 거야. 그래 용각사 패거리가 반격을 준비하고 있단다. 그들 중 일부는 벌써 싸움을 시작했다는구나."

"어디서요?"

정랑과는 달리 호기심이 가득한 상화가 물었다.

순간 장이 하얗게 눈을 흘겼다.

"왜, 알면 구경가려고?"

"그, 그게 아니라……."

"원북역하의 앞마당이다. 내가 장소를 가르쳐 준 이유를 오해하지 말기 바란다. 혹여 외출할 일이 있어도 그 근처는 절대 가지 말라는 뜻에서 말해 준 거니까. 특히 상화! 알아듣겠니?"

장이 나가자 상화가 말했다.

"구경은 싸움 구경과 불 구경이 최고야!"

"언니 말이 맞아요."

정랑의 맞장구에 상화가 눈을 반짝였다.

"뒤뜰의 개구멍을 내가 알거든?"

"잠깐인데 꼭 개구멍을 사용할 필요가 있수?"

잠시 후, 혹시나 싶어서 다시 들른 장은 텅 빈 방 안의 공기를 한 움큼 들이켜야 했다.

"얘들이 정말……."

그때쯤 남장(男裝)한 춘야월의 삼월(三月)은 몰려든 구경꾼들의 사이에 끼어 호기심 가득한 눈을 반짝이고 있었다.

원북역하의 앞마당에는 용각사 패거리 삼십여 명이 갖가지 흉기를 들고 막 원북역하로 난입하기 직전이었다.

"나와, 새끼들아!"

"감히 용의 뿔[龍角]을 건드려?"

"문을 까부서!"

"들어가, 씨팔!"

그들은 비철담 팽련호가 실력을 떠보기 위해 보낸 신출내기들이었다. 그들의 기세는 화탄의 심지에 불을 달아놓은 것처럼 거칠었고 급박했다.

쾅쾅!

그들 중 하나가 참지 못하고 월도(月刀)로 굳게 닫혀 있는 원북역하의 문을 때렸다.

끼이이—

"언니, 이제 시작하나 봐."

상화가 등로에게 속삭였다.

그러나 등로는 지금 상화의 말을 듣고 있지 않았다. 문이 열리면서 드러난 어떤 풍경, 기둥에 매달린 파락호를 쳐다보고 있었다.

'아!'

그녀의 눈동자가 한순간 앞으로 나왔다 뒤로 멀어졌다.

등로는 가슴부터 움켜쥐었다. 터질 듯 쿵쾅거리는 심장이 그녀 자신도 뜻을 알지 못하는 어떤 언어들을 선명하게 찍어냈다.

여.달.파.달.춘.화.귀.면.

외마디 소리가 그러하듯이 단음절로 이루어져서 조합이 불가능한 그 언어들은 그녀의 목젖 어림, 혹은 혀가 시작되는 부분으로 밀려와 붉은 빛깔의 낙관(落款)처럼 새겨졌다.

그 새겨짐은 인두로 지지는 듯했고 바스러진 골편(骨片)을 하나하나 꿰어 맞추는 듯한 고통을 수반하고 있었다.

등로는 머리를 움켜쥐고 고통에 몸부림쳤다.

한순간 사람들의 웅성거림이 지워지고 파락호들의 욕설이 지워졌다. 그렇게 지워져서 아무것도 보여지지 않는 자리, 오직 그 파락호와 그녀만이 강력한 햇빛 아래 한 줄로 이어져 있었다.

마침내 언어들이 한 자씩 조합되기 시작했다.

'여.파.달! 춘.화.면.귀. 여.파.달!'

그와 동시에 어둡고 칙칙했던 창고, 그날의 참람했던 풍경이 파락호와 그녀 사이에 적나라하게 펼쳐졌다.

3

"언니! 어디 아파?"

휘청이는 등로을 부축한 상화가 물었다.

'아냐… 아프지 않아.'

등로는 눈을 부릅뜨면서 고개를 흔들었지만 그동안 잘 다듬어진 마음이 몸의 이상을 거부했고 고개도 흔들어지지 않았다.

"언니! 왜 이러는 거야? 정신을 차리라고, 응?"

상화의 부르짖음이 고막을 파고들었다 이내 멀어졌다.

그리고 빠르게 뛰는 혈관들, 심장 소리, 마른나무처럼 딱딱해져 오는 몸······.

깃발이 펄럭이듯 그날의 모든 안타까움과 공포, 좌절과 절망이 낱낱이 펼쳐졌고 접혀지기를 거듭했고 불구덩이에라도 들어온 것 같은 신열이 들끓었다.

'그래, 아팠어.'

등로는 기억을 인정했다. 그러자 다른 개체처럼 움직였던 몸과 마음을 화해했다.

'괴로웠어. 죽어서 씻어질 치욕이라면 죽음을 택했을 거야. 이제야 알겠어. 그러지 못하니까 말이 사라지고 말이 사라지면서 그날의 기억도 끊어졌었던 거야.'

무슨 말인가를 해야 한다 생각한 등로는 입을 크게 벌렸다.

그러나 끌어 올리려고 애를 쓰면 쓸수록 언어는 질긴 풀뿌리처럼 도막도막 끊어지며 버텼다.

'제발··· 한마디만!'

등로는 노력했다. 힘을 다해 돌출된 언어의 고리를 쥐고 조심스럽게 끌어 올렸다. 그러나 언어는 이번에도 금의 현이 그러했듯 힘없이 끊어져 버렸다.

툭.

소리와 동시에 사람들의 웅성거림이 달려왔다.

여파달의 모습이 달려왔고 사람들의 냄새가 달려왔다. 물고기 떼처럼 흘러 다니던 햇빛이 달려왔다. 그것들은 엄청난 무게로 등을 찍어눌렀다.

언뜻 정신을 차려보니 몸은 이미 뒤로 넘어가서 누군가의 가슴에 안겨 있었다.

"언니! 정신 차려!"

상화는 제정신이 아니었다.

원래부터 소란스러움에 잘 적응을 하지 못하던 등로. 그런 성격을 잘 알면서도 혼자 놔두고 정랑과 둘만 빠져나온다는 게 말이 안 돼 윽박지르다시피 데리고 나왔는데 결국 이런 불상사가 벌어진 것이다.

"언니, 언니, 눈을 떠봐!"

상화가 등로를 흔들자 등로의 입에서 검은 피가 한 모금 넘어왔다. 그것을 본 사람들이 멀찌감치 물러섰다.

"이크, 가슴앓이병[肺病]이 아닌가?"

"객혈(喀血)을 했구먼."

"구만리 같은 청춘이 안됐네그려."

"언니, 무슨 일이에요?"

사람들의 웅성거림을 뚫고 다가온 정랑이 멍한 시선으로 등로와 상화를 번갈아 쳐다보았다.

"언니가 갑자기 쓰러졌어."

눈물이 그렁그렁한 눈으로 상화가 정랑을 잡았다.

얼른 달려든 정랑이 피를 훔치고 상화에게 등을 내밀었다.

"언니를 업혀주세요."

등로를 업은 정랑은 우선 등로의 심장을 가늠했다.

멎을 것처럼 간헐적으로 뛰는 등로의 심장은 한 번 뛸 때마다 갓 잡아 올린 잉어처럼 폭발적으로 정랑의 등을 두들겼다.

'이런……'

정랑은 눈물을 삼켰다.

그리고 십 년 전 눈 내리던 겨울날, 코앞에서 파락호들에게 집단으로 강간당하는 등로를 뻔히 지켜볼 수밖에 없었던… 아니, 도움을 주

겠다고 뛰쳐나가려던 마옹(魔翁) 진강봉(陳江峰)의 발을 막아설 수밖에
없었던 자신의 운명을 저주했다.

'…보세요.'

정랑은 새털구름 떠다니는 평온한 하늘을 보며 누구에게인지도 모
를 질문을 던져 올렸다.

'이래도 당신의 저울이 공평한가요?'

정랑과 상화가 빠져나가면서 만들어놓은 작은 소요는 아무 일도 없
었다는 듯이 금방 가라앉았다.

그녀들이 통과하느라 벌어졌던 간격이 좁혀지고 사람들의 호기심
어린 눈이 원북역하의 열려진 문에 개미 떼처럼 달라붙었다.

"나, 나온다!"

"감히 용각사의 코털을 잡아 뽑다니!"

"어디, 어, 얼굴 좀 보자구!"

사람들 사이에서 커다란 파문이 일어났다.

그들의 마음에 각인되어 있는 용각사는 피와 살인으로 점철된 집단
이었다. 은자 한 냥과 사람의 목숨을 맞바꾸는 집단, 주먹과 덩치가 지
배했던 거리를 시퍼런 칼과 피비린내 나는 철퇴로 까부숴 버린 악랄한
공포 그 이상도 이하도 아니었다.

용각사가 터를 잡고부터 저잣거리의 후미진 담벼락 아래에 사인을
알 수 없는 시체들이 뒹굴었고, 이제 역하에서 사람 시체를 보는 일은
화젯거리도 아니었다.

그런 용각사를 건드린 겁대가리없는 자들이 나오고 있었다.

"으… 음."

사람들 중의 누군가가 신음 소리를 흘렸다.

"저, 저자가 두목인 것 같군."

검은 피풍을 걸치고 등에 장도(長刀)를 멘 창백한 청년이 거침없는 걸음걸이로 나와 문 앞에 섰다.

그의 좌측으로는 도저히 사람이라고 볼 수 없는 어마어마한 덩치를 지니고 그 덩치에 걸맞은 대도(大刀)를 울러멘 털북숭이가 섰고 우측으로는 중키에 베짱이처럼 마른 몸을 가지고 화살통도 없이 거궁(巨弓)만을 달랑 든 사마귀가 섰다.

그들의 뒤쪽으로 피처럼 붉은 창을 꼬나 쥔 험악한 사내가, 그 옆으로 엄청나게 큰 귀와 엄청나게 작은 키를 가진 늙은이도 보였다.

그들의 표정은 모두가 하나같이 얼음장을 배어 문 것처럼 싸늘했고 주위에는 가공한 살기가 뜬구름처럼 떠다니고 있었다.

사실 사람들은 그들의 실제 모습이 상상했던 것 이상이었지만 그리 놀라지 않았다. 용각사 정도 되는 파락호 집단을 건드리려면 최소한의 실력은 갖추고 있으리라 짐작했으니까.

정작 사람들이 놀람의 탄성을 지른 것은 검은 피풍을 걸친 사내 곁에 나란히 선 여인이 머리카락을 쓸어 올렸을 때였다.

"헛! 미인이로세."

"어떻게 저런 미인이 저런 흉악한 자들과 같이 있단 말인가!"

"사람도 참, 순진하기는?"

"음?"

"원래 미인들이란 파락호들을 좋아하는 거라네."

"왜?"

"미인치고 머리 속 무엇이 차 있는 년을 봤나?"

누군가의 시큰둥한 대꾸에 왁자한 웃음이 터졌다.

그런 분위기와는 전혀 어울리지 않는, 그러나 어떻게 보면 정말 잘 어울리는 여인은 살구처럼 단아한 아름다움과 그것의 속살처럼 향기로운 웃음을 가지고 있었다.

살짝살짝 보이는 덧니가 신비로워 보이기까지 했다.

"아유, 사람들이 이렇게 많이 모일 줄은 몰랐네요!"

호들갑스럽지도, 그렇다고 조용하지도 않은 음성으로 일단 말을 꺼낸 여인, 여리가 정중하게 허리를 숙였다.

"잘 봐주세요, 여러분. 얼마 전에 산에서 내려와 아직 시정(市井)의 인심을 잘 모른답니다."

여리의 얼굴은 봄날의 들판처럼 부드러운 여유가 넘쳤다.

사람들은 그 부드러운 몸짓과 여유에 벌어진 입을 다물지 못했다. 물론 그렇지 못한 사람들도 있었다. 그들은 바로 용각사에서 보낸 신출내기들이었다.

"저 쌍년은 뭐야? 재수없이!"

뭔가를 확실하게 보여주고 싶고 그럼으로써 이름을 얻으려고 달뜬 몸살을 앓는 그들은 다짜고짜 욕설부터 퍼부었다.

"야, 이 개년아! 너 아주 맛있게 생겼는데?"

"돌림빵 당해봤니? 우헤헤… 그거 아주 죽인다, 이년아!"

"몰라? 조금만 기다려라, 이년아. 이 오라비가 운우의 진정한 맛인 돌림빵을 시켜줄 테니까!"

그들은 신출내기답게 함부로 입을 놀리며 험악하게 웃었다.

"어머."

그들의 느물거림에 얼굴을 붉힌 여리가 무슨 말인가를 하려다가 뒤로 빠졌다. 그러자 신출내기들이 더욱 기승을 부렸다.

순간 차마 입에 담지 못할 말들을 조용히 지켜본 소우가 금빛 환이 선명한 손을 쳐들었다.

그러자 이때까지 여리에게 욕설을 퍼붓던 신출내기들이 얼른 입을 다물고 각자의 무기를 곧추세웠다.

스릉.

지옥의 문이 열릴 때에 나는 듯한 소리와 함께 개문이 사선으로 떨어졌다. 동시에 현란한 담금질 무늬가 사방으로 달려갔다.

"나와, 죽고 싶은 놈부터!"

먹이를 앞에 둔 야수처럼 조용히 살기를 갈무리한 눈빛과 바람이 통과해 버릴 정도로 가벼운 어깨, 햇빛의 찬란한 찌름이 직각으로 꺾어져 버리는 가공할 도세(刀勢)가 소우의 창백한 전신에서 스멀스멀 피어올랐다.

"헛! 대단한 배짱이 아닌가?"

삼십여 명에 이르는 용각사 패거리를 향해 거침없이 말을 던진 소우를 본 사람들이 서로를 돌아보았다.

"그러게. 생긴 것과는 전혀 다르네?"

"거느린 자들을 믿고 호가호위(狐假虎威)하는 건지도 모르지!"

사람들이 그렇게 생각하는 것은 당연했다. 장검(長劍)도 아니고 그렇다고 월도도 아닌 기이하게 휘어진 신이 쭉 빠진 장도(長刀)를 들었지만 그는 어딜 봐도 파락호가 아니었다.

물론 파락호의 조건으로 얼굴이 험상궂고 목소리는 쇠종을 두드리는 듯해야 하며 덩치가 커야 된다는 법은 어디에도 없다.

그렇지만 말 한마디로 사람들의 주눅을 이끌어낼 정도의 목소리나 생김을 갖추는 것이 유리하다.

그것을 파락호가 되기 위한 최소한의 '갖춤'이라고 표현을 한다면 방금 어디서 끌어올려진지도 가늠할 수 없는 깊은 목소리로 서늘하게 파락호들의 가슴을 그어버린 그의 '갖춤'은 생김이 그러하듯 그것과도 한참 동떨어져 있었다.

"큼!"

그렇게 생각한 사람은 또 있었다.

그는 용각사 패거리에서 신출내기에 속하고 신출내기에 속하면서도 고참 대접을 받는 허조야(許曹倻)란 땡중으로 별호가 광불(狂佛)이었다.

"아미타불!"

금방 민 듯 번쩍거리는 머리, 그 아래 붓으로 콕 찍어놓은 듯이 보이는 눈, 늘어진 볼과 둥그런 배를 실룩거리며 그가 털이 부숭한 팔뚝을 척 걷어 올렸다.

"부처의 도래(到來)가 바로 내일이로다!"

그는 제남의 유명한 볼거리인 표돌천(豹突泉) 인근 광각사(狂角寺) 신임 주지로서 불법(佛法)보다는 불법(不法)을 이용한 각종 협잡질과 득남(得男)을 빙자한 계집질로 이름을 얻은 자였다.

"나이도 몇 살 안 처먹은 시주 놈이 간덩이가 부었네!"

순간 그의 신병인 구구도(九鉤刀)가 바늘 같은 햇빛을 퉁겨냈다. 중병기(重兵器)에 속하는 이 구구도는 승려란 신분과는 안 어울리지만 별호와는 잘 어울리는 생김을 가지고 있었다.

한쪽에 날이 서 있고 다른 쪽은 생선 등뼈처럼 듬성듬성하게 톱니가 달려 있어 베어버릴 수도 썰어버릴 수도 있는 무기.

"어이, 시주! 괜한 염불을 외다가 뒈진 시주들이 하나둘이 아니네. 들어가서 공양이나 더 하고 오게. 세상의 환란이 도래하니 별 용두(龍

頭:남자의 성기) 같은 놈들이 다 깝친단 말이야."

"저 돼지 대가리 같은 자식!"

원북역하의 상황이 한눈에 조망되는 위치에서 적산월이 발을 굴렀다. 역하에 세워진 몇 개의 정자 중 역하정(歷下亭)과 함께 가장 대표적인 정자로 알려진 북겁각(北迭閣)의 지붕이었다.

"저 새끼가 바로 제 스승인 무광 대사(無光大師)를 때려죽인 새끼잖아? 몇 달 못 본 사이에 기세가 아주 등등해졌네? 한꺼번에 밀어붙여야 할 게 아니야. 주제에 일 대 일로 붙어보겠다고? 도대체 어떤 놈이 저 돼지 대가리를 저리로 밀어 넣은 거야?"

"어떤… 놈?"

누군가 그녀의 말을 받아 바로 곱씹어 뱉어냈다.

뒤에 있는 두 명의 사내 중 흑포를 걸친 사내였는데 눈이 부실 정도로 흰 장검을 가슴에 품고 있었다.

그 사내, 조양수(趙良秀)가 지저분한 입술을 묘하게 비틀었다.

"이보우, 소저. 말조심을 하는 것이 좋겠시다? 대가께 그런 식으로 주둥이를 놀리다가 지워진 놈들이 한둘이 아니외다."

"대가께서 시켰단 말인가요?"

이번에는 흑포의 사내가 대답하지 않았다.

대신 백포를 걸치고 가슴에 검은빛 나는 장검을 품은 사내, 조지수(趙志秀)가 물처럼 가라앉은 고요한 눈으로 고개를 끄덕였다.

"그렇시다. 소저의 말을 들으라는 지시를 받아 이번엔 우리 흑백쌍살(黑白雙殺)이 참겠시다. 하나 명심하쇼! 다음번에 또 그 따위 좆같은 말을 한다면 소저의 모가지는 역하의 고기밥이 될 게요."

조지수의 말을 한마디로 정의하면 팽련호의 명에 의해 너의 지시를 받지만 비위가 뒤틀리면 참지 않겠다는 명백한 위협이었다.

"뭐요?"

적산월은 기계적으로 입을 놀리는 두 사내의 태도에 분통이 터졌지만 어쩔 수 없었다. 이 흑백쌍살은 쌍둥이 형제들로 과거 무림이란 세계를 횡행하며 가진 바 재주로 칼밥을 먹던 자들이다.

그들이 어떻게 해서 일개 파락호 집단을 이끄는 팽련호의 호위대인 암대에 몸을 묻었는지는 정확하지 않았다.

그렇지만 이른바 고수들이라고 알려진 암대 내에서도 그들은 상상을 초월하는 무위를 보여왔다.

"좋아요. 소녀가 말실수를 했군요."

적산월은 고집 부리지 않고 얼른 실수를 인정했다.

"소녀의 모가지가 고기밥으로 주어진다면 소녀는 매우 불쾌할 거예요. 두 분의 손을 번거롭게 만드는 일이기도 하고요. 앞으로 각별히 신경을 써서 주의하도록 하지요."

어떻게 들으면 비아냥거림 같기도 하고 또 어떻게 들으면 진실로 하는 듯한 말이었지만 흑백쌍살은 더 이상 신경 쓰지 않았다.

"……."

적산월 역시 흑백쌍살의 그런 태도에 신경 쓰지 않았다.

각자의 생각으로 그들 셋이 바라보고 있는 곳,

원북역하의 뜰에서 소요가 일어나고 있기 때문이었다.

'시작됐군!'

4

척.

원북역하의 계단을 내려간 소우는 땅을 밟았다.

"주의하시옵소서, 대주. 길을 철저히 봉쇄하긴 했사옵니다만 이 상황에서
관부가 개입하면 아주 곤란해지옵니다."

소우는 우림의 염려를 이해했다.

우성이나 관자, 풍산처럼 관부의 힘이 거의 미치지 못하는 곳의 싸움
과 요도(要道), 제남에서의 싸움은 같은 싸움이라도 질이 다른 것이다.

"어이, 시주. 이 부처의 염불이 안 들려?"

마주 걸어나온 광불 허조야가 험악한 침방울을 퉁겼다.

성큼성큼 걷는 그의 발 아래에서 몸무게를 이기지 못한 자갈과 모래
가 함부로 버석거렸다.

"공양이나 더 하고 오라 그랬잖아, 새꺄!"

그의 걸음걸이를 따라 앞뒤로 흔들리는 구구도가 여물지 않아 더 예
리하게 느껴지는 살기를 풀풀 날렸다. 더불어 방자하게 휘날리는 가사
를 추스를 생각도 없이 단숨에 삼 장 가까이 이른 그가 거만하게 배를
쑥 내밀었다.

"이봐, 기생오라비. 아무리 말세라고 해도 그렇지 이 부처의 불심을
이렇게 뭉갤 셈인가? 이 부처는 시주의 상대가 아니네. 어서 들어가
정말 제대로 된 시주를 내보내게. 그러면 이 부처가 아주 성실하게 보

시(布施)를 베풀어주겠네. 나무관세음보살!"

"경하(慶賀)해, 땡중."

소우는 득의양양하게 허리까지 굽혀대며 말을 마친 허조야를 향해 개문을 쳐들었다.

"제일 먼저 죽음으로 고통이 덜할 거야."

순간 자연스럽게 벌려진 발끝부터 휘돌아 올라온 무풍의 시린 기운이 잠시 어깨에 머물러 있다가 팔을 타고 개문의 첨으로 밀려 내려갔다.

휘르릉.

다음 순간 개문의 담금질 무늬가 영롱한 무지갯빛을 내뿜었고 이내 푸른 용틀임을 시작했다. 부드럽게 휘어진 배(背:칼등)에 올라앉아 있던 햇빛이 무형(無形)으로 치고 나가는 무풍과 부딪치며 유리처럼 바스러지는 소리를 냈다.

기름이 끓어오르는 소리처럼 자작거리는 그 소리의 저 아래에서 오래도록 지워지지 않고 남아 있던 고명경의 목소리가 섞였다.

"고려에서는 명줄이라 한다. 무풍으로 자세히 보면 보인다. 수천 수만 가닥의 신경줄 가운데 제일 중요한 한 줄, 그것이 바로 명줄이다."

추리릿!

소우는 투명한 거미줄처럼 날아간 무풍의 시린 기운이 광불 허조야의 이마에 닿아 그 살가죽을 헤집음을 온몸으로 느꼈다.

퍽!

점액질로 끈적끈적한 머리뼈를 미끄러져 안구(眼球)와 연결된 시신경을 타고 잔주름으로 가득한 뇌수에 이른 그것은… 다시 미세한 굽이를 틀어 각종 신경 다발로 이루어진 목뼈를 향해 내려갔다. 풀숲을 낱 낱이 헤집는 은뱀처럼 유연하게 신경 다발 사이를 미끄러진 그것이 마침내 금빛 광휘로 영롱한 명줄을 발견한 순간.

"사환(死幻)!"

그것의 이름을 부른 소우가 개문을 뒤로 잡아챘다.

땅!

철판에 부딪친 작은 쇠공이 퉁겨져 나가는 소리, 혹은 당겨진 시위가 긴장을 풀고 철간(鐵簡)에 달라붙는 짧고 예리한 파열음이 허조야의 머리 속을 뒤흔들었다.

"엉?"

그 소리가 나기 전까지도 허조야는 파락호는 고사하고 잘 봐줘야 기생오라비처럼 생긴 검은 피풍이 월도도 아니고 그렇다고 장검(長劍)도 아닌⋯ 이상하게 휘어진 도를 자신을 향해 쳐드는 것을 보며 비웃음을 흘렸다.

'흠.'

경험으로 미루어보지 않아도 저렇게 생긴 자들 대부분은 '겉멋'에 치중하는 경향이 농후해 자세는 제법 그럴싸하더라도 막상 사람을 죽이라면 겁을 먹고 뒤로 물러나는 경우가 태반이었다.

그래 허조야는 갑자기 눈알이 간질간질하고 머리 속에 벌레가 기어다니는 듯한 느낌이 이상하긴 했지만 그렇게 검은 피풍을 비웃을 수 있었고 자신의 승리를 믿어 의심치 않았다.

"아미타불!"

아마 강렬한 햇빛 때문에 생긴 이명(耳鳴)인지도 모르겠다는 생각을 한 그가⋯ 자신의 예상처럼 맥없이 도를 거둬 버린 '겉멋' 든 피풍을 향해 다시 한 번 점잖은 가르침을 내리려고 불호(佛號)를 외웠을 때, 무엇인가 화끈한 느낌이 콧구멍을 틀어막았다.

그것은 마치 머리 속에 고여 있던 피가 한꺼번에 터진 듯한 느낌이었다. 그는 자신도 모르게 얼른 손을 가져가 코를 막았다.

그리고 이내 눈을 부릅떠야 했다.

"이 씨팔. 이게 뭐야!"

어디서 터진지도 모르는 검은 피가 손가락 사이로 쏟아져 내리고 있었다.

"어어… 억!"

상상할 수 없는 사태에 직면한 허조야는 '겉멋' 든 피풍 놈이 자신에게 암습을 가했다고 생각했다. 순간 분노와 절망이 뒤범벅된 그는 좀 전의 그 이상한 파열음이 자신의 생각처럼 단순한 이명이 아니었고 놈의 실력이 결국 '겉멋'에 치우친 허세가 아니었음을 예감했다.

"혀, 형님! 왜 이러쇼?"

"뭘 잘못 먹었수? 왜 다리를 떨고 그러는 거요?"

"코피는 왜 그렇게 흘려. 엉?"

명줄을 절단당한 그의 귀에 동료 파락호들이 달려오며 떠드는 소리는 공염불과 다르지 않았다.

꽈당!

그때쯤 썩은 짚단처럼 넘어가는 허조이의 등판을 한 번 찍은 소우는 어깨를 비틀어 올려 햇빛이 찬란히 부서지는 허공에 팔짱을 끼고 누워 있었다.

탓.

날렵한 공중제비로 땅을 디딘 그가 피풍에 묻어 있던 햇빛을 털어냈다. 동시에 공처럼 퉁겨진 몸이 파락호들의 전면으로 쇄도했고 피풍의 펄럭임이 다시 햇빛을 갈랐다.

슈악―

수평으로 쳐 들려졌던 개문이 얼음을 긋듯 공기를 그으며 허공을 한 바퀴를 돌아 등에 달라붙었다.

"아악!"

"허억!"

순간 두 명의 파락호가 피를 뿌리며 뒤로 날아갔다.

우박처럼 떨어져 내리는 핏방울 사이로 발을 멈춘 소우가 개문을 내밀며 웃었다.

피식.

"나와, 죽고 싶은 놈만."

야수의 그것과도 같은 고요한 음성이 원북역하의 너른 뜰에 가득한 햇빛을 바람처럼 뒤흔들었다.

"……."

욕설과 악다구니를 거듭했던 파락호들이 침묵했다.

동시에 개문에 압도당한 무기들이 빛을 잃으며 주춤거렸고 철새처럼 수군거렸던 주둥이들이 얼어붙었다.

휘잉.

푸른 물처럼 밀려오는 미풍 한 자락. 마치 금가루를 뿌려놓은 듯한 하오의 햇빛. 야조의 그것처럼 휘날리는 머리카락. 창백하다 못해 투명하게까지 보이는 소우를 사람들은 확실히 각인했다.

도를 쳐든 것만으로도 사람이 죽어 나가고 어깨를 한 번 찍은 것만으로도 까마득하게 날아오를 수 있는 신위.

무심코 휘두른 것처럼 보이는 칼질 한 방에 두 사람이 베어지던 선명함은 그들이 꿈에서라도 상상하지 못한 현실이었다.

이제 사람들은 생이 다하는 날까지 오늘의 이 광경을 기억할 것이고 이 자리에 있었음을 언제까지나 추억할 것이었다.

"자신없으면 병기를 버리고 꿇어."

"……."

꿀꺽.

파락호들 중 누군가의 뱃속으로 마른침이 굴러 떨어졌다.

철컹!

한참의 시간이 햇빛 속을 흐르고 나서야 분수아미자(分水蛾眉刺)가 땅에 꽂혔다. 곤(棍)이 분질러지고 단창(短槍)이 기세를 죽였다. 월아산(月牙鏟) 위에 구환도(九環刀)가 누웠다.

스산한 빗소리처럼 병기들이 땅 위에 쌓였다.

그 소리를 덮으며 파락호들의 고개가 수그러들고 어깨가 오그라들면서 무릎이 꺾였다.

"아까 입을 놀린 놈들은 앞으로 나와."

"……!"

파락호들이 겁먹은 눈길로 서로를 돌아보았다.

꺾이기 전에는 세상의 무엇이라도 부술 듯이 기세가 당당했던 그들은 이제 야수 앞에 놓인 먹이처럼 경련을 일으키고 있었다.

"야, 적와(赤蛙:붉은 개구리)! 어서 나가, 새꺄!"

"돈부(豚夫:돼지치기), 네가 젤 심한 욕을 했잖아, 새꺄!"

누군가가 말을 치고 받자 너도나도 나서서 자신을 변호하고 상대를 까발리는 데 열심이었다.

"대협, 부디 자, 자비를……."

여론에 밀린 파락호 세 명이 엉금엉금 기어서 앞으로 나왔다.

순간 소우의 어깨가 슬쩍 움직였다.

"모욕은 잊지 않아!"

슈욱─

다음 순간 파락호들과의 거리 사 장이 한 선으로 이어지면서 하얗게 지워졌다. 그 선의 종점에 걸린 파락호 하나가 퍽, 자신의 배에 깊숙이 꽂힌 주먹에 피를 뿌리며 뒤로 날아갔다.

동시에 오른발을 축으로 번득, 돌아간 소우의 왼발이 그 옆에 서 있던 파락호의 턱뼈를 부쉈다.

빡!

"아직도 돌림빵 생각이 나나?"

나머지 파락호의 멱살을 꾹 거머쥔 소우가 물었다.

"아, 아, 닙, 니, 다!"

그의 뒤에서 먼저 두들겨 맞은 두 명의 파락호가 땅에 쑤셔 박히고 있었다.

털썩.

소리는 크지 않았지만 불가능한 형태로 꺾어진 목과 피보라가 그들의 상태를 말해 주고 있었다.

"난 말이야, 돌림빵이란 말을 아주 싫어해."

"모, 몰랐습니다, 대협!"

덩치와 배짱이라면 천하의 그 누구에게도 꿀리지 않는다고 자부했던 파락호 적와(赤蛙)는 때로 새하얗고 깡마른 손이 자신의 솥뚜껑만한 손보다 몇 배나 더 위험할 수 있다는 사실을 체험하고 있었다.

"난 역겨워한다, 대협이란 말. 천박하게 부르짖는 정의 따위."

담담한 말을 따라 흘러든 차가운 기운이 적와의 식도를 버글거리는 피비린내로 채웠다.

"허억!"

갑자기 적와가 허리를 꺾었다.

멱살이 잡힐 때 우연처럼 개문이 그의 양물(陽物:성기)을 툭, 친 것이 원인이었다.

그 무심한 부딪침이 그의 생사를 결정했다.

탁환시(托幻矢)!

그의 양물에 가득 차 있던 무풍이 화탄처럼 폭발했다.

펑!

소리와 동시에 그의 모든 구멍에서 검붉은 피가 흘러나왔고 심장의 부드러운 박동을 따라 몸을 이루는 모든 관절과 근육, 부스러진 장기가 수축과 팽창을 거듭했다. 이어 뼈가 균열되고 골수(骨髓)가 그 균열의 틈을 비집고 밖으로 흘러나왔으며 풍선처럼 부풀어 오른 뇌수가 안구를 밀고 비강(鼻腔)까지 밀려 내려왔다.

퍽.

뇌압을 이기지 못한 머리가 뇌수를 사방으로 뿌렸다.

무릎이 꺾이면서 상체에서 근맥이 모두 풀어진 살이 먼저 흘러내렸다. 그 안에 모래알처럼 부서진 골편이 섞여들었다.

이어 가죽이 흘러내렸고 마지막으로 척척한 핏물이 땅속으로 스며들었다. 그것을 밟고 선 소우가 빙그레 웃었다.

"죽고 싶으면 언제든 말해. 난 사양하지 않는다."

“……!”

대책없이 꺾인 파락호들이 치를 떨었다.

지금 그들의 눈앞에서 단숨에 여섯을 꺾고 그 죽음을 딛고 선 자는… 꽃보다 더 선명한 미소를 물고 선 저자는 지닌 바 무공이며 성격이 인간의 상궤(常軌)를 한참이나 비켜나 있었다.

“두려운가?”

소우의 까만 눈이 파락호들의 이마를 쓸어 올렸다.

“으음.”

파락호들은 제각기 신음 소리를 흘렸다. 눈알을 돌리고 싶은 생각이 간절한데, 그래 돌려야 하는데 못 박힌 것처럼 눈알이 돌아가지 않았다. 공포로 굳어진 동공이 내려지는 눈까풀을 거부했다.

덜덜덜.

자꾸만 아래로 떨어지는 턱, 경련을 멈추지 않는 얼굴, 주먹질하듯 튀어 올라와서 목구멍을 꽉 메워 버리는 심장.

여전히 웃음을 배어 문 소우가 그들에게 말했다.

“뼈에 아로새기도록. 난 소우다!”

5

철판에 소금 튀듯 파락호들이 사방으로 흩어지고 있었다.

‘이해할 수 없어.’

빛살처럼 빠르다는 것은 알았지만, 그렇다고 도를 겨눈 것만으로 광불 허조야가 선 채로 맥없이 죽어버릴 줄은 몰랐다.

이어 장작 빠개지듯 도에 두 사람이 나가떨어지고 다시 두 사람이 각각 주먹질과 발길질 한 방에 땅으로 굴렀다.

마지막으로 멱살을 잡힌 적와는 몇 마디 말만으로 얼음이 녹아내리듯이 허물어져 버렸다.

"……."

일천이백 보 정도 거리가 떨어진 상태에서 보여진 상황은 그랬다.

"한 가닥 정도를 아예 넘어선 놈이군. 꽤 재미있겠어."

적산월보다 먼저 흑살(黑殺) 조양수가 특유의 지저분한 입술을 비틀었다. 역시 지저분한 입술을 가진 백살(白殺) 조지수가 고개를 갸웃했다.

"이해할 수 없네, 왜 저 정도의 무위를 지닌 자가 저잣거리를 욕심 부리는지. 저 정도 실력이라면 팔황맹의 어느 가문에서나 쌍수를 들어 환영할 텐데 말이지."

"넌 뭘 몰라!"

"으… 그래?"

"아직 젊은 놈이라 용꼬리보다 뱀대가리가 더 낫다고 생각을 했나 봐. 실컷 이용만 당하고 괜한 칼받이로 몰려 죽는 것보다야 그 편이 훨씬 더 현명한 생각이겠지."

조양수 말은 사실이었다.

팔황맹의 팔대가문은 중심에 자신들의 씨족을 배치하고 외곽에 많은 칼잡이들을 거느리고 있다.

그래도 씨족으로 이루어진 모든 집단들 대부분이 다 그러하듯 그들은 씨족이 아니면 절대 마음을 열지 않는 폐쇄성을 신봉했다.

물론 현재 맹주의 가문인 제갈세가(諸葛世家)의 이인자 천기뇌(天機

腦) 양탁(梁鐸)의 경우처럼 더러 예외가 있기도 했지만, 씨족이 아닌 칼잡이들이 중심으로 진입하는 일은 낙타가 바늘 구멍을 통과하는 것보다 더 어려운 일이었다.

어쨌든 조지수도 같이 인상을 찌푸렸다.

"참 버거운 놈이로세. 끊이지 않는 기(氣)의 흐름, 그것을 자유자재로 조절하는 순발력, 일정 경지에 오른 도법, 게다가 전광석화(電光石火) 같은 이동과 박투(搏鬪)라니… 저놈이야 말로 칼잡이로서의 덕목을 고루 갖춘 놈이 아닌가? 어쩌면 제남의 진흙탕에서 용(龍)이 한 마리 탄생할지도."

그때 두 사람을 쳐다본 적산월이 툭 끼어들었다.

"하! 웃기는군요."

"난 소저를 웃긴 적이 없쇠다!"

힐끔한 눈으로 조양수가 그녀를 내려다보았다.

"마찬가지요. 우리가 뭘 잘 보이자고 웃긴단 말요? 그 따위 좆같은 말이나 엉뚱한 상상을 하는 자들은 남녀를 불문하고 반드시 칼침을 맞는 법이외다!"

불편한 심정을 적나라하게 드러낸 조지수도 적산월을 흘겨봤다.

이에 적산월이 턱을 들어 올리며 따졌다.

"말씀이 지나치시네요?"

"뭐, 그리 모자라지도 않쇠다!"

이번에 으르렁거린 자는 조양수였다.

그들 형제가 볼 때 어디서 굴러들어 온지도 모르고 알 필요도 없는 이 적산월이란 계집은 젊은것들이 다 그러하듯 되바라진 구석이 잔뜩 있었다.

‘저잣거리에서 조잡한 강편이나 휘두르던 주제에 공명[諸葛孔明]이나 되는 듯 상황을 재단하고 나름의 계획을 대입하는 저 꼴이라니.’

나머지 암대 셋과 칼잡이 열다섯은 그녀의 지시를 받아 어디론가 흩어졌다. 그렇다면 자신들은 고작 이년의 목숨이나 지키는 개란 말인가?

한때 산서(山西) 땅을 공포의 도가니로 밀어 넣었던 화려한 경력의 흑백쌍살, 그들의 불만은 바로 이것이었다.

적산월이 냉정하게 흑백쌍살의 그런 생각을 갈랐다.

“대가께서는 소녀에게 당신들을 빌려주셨지요.”

“빌려줘? 말을 조심하라 했쒸다!”

적산월의 예상대로 성격 급한 조양수가 눈썹을 잔뜩 오므렸다.

적산월은 개의치 않고 당차게 말을 이었다.

“다시 말하면 당신들은 대가의 명에 의해 소녀에게 소속된 거예요. 따라서 대가의 명이 바로 소녀의 명이고 대가께서 당신들을 회수하지 않는 동안 당신들의 대가는 바로 소녀란 이야기지요. 그렇지 않나요?”

잠시 대꾸를 기다린 적산월은 두 사람의 입에서 동시에 터진 말들에 실망을 금치 못했다.

“건방지군!”

“죽고 싶어 환장을 했나봐, 이년이.”

번득, 하는 순간에 두 사람의 손이 어느새 검파를 틀어잡았다. 동시에 눈썹을 잘라내는 듯한 따가운 살기가 적산월을 때렸다.

카랑!

지독히도 빠른 검. 뽑혀지는 소리를 뒤로 밀어낸 검 두 자루가 허공을 날아와 적산월의 목젖에 박혔다.

“죽고 싶나, 계집?”

숯칠을 한 듯 온통 검은 조양수의 검이 먼저 움직였다.

그러나 적산월은 검을 목에 올려놓은 사람답지 않게 태연했다.

그러자 유리로 만들어진 듯한 조지수의 하얀 검이 그녀의 얼굴, 눈 밑을 지그시 눌렀다.

"떨면서 당찬 척해봐야 소용없다. 그런다고 결과가 달라질 것 같나?"

"당신들은 돌대가리야!"

씹어뱉듯 던져진 적산월의 말이 검신을 타고 주인들에게로 주욱 올라갔다.

"그렇게 나를 죽이고 싶다면 죽여라! 만일 못 죽이면 내가 당신들 어미다!"

"이런 쌍년이!"

흑백쌍살의 장검이 동시에 위로 쳐 들려졌다.

"단, 대가께서 내게 맡긴 임무를 당신들이 해야 돼."

적산월은 땀 고인 손가락으로 원북역하를 가리켰다.

"저 새끼의 목을 따는 것! 그게 내 임무니까."

"……!"

흑백쌍살이 서로의 얼굴을 돌아보았다.

"왜, 자신없어? 자신없으면 칼 내려, 눈부시니까."

금모래를 뿌려놓은 것 같은 햇빛이 가득했다.

소우는 조용히 원북역하의 뜰을 거닐었다.

자부동 시절, 세상의 길은 곧다고 생각했는데 직접 마주친 길은 생각처럼 곧지 않았다. 세상에 내려와 직접 마주친 길은 실타래처럼 얽히고설킨 인연과 그로 인해 생겨난 정, 이문과 이해가 혼재했다.

'그래······.'

세상에 내려왔을 때 처음 든 생각은 다름이 아니었다.

칼잡이 하나가 온 산의 나무를 다 넘어뜨릴 수 없고 칼 한 자루로 온 바다의 고기를 다 저밀 수 없듯 가진 바 재주가 하늘에 이르렀다 해도 팔황맹이란 거대한 산을 넘기에는 역부족임을 절실하게 깨달은 것이다.

"재주를 과신하지 말아라. 삼 푼쯤은 내보이지 말아야 한다. 강호는 결국 비겁한 자, 바르지 않은 자, 온갖 몽상가와 협잡꾼들, 매끄러운 혀를 지닌 자들이 득세(得勢)하는 법이니 네가 상처받을까 염려되는구나."

풍산촌을 떠나는 날 아침, 손수 피풍의 끈을 꽉 조여주며 귀곡선생은 신신 당부했다.

"바람을 무엇이라 생각하느냐?"

소우는 험산의 골짜기를 달려 내려온 바람에 눈을 묻었었다.

"바람은 변화가 아니니라. 변화를 바라보는 눈도 아니니라. 세상을 변하게 하는 것은 결국 바람과 같은 외부의 어떤 것이 아니라, 제 스스로 변하려는 의지이니라. 세상은 언제나 한자리만을 고집하지 않느니라. 그래 바람이 아니더라도 세상은 스스로 변하는 것이니라."

머리카락까지 속속들이 물들이는 달빛을 한참이나 쳐다본 귀곡선생이 또 물었다.

"그러면 바람은 과연 무엇이더냐?"

소우가 대답했다.

"칼입니다."

“왜?”

“바람은 스스로 변화하는 세상에서 세상을 맑게 헹구어주는 자정(自淨)의 칼이옵니다. 그래 바람이 베고 지나간 자리는 언제나 신산(辛酸)하고 어지럽지만 어딘가 모르게 현기(玄氣)가 느껴지는 것이옵니다. 한 번도 똑같은 자리로 돌아오지 않는 세상, 그 세상을 다시 세상답게 흔들어주는 것이 바로 바람이옵니다.”

귀곡선생의 눈이 달로 향했다.

소우도 달을 보았다. 시간이 흐를수록 달이 하얗게 사위어갔다.

“바로 보았느니라. 바람은 변화의 위를 베고 지나가는 칼이니라. 그래 바람은 이 세상에 속해 있되 이 세상 것이 아니고, 이 세상 것이 아니되 이 세상에 존재하느니라. 그러면 너는 어떻게 해야 하느냐?”

“이기려 하지 않겠사옵니다. 지지도 않겠사옵니다. 이 두 마음의 간격은 미세한 차이지만 사실 하늘과 땅만큼의 거리가 있사옵니다. 이 하늘과 땅만큼이나 먼 두 마음 사이로, 제 마음 속에서 늘상 윙윙거리는 개문을 끼워 넣겠사옵니다. 허면 반드시 베어져 나가는 것이 있을 것이옵니다.”

둘 사이에 펼쳐진 침묵 사이로 바람이 내리 덮였다.

오랜 시간이 지난 후 귀곡선생이 다시 입을 열었다.

“너의 마음도 볼 수 있을 것이니라. 칼이란 네 말과 같이 바람과 같은 것이어야 한다. 그것을 단지 도구로 사용한다면 너는 도살자(屠殺者)에 지나지 않을 것이니라. 너에게 지금 쥐어진 개문이 세상과 너의 마음을 베어버리고 지나가는 바람이 될 때…….”

소우가 말을 이었다.

“전 아무에게도 지지 않을 것이옵니다.”

"더불어 널 이기는 자도 나오지 않을 것이니라."

"제 스스로 자유로울 것이옵니다."

"그래… 마음속에 있는 바람을 꺼내 세상으로 불어가게 놔두거라. 억누르려 하지 말고 채색하려 애를 쓰지 말고 그냥 꺼내놓아라."

"예."

귀곡선생의 나머지 말은 아침에 이어졌다.

피풍을 걷어 치며 말에 오른 소우에게 그가 외쳤다.

"이제 너는 그 바람의 뒤만 따라가면 되느니라!"

'어른께서는 왜 누나 이야길 한마디도 하지 않으셨을까?

생각에서 깨어난 소우는 손 차양을 하고 한동안 역하 쪽을 바라보았다. 북접각의 지붕 위에 은모래처럼 빛을 퉁겨 올리는 무엇이 있었다. 씨익, 웃으며 손을 내린 그가 목책(木柵)을 돌보느라 여념이 없는 애각구충을 불렀다.

"무슨 일이여, 형?"

"보이지?"

손을 따라 눈을 돌린 애각구충의 고개가 돌아왔다.

"……?"

"쏴버려!"

찌이이이익―!

두말없이 황혈거궁(荒血트弓)을 뽑아 든 애각구충이 시위를 뒤로 당겼다. 그러자 인근을 맴돌던 공기가 소리와 함께 크게 찌부러졌다. 동시에 뒤로 젖혀지는 시위로 한 번에 당겨진 햇빛이 화살 같은 형체를 흐릿하게 만들었다. 그것이 공기를 반으로 가르며 시위를 차고 퉁겨졌다.

파앙—

"헉!"

맹렬한 속도로 무엇이 날아오는 느낌에 흑백쌍살은 어깨를 움츠렸다. 앞뒤를 가리지 않는 성격인 흑살 조양수의 장검이 먼저 적산월의 목에서 떨어져 그것이 날아오는 쪽으로 향했다.

슈아아악—!

소용돌이치는 소리, 분명히 날아오긴 날아오는데 형체가 보이지 않았다. 백살 조지수도 장검을 떼고 멍하니 귀를 기울이고 있다가 어느 순간 기왓장 위로 뒹굴었다.

콰당!

그 위로 조양수가 엎어졌고 그 사이에 적산월이 끼었다.

툭.

그들의 머리카락이 무엇인가에 스쳐서 잘려 나갔다.

순간 머리카락 타는 냄새가 진동했고 공기가 주욱, 찢어졌다.

꽈릉.

화탄에 직격된 성채가 그러하듯 부서진 기왓장이 튀어 올랐다. 동시에 옥척(屋脊:대들보, 용마루)이 마구 흔들리면서 흙먼지가 난무했다.

"뭐, 뭐냐? 이거!"

주먹만한 하게 뚫린 구멍을 본 조양수가 그것이 날아온 원북역하를 바라보았다.

"저, 저놈!"

그의 눈이 가늘어졌다가 한순간에 커졌다.

땅에 눌어붙은 개미처럼, 작게 보이는 두 사람 중 한 사람의 손에 들린 활을 보았기 때문이다.

"맙소사! 화… 살이었단 말이야?"

조지수도 하얗게 질린 낯빛으로 어이없어했다.

천 보(千步)를 나가는 활이 있단 소리는 부풀려진 소리였다.

가장 멀리 나간다는 쇠뇌라고 해봐야 사거리가 겨우 칠백 보(七百步)다. 그런데 저놈은 무려 일천이백 보(一千二百步) 이상 되는 거리를 한순간에 쪼개 들어오다니…….

놀람은 사거리에서만이 아니었다.

"도대체 뭘 쏜 거야?"

활을 쐈다면 당연히 있어야 할 화살이 없었다. 또한 화살이라면 기왓장을 부수고 그 아래의 흙더미와 서까래까지 빠갤 수 없었다.

"……?"

뻥 뚫린 구멍으로 아래를 내려다본 흑백쌍살은 다시 서로의 얼굴을 보았다.

"으… 음."

"생각보다 괴이한 놈들인 것 같네."

"도대체 저런 놈들이 어디서 기어 나왔지?"

적산월의 목을 치려던 조금 전의 생각은 그들의 마음 어디에도 자리 잡지 못했다. 슬그머니 꼬리를 내린 그들에게 적산월이 쏘아붙였다.

"왜, 아주 이년을 죽이고 직접 물어보지 그래요?"

제3화 주작은 날아오르는가

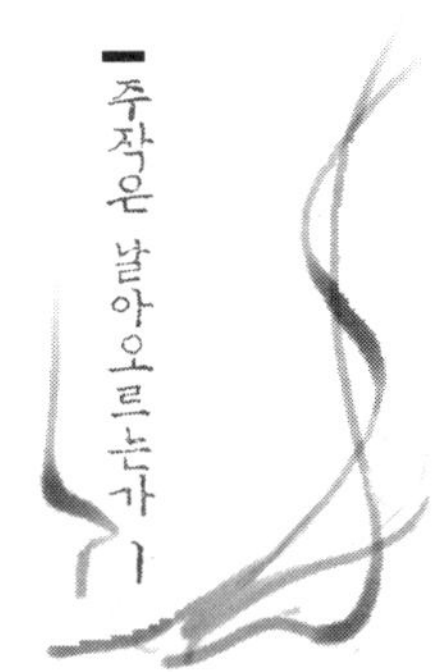

역하가 칭얼댄다.

포말 부서지는 사이로 밀려온 물결이 별들을 기슭에 부리자 여름의 한가운데를 향하는 달빛도 같이 뒹굴었다.

씻기는 별들과 달을 가르며 늙은 물수리 울고 연둣빛 칼날 번득이며 억새가 바람을 베어내고 있었다.

'…생각해 보면 다르지 않다.'

소우는 억새를 질겅질겅 씹었다.

그러자 억새가 빨아 올렸던 역하의 푸른 물이 입 안을 가득 채웠다.

싱싱했다. 그 싱싱한 풋내가 입 안을 가득 채우고도 모자라서 코까지 푸르게 물들이는 것 같았다.

'그때도 이렇게 역하는 칭얼댔다.'

그래 선잠 들었다가 문득 깨었을 때, 무풍의 줄을 흥건히 적셨던 소리.

아, 아, 몽환처럼 피어올랐던 안개. 물수리는 그때도 울었고 지금도 운다. 하나도 달라진 것은 없다.

다만 그때는 철부지 유년이었고 지금은 아니다.

그때는 세상의 모든 것이 나를 위해 존재했지만 이제는 내가 세상의 무엇이 되기 위해 존재해야 한다.

소중한 사람들을 지키기 위하여, 그 의미를 지키기 위하여.

뺏고 빼앗는 개념이 아니라 다만 밀리지 않기 위하여, 내 출발선을 지키기 위하여 피를 흘리고 참아내며…….

'싸워야 한다.'

소우는 역하를 향해 두 손을 뻗었다.

그러자 손바닥에 박혀 있던 무풍이 자연스럽게 움직였다.

찬란한 금빛 고리[金環], 그리고 시리도록 눈부신 은빛 고리[銀環]가 두 개의 달처럼 역하를 미끄러져 어디론가 달려갔다.

자부신환(紫府神環).

자부신공이 일정 경지에 이르면 자신도 모르는 사이에 낙인처럼 박히는 금빛 찬란한 벽력공(霹靂功)과 은빛 찬란한 탁환공(托幻功)의 증거.

"…아직 멀었어."

연의 얼레를 조절하듯, 혹은 금줄을 퉁기듯 손가락을 이리저리 움직여서 두 개의 환을 움직이던 그가 탄식했다.

탄식과는 별개로 환이 움직이는 모양은 참 신비로웠다.

유성(流星)처럼 길게 끌리는 빛살과 섬세한 파동, 자세히 듣지 않으면 들리지 않는 울림, 주위로 몰려든 물 알갱이들이 달무리처럼 더 큰 환을 형성해서 물결을 뒤집었다.

첨벙! 첨벙! 첨벙!

갑자기 빛을 본 철부지 잉어들이 힘찬 꼬리 짓으로 툭툭, 퉁겨졌다. 그들의 배에서 떨어져 나온 은린(銀鱗)이 별처럼 반짝였다.

한순간 역하가 소란스러워졌다.

"회벽(回霹), 회탁(回托)."

부름을 따라 긴 호선을 그으며 두 개의 환이 손바닥으로 회수됐다. 환에서 발했던 빛이 강했으므로 잠깐 동안 사방이 깜깜해졌다.

"……."

퍼덕거렸던 잉어들도 깊은 유영으로 침묵했다.

다시 물수리가 날아가고 달과 별빛을 받은 역하가 칭얼댔다.

휘잉.

억새들의 송곳니를 키우는 푸른 바람이 피풍을 잡아당겼다.

"형, 난 벌써부터 풍산이 그리워."

이때까지 뒤에 묵묵히 서 있던 애각구충이 모래를 한 움큼 쥐어 역하를 향해 뿌렸다.

싸라라랑.

투망(投網)처럼 펼쳐졌다가 가라앉는 은모래의 선율이 아련했다.

"여기는 사람이 살 만한 곳이 아녀. 이 눅눅한 바람, 사람을 미치게 하는 물소리, 자욱한 안개… 내가 그리워한 것은 이런 게 아닌데. 제남은 이런 것으로 날 기다린 겨."

"그래도 변한 건 없다."

소우가 말했다.

"산하는 언제나 그 자리다. 변한 것은 사람이고 우리는 그 시절의 기억을 견디지 못할 뿐이야. 몸은 어른이 됐는데 기억은 아직 어린아이의 수준에 머물러 있어. 떨어내고 싶은데 아교처럼 달라붙어서 떨어내지지 않는 거다."

"난 말이여, 형."

애각구충은 무슨 말인가 더 하려다가 침묵했다.

"……."

소우의 눈이 뒤로 멀어져 있었다. 어디를 보는 것 같기도 하고 어떻게 보면 전혀 보는 것 같지 않은 눈이었다. 풀어버린 그의 머리카락이 미친년의 그것처럼 갈가리 휘날리고 피풍이 전장의 깃발처럼 펄럭였다.

그때 바람을 타고 역하의 기슭 어디쯤에서 누군가의 노래가 건너왔다.

눈썹을 잠시 모았다가 푼 애각구충은 귀를 기울였다.

…….

同居長干里,　兩小無嫌猜

十四爲君婦,　羞顔未嘗開

低頭向暗壁,　千喚不一回

장간리에서 함께 살며 둘은 서로를 믿었네. 여자는 열넷 나이에 그의 아내가 되었지만 수줍어 얼굴을 들지 못했지. 사내 역시 고개를 숙이고 캄캄한 벽만 쳐다봤다지. 천 번 불러도 한 번 돌아보지 않았네.

十五始展眉,　願同塵與灰

常存抱柱信,　豈上望夫台

그렇게 열다섯 돼서야 눈썹 살짝 펴 보이며 재가 될 때까지 함께하길 기원했네. 여자는 그렇게 항상 사내 품에 안겨 있을 줄만 알았다지.

이백(李白:長干行 中).

"화주 마시고 싶다, 흐흐……!"

노랫소리에 파묻혀 있던 애각구려가 특유의 웃음을 흘렸다.

그러자 깍지동 같은 그의 머리카락 속에 든 달빛이 헝클어졌다.

"흐흐… 취하면 보고 싶어하던 것들을 볼 수 있을 것 같어."

꺼칠한 수염에 매달린 물 알갱이가 아련한 빛으로 물들었을 때, 에 휴! 애각구려 자신도 모르게 퉁겨진 한숨이 역하를 또로록, 굴렀다.

그리 한숨을 퉁겨내고도 아직 못 품어낸 무엇이 있는지 황혈거도(荒 血ㅌ刀)를 뽑아 든 애각구려가 고함을 질렀다.

"우—아!"

역하를 한 바퀴 휘돌아오는 메아리가 아련했다. 동시에 아무렇게나 쳐낸 엄청난 도기(刀氣)가 역하로 스며들었다.

꽈릉!

거대한 바위가 떨어진 것처럼 튀어 올라온 물방울이 분분히 날렸다.

그 거센 파문이 물수리들을 퍼덕이게 만들었다.

그리 퍼덕이는 것은 물수리들만이 아니었다.

"어느 놈팡이가 또 객기를 부리는 거야."

건너편에 앉아 있는 두 사람 중 상화가 인상부터 찡그렸다. 달이 떴 지만 건너편과의 거리가 멀어 상화는 그 '어느 놈팡이' 가 십 년이 지 난 아직까지 자신이 마음에 두고 있는 애각구려인 줄은 까맣게 모르고 있었다.

"왜 사내들은 술만 처먹으면 저런 행동을 하는지 모르겠어. 저리 힘 이 남아돌면 일찍 집에 들어가 애들과 하루 종일 씨름한 마누라의 등 이나 주물러 줄 것이지, 저게 무슨 흉한 꼴이람? 어쭈?"

콰콰콰!

또 물이 튀어 오르고 굉음이 일자 더 이상 참지 못한 그녀가 발딱 일어났다. 입에 손을 가져간 모양이 크게 무슨 소리를 지르려는 것 같았지만 상화는 그냥 주저앉았다.

"…정말 놀고 있네. 저 자식들 저거 미친놈들이잖아. 왜 가만있는 역하에 돌을 던지고 그래? 노래도 들어줄 줄 모르는 자식들, 풍류도 모르는 무식한 놈들 같으니. 안 그래, 언니?"

"……."

피를 토하고 혼절한 지 두 시진 만에 등로는 깨어났다.

춘야월의 주인, 의기(醫技)로 이름이 높은 장의 수고가 아니었으면 그녀는 더 오랫동안 자리에서 일어나지 못했을 것이다.

그만큼 극심한 충격이었고 자각이었다.

"당자가 아니라 이런 말을 한다 생각지 말고 들어주었으면 고맙겠구나. 세상에는 말이다, 너보다 더욱 험한 꼴을 당하고 사는 여자들이 수두룩하다. 물론 안 당하고 사는 여자들이 더 많겠지만. 그렇지만 그들 모두가 너처럼 예민하게 반응하며 사는 줄 아니? 그래 그들 모두가 너처럼 말을 잃어버린 줄 아니? 그 부분에 대한 기억을 잃어버리고 사는 줄 아니? 누굴 위해서? 왜!"

신랄했지만 누가 들어도 안타까움을 느낄 수 있는 장의 말이었다.

"생각해 봐라, 이 세상에서 여자라 이름지어진 존재들이 감내해야 하는 고통을. 전쟁과 굶주림을 겪는 방식도 남자와는 다르다. 그런 시련이 닥치면 여자들은 몸뚱이부터 망가진다. 몸뚱이가 망가졌는데 정신이라고 온전하겠니? 그래도 산다. 살아야 하며 살지 않으면 안 된다.

그리 살아내지 않으면 안 된다. 왜 일까? 그 이유는 네가 그렇게 아득 바득 살아내고 난 이후에나 생각해 보거라."

장이 나가고 난 후 등로는 이를 악물었다.

그러나 피를 토했어야 할 정도로 극심했던 자기 부정과 혐오가 그녀의 이를 악물게 만든 것이 아니었다.

여파달을 본 순간, 번득 지나갔던 어떤 열망이었다.

그 열망은 복수를 의미하는 열망일 수 있지만 곰곰이 생각해 보면 딱히 그런 것만도 아니었다.

'어떻게든 살아봐야 되겠어.'

장의 말대로 이유는 나중에 생각해도 늦지 않을 것이다, 라는 생각. 살아서 그리운 사람들을 만나고 그 사람들에게 그래도 이리 잘살아 주고 있다는 것을 보여줘야 되겠다는 다짐이었다.

등로는 바로 자리를 털고 일어섰다.

여파달을 보았을 때, 잡힐 듯했던 말의 뿌리는 어디로 사라졌는지 보이지 않았다. 하지만 그녀는 개의치 않았다.

'어차피 보여지지 않는 것, 애달아한다고 보여질까.'

한 번 보여졌다면 언젠가는 또 보여질 것이다. 그리 자리를 털고 일어난 등로는 문득 역하의 싱싱한 비린내가 보고 싶었다.

그래 몸에 안 좋다며 극구 만류하는 상화를 데리고 나온 역하.

등로는 산 까치처럼 밝은 상화의 노래를 들으며 눅눅한 바람이 몰려오는 역하의 한 기슭에 나와 앉아 이렇게 역하를 닮아가고 있었다.

상화도 그랬지만 그녀도 건너편에 소우가 와 있는 줄 까맣게 몰랐다.

낮이라면 서로의 얼굴을 바라볼 수도 있는 거리. 그러나 지금은 밤이고 더불어 안개가 일어나기 시작하는 시각이었기에.

콰콰쾅!
"어쭈? 점점… 하! 기막혀 말이 다 안 나오네?"
계속 퉁겨 오르는 건너편의 물기둥을 보며 상화는 여전히 기막혀했다.
"도대체 저 새끼들은 누구야? 상화가 이래도 참아야 해?"
그렇게 생각하고 있는 사람은 상화만이 아니었다.

"으음… 정말 희한한 놈들이네."
소우네 십여 장 뒤에서 억새 더미가 슬쩍 움직였다.
"그러게 말이야."
들썩.
그물 더미도 같이 움직였다.
목소리를 봐서 사람이 분명했지만 그들은 부서진 폐선(廢船)과 버려진 그물 더미 속에 자연스럽게 녹아 있는 풍경 그 자체였다.
관노(關露)와 지음(池吟).
팽련호가 적산월에게 붙여준 다섯 명의 암대 중 은둔(隱遁)과 추적(追跡)에 능해 용각사의 더듬이로 불리는 두 사람이었다.
여자인 관노가 억새 더미에서 기어 나와 그물로 스며들자 그물에 있던 지음이 그물을 떠나 바로 앞의 폐선에 달라붙었다.
"너무 나가지 마, 지음!"
관노의 경고성에 지음의 어깨가 움찔했다.
"저놈들은 저잣거리의 만두장사나 돼지장사가 아냐."
"그걸 누가 몰라?"

"기척으로 사람을 감지하지 않아, 느낌으로 감지한다고. 잘못하면 죽는 수가 있단 말야, 이 등신아. 보고도 모르니?"

"……."

사내인 지음이 관노를 물끄러미 보았다.

얼룩덜룩한 옷으로 위장한 관노는 옷차림도 그랬지만 얼굴이 꼭 고양이처럼 생겨서 야묘(夜猫)란 별명을 가지고 있다.

"험."

그 별명에 걸맞은 긴장과 조심이 그녀의 어깨에 잔뜩 달라붙어 있었다. 한동안 그렇게 야묘 관노를 쳐다보던 지음이 뒷걸음으로 관노에게 다가왔다.

"좀… 비켜줄래?"

그물을 열어 자리를 내준 관노가 지음의 야릇한 눈길을 피했다.

"뭘 그렇게 뚫어져라 쳐다보는 거야? 미녀, 처음 봤어?"

"므흐흐!"

지음이 끈적끈적한 웃음소리를 냈다.

"히—야. 너, 냄새 죽인다. 우리 한번 할래?"

"여기서?"

탁.

어이없다는 눈길로 관노가 다가오는 지음의 손을 쳐냈다.

"운치있고 좋잖아, 씨팔! 봐주는 사람들도 있고."

무안해진 지음이 떨떠름한 표정으로 입맛을 다시자 관노가 말했다.

"너 아주 몹쓸 병이 들었구나?"

"야, 사람 그렇게 괄시하지 마라. 좆까!"

못생긴 오이처럼 길쭉한 지음이 얼굴을 아래쪽만 일그러뜨렸다.

"누군 금테 둘렀냐? 이슬만 먹고 산다던? 측간에 안 가도 된대? 별거 아닌 걸 가지고 튕기는 꼴은 정말이지 역겹다. 사람은 다 거기서 거기라… 엥? 저 새끼는 또 왜 저래?"

"구충아, 달을 쏴봐."

"알았어, 형."

끼익.

애각구충이 달을 향해 황혈거궁을 쳐들었다.

파앙—

별처럼 쏘아진 공기가 맹렬하게 회전하며 달로 치솟았다.

무시(無矢)가 날아가는 소리는 전혀 없었다. 그러나 무시를 따라붙은 공기가 크게 요동 쳤고 그것을 감지한 물수리들이 여기저기서 퍼득퍼득 날아올랐다.

"아직 빙점(氷點)."

나이테를 그리며 달 속으로 날아간 무시를 본 소우가 단정했다.

"그려, 형."

애각구충이 인정했다.

빙점은 무시신궁(無矢神弓)의 네 단계 중 두 번째의 단계다.

첫 번째가 흑점(黑點), 단순히 기를 쏘아 보내는 단계. 그 다음이 빙점, 기를 회전시키면서 쏘아 보낼 수 있는 단계이다.

세 번째 열점(熱點)은 회전과 열을 동시에 쏘아 보낼 수 있는 단계. 마지막 단계 무점(無點)은 한 번에 세 개의 열점을 각기 다른 방향으로 쏘아 보낼 수 있다.

"…미안해, 형."

애각구충이 뒷머리를 긁적였다.

"조금 더 큰 기를 실어 보내야 하는데, 그게 생각만큼 잘 안 돼. 아무래도 난… 풍산으로 다시 돌아가야 할까 봐."

"……."

애각구충의 말에 잠시 침묵했던 소우가 말했다.

"구충아, 여기서 이룰 수 없다면 그곳에서도 이룰 수 없다. 내 생각에는 조금 더 큰 기가 아니라 조금 더 작아진 기, 그래, 더욱 단단해진 기를 쏘아 보내려고 노력해야 할 것 같다. 아무래도 큰 것보다는 작은 것이 더 야무진 법이니까."

"……."

애각구충이 고개를 끄덕였다. 애각구려를 본 소우가 말했다.

"구려 형."

"말해 봐, 대주."

"형의 혈거공($血拒功$)도 섬세함보다는 패도적인 힘을 추구하지요. 남이 한 번 내리찍을 때 무려 열두 번 이상을 내리찍는 방식입니다. 그렇다면 형, 만약 그 열두 번의 내리찍음이 실패로 돌아갔을 때는 어떻게 하지요?"

"쿰! 그, 그건……."

"형, 나는 이렇게 생각해요. 일곱 번만 내리찍고 나머지 세 번은 방어를 위해서… 다른 나머지 둘은 재공격을 위해 남겨둬야 하지 않을까요? 배운 그대로로만 움직이는 것은 분명 미덕이지만 나름대로 운용의 묘($妙$)를 살리는 것 또한 미덕이잖아요."

"그, 그렇지."

고개를 끄덕이는 애각구려를 보며 소우가 말을 이었다.

"형, 형이 이제까지 원형을 보존하고 성실히 연마했다면 이제부터는 그 원형을 이해하려고 노력해 보시는 것이 좋겠어요. 내 좁은 소견으로는 고정된 틀 안에서의 무한한 자유, 그것이 형의 혈거공을 한층 더 빛내줄 것이라 생각해요."

"좋았어."

소우는 언제나처럼 고개를 기울이고 팔짱을 꼈다.

눈을 달빛이 떠도는 물결을 지나 이제 막 똬리를 틀어 올리기 시작한 안개에 묻었다.

'…아쉽군, 더 듣고 싶었는데.'

애각 형제에게 신경 쓰고 있는 동안 노래는 끊어졌고 노래가 시작된 곳은 텅 비어 있었다. 아마 여름 밤의 정취를 따라 나왔던 어느 기녀가 제 흥을 이기지 못해 몇 마디 하다가 들어간 모양이었다.

'언젠가는……'

소우는 달을 향해 고개를 들었다. 안개가 더욱 자욱해지면서 물수리들의 웅성거림도 잦아들고 있었다. 안개를 떨어내듯 몸을 돌린 소우가 애각구려에게 물었다.

"형, 화주를 먹고 싶다 했지요?"

"그려, 대주. 오늘 같은 날 안 먹으면 아마 후회할 거여."

"하여튼 형은 맨날 술타령이라니까?"

애각구충이 구시렁거렸지만 소우는 흔쾌히 찬성했다.

"좋아요. 그럼 먹읍시다!"

"역시……."

어디론가 몰려가는 소우네를 본 관노가 입술에 침을 발랐다.

“적련사가 보통 년은 아냐.”

골똘히 무엇인가를 생각한 끝에 나온 결론이었다.

그렇지만 지음은 영 못마땅한 표정이었다.

“말이라고? 보통은 넘지, 암. 그년의 소문대로라면 아마 이런 분위기 좋은 데서는 제가 먼저 하자고 달려들었을 거야. 그러고 보면 너는 그년보다 얼굴만 떨어지는 것이 아니라 감각도 떨어진다. 에잇!”

칵!

가래를 힘껏 뱉어버리는 것으로 오늘 밤 무시에 대한 앙갚음을 단단히 하려던 지음이 그대로 정지했다.

픽!

소리와 동시에 그의 사타구니에서 관노의 발이 빠져나왔다.

“욱! 너, 이 나쁜 년!”

지음이 엎어지자 관노가 톡 쏘아붙였다.

“양물이나 더 키워, 짜샤! 그리 껄떡대니 사람들이 너를 취마(臭魔)라 부르잖아. 병신새끼, 냄새만 잘 맡으면 다냐?”

“어흐……”

이런저런 소동 끝에 역수거리에 들어선 관노와 지음은 세 사람이 들어간 객점을 올려다봤다.

북역하(北歷河).

꼬장꼬장한 진 노대가 총관으로 있는 곳이고 엉터리 요리를 만들어 내오기로 유명한 곳이었다.

“헹!”

아까의 충격으로 어기적 걸음을 놓던 지음이 한 자쯤 되는 입을 삐죽 내밀었다.

"순 촌놈들. 뭐, 이런 허술한 데를 다 오냐? 이 거리에서는 마모충의의 원북역하가 제일 낫잖아?"

관노가 가만있을 리 없었다.

"이 등신아."

"으?"

"그걸 저놈들이 접수해서 우리가 이리 고생하는 거야. 넌 도대체 무슨 생각을 하고 사는 거니?"

"에이, 좆같이!"

덜컥.

핀잔에 문득 할 말이 없어진 지음이 성큼 북역하의 문을 밀쳤다. 그러자 기세 좋게 들어선 두 사람을 향해 실내의 모든 시선이 날아왔다.

"뭘 봐, 이 자식들아!"

평소의 습관대로 거들먹거린 지음이 점소이를 부르려 했다.

순간 관노가 그의 덜미를 꽉 잡았다.

"······."

"조용. 우린 어디까지나 더듬이야. 이제 여기는 우리 용각사의 구역이 아냐, 등신아. 까불다 죽으면 어떻게 양물을 키우니?"

2

풍경은 세월을 지나면서 추억이 덧붙여져 과장된다.

특히 어린 시절에 보았던 풍경일수록 그렇다. 꼭 추억이란 이름으로 덧칠이 안 되었다 해도 기억 속에서는 언제나 커 보이는 것이다.

그렇게 기억되는 이유는 다름이 아니라, 아직 자라지 않은 눈으로 봐서 모든 것들이 그렇게 다 커 보이지 않을까.

뚜벅뚜벅.

그건 지금 쟁반을 들고 다가오는 사람, 사람들에게 노대라는 애칭으로 불러지는 진숙달도 다르지 않았다. 그의 덩치는 기억 속에서처럼 거대하지도, 뚱뚱하지도 않았다.

"오랜만입니다, 노대 아저씨."

소우가 다가오는 진 노대를 향해 팔을 벌렸다.

"힉!"

깜짝 놀란 진숙달이 얼른 뒤로 한 발을 물러났다.

그는 그러잖아도 원북역하에서 벌어진 일 때문에 마음을 잔뜩 졸이고 있던 참이었다. 그동안 갖은 행패로 눈꼴시렸던 용각사 패거리와 그 앞잡이 구불리 마모충이 없어진 것은 좋았지만, 저잣거리의 생리를 알고 보면 무턱대고 좋아할 수 없었다.

구관(舊官)이 명관(名官)이란 말이 있듯, 같은 행패를 부려도 용각사 패거리가 더 나을 수 있었다.

소문에 의하면 오늘 용각사를 밀어내고 역수거리를 차지한 파락호들은 우성에서 남하한 아주 잔인한 자들이라고 했다.

작두를 가지고 다니며 사람의 손발 자르는 일을 식은 죽 먹듯이 해치우는 조직. 그들의 두목인 새파란 놈은 눈 깜짝할 사이에 사람을 무려 여섯을 죽이고도 미소를 짓는 아수라(阿修羅)라고 했다.

암흑처럼 검은 피풍과 긴 머리칼, 섬세한 얼굴이 병자처럼 창백한 그자는 등에 이상하게 휘어진 장도를 한 자루 메고 있다 했다.

바로 그런 인상에다 장도까지 지닌 자가 팔을 벌린 것이다.

"으음."

그자의 이름을 들었을 때 진숙달은 문득, 육간에서 일했던 그 당찬 아이를 떠올렸지만 부정했다. 십 년이면 강산도 변하지만 그 아이가 설마 그런 식으로까지 못되게 변하리라고는 생각할 수 없었다.

무엇보다도 그 아이의 스승인 고려 사람, 고명경은 얼마나 꼬장꼬장하고 바른 성격을 가진 사람이었나.

"누… 구시더라!"

흑요석을 박아놓은 것 같은 눈과 마주친 순간 진숙달은 접시와 걸레를 떨어뜨렸다.

쨍그랑!

"이게 누구야? 소우가 아니냐!"

그러자 물그릇이 박살나는 소리에 깜짝 놀라서 고개를 움츠렸던 사람들이 웅성거렸다.

"응?"

"뭐냐?"

"진 노대와 아는 사이야?"

"그렇다면 아침의 그……!"

서로의 얼굴을 쳐다본 사람들이 낯빛을 굳히고 입술을 떨었다.

그들의 머리 위로 원북역하에서 보여졌던 피비린내와 피풍의 나직한 경고성이 떠돌았다.

"뼈에 아로새기도록, 난 소우다!"

"맞지? 소우가 분명하지?"

팡팡!

감격한 진숙달이 소우의 등을 소리나게 때리며 반가워했다.

"이 듬직한 가슴 좀 봐! 이 키는 어떻고? 소우야, 정말 잘 자라주었구나. 이 노대는 꿈만 같다. 꿈이 아니면 이 넓고 넓은 천지에서 어떻게 우리가 다시 만날 수 있단 말이냐?"

"…아저씨 키와 가슴은 줄었어요."

진숙달을 마주 안은 소우가 말했다.

"흥! 노대, 우리 형제는 아예 안 보이시지유?"

"호오! 재미있게 일이 돌아가네."

건성으로 저금을 놀리는 관노가 고양이 닮은 눈을 반짝거렸다.

그녀는 진숙달과 소우네가 상봉하는 장면에 온 신경이 가 있었다.

순간 오만 가지 인상을 쓰고 이때까지 화주만를 벌컥거렸던 지음이 길게 트림을 했다.

"꺼억!"

그리고 밑도 끝도 없는 주저리를 늘어놓았다.

"난 말이야, 정말 불행한 놈이라고."

"……?"

"세상에서 유일하게 은애하는 여자는 일에 빠져 나를 돌봐주지 않아. 어쩌다 한 번 하자고 해도 이거는 나무토막처럼 차갑게 면박만 주거든? 그렇다고 오입질을 허락하느냐 하면 그것도 아니야."

"……."

"그래 이 팔팔한 청춘이 노상 벽만 보고 용두질(자위행위)만 해서 무슨 희망이 보이겠느냐고. 난 이러다가 평생… 여자의 그곳을 한 번도 못 보고 죽어야 하는……."

"시끄러, 자식아!"

신경이 거슬린 관노가 면박을 주었지만 지음은 계속 횡설수설했다.

"누구 말대로 양물만 키우면 뭘 하느냐 이거야. 매일 이렇게 구박덩어리인데. 에효! 어떤 년은 매일 해달라고 난리라는데, 이놈의 신세는 어떻게 된 게 매일 얻어터지기나 하고… 역시 공자 성님은 성인이셔."

"무슨 소리야, 자식아?"

"말씀이 하나도 그르지 않다니까? 여자와 소인은 다루기 어렵다. 곁을 주면 엄청 불손하게 굴고 멀리하면 뿌옇게 원망한대[唯女子與小人 爲難養也, 近之則不孫 遠之則怨]. 흠, 난 오늘부터 공자 성님을 아버지로 모시기로 했어!"

"너… 취했냐?"

"그래, 취했다, 왜!"

"취했으면 다냐?"

"당연히 다가 아니지. 더 생각난다, 씨팔."

"이런 등신 새끼!"

관노는 술잔을 씹어 삼키듯이 기울이는 지음을 외면했다. 잠시 무엇을 생각한 관노가 조용히 지음을 호명했다.

"야, 지음."

"왜?"

지음이 반색했지만 관노는 여전히 조용하게 말을 이었다.

"이 등신아, 양물만 크다고 다 사내고 남자인지 아니? 귀를 씻고 이 누님 말씀을 들어봐. 양물이 야문 사내라면 말야, 그래 여자를 진정으로 은애할 줄 아는 사내라면 말이야. 최소한 여자가 원하는 것이 뭔지를 알아야 하는 거야."

"……?"

"이해가 안 가냐?"

"글쎄?"

"병신. 당연히 이해가 안 가겠지. 하기는 너 같은 돌대가리가 뭘 알겠냐? 세상에 어떤 여자가 '나 양물이 이만치 컸으니까 한번 하자' 고 덤비는 철딱서니없는 사내놈에게 가랑이를 벌리겠냐?"

"아이, 씨팔. 그럼 어떻게 해야 하는 거야? 어떻게 하면 가랑이를 벌리고 '나 좀 제발 어떻게 해줘' 이러겠냐고. 순진한 사람 미치게 하지 말고 솔직한 말씀을 해주세요, 이 나쁜 년아!"

"……."

또 한참 동안 지음을 바라보던 관노가 저금을 팽개쳤다.

쨍그랑!

"졌다, 이 돼지만도 못한 자식아."

"뭐? 그럼 한 번 주겠다는 소리야?"

"병신새끼. 미안하지만 이 누님 말씀은 그런 게 아니네요. 여자의 가랑이 생각만 꽉 들어찬 돌대가리에게 더 이상 들려줄 말이 없다는 뜻이네요."

"으… 음."

"안 되는 머리로 생각하지 말고 술이나 실컷 처먹어, 새꺄!"

관노의 표독스런 대구에 한참 동안이나 무엇을 생각하던 지음이 물었다.

"그, 그러니까 네 이야기는… 오늘도 안 준다는 말이잖아?"

"너, 정말 머리가 안 되는구나. 그걸 이제 알았냐?"

"뭐?"

"안 된다고, 이 자식아!"

관노의 힐끔한 대꾸에 지음이 기어코 얼굴을 일그러뜨렸다.

"뭐?"

그의 입에서 화주가 튀었고 당장 욕설이 딸려 나와 탁자를 뒤덮었다.

"에이, 씨팔, 좆같아서! 그럼 여태까지 헛물만 켜고 있었네?"

"아니 다행이다, 짜샤."

지음이 뭐라고 씨부리거나 말거나 관노는 소우네와 진숙달이 앉아 있는 탁자로 눈을 돌렸다.

'놈들의 약점! 적련사란 년은 바로 이것을 노린 거야.'

그러나 관노는 오래도록 그들을 살필 수 없었다.

계산대로 달려간 진숙달이 영업 종료를 뜻하는 방울을 흔들었기 때문이다.

딸랑.

"자, 여러분! 오늘은 이 진 노대도 술을 한잔해야겠습니다."

"……!"

"아니, 한잔이 아니라 발톱까지 벌게지도록 마셔볼 참입니다. 그러니 오늘만큼은 이 진 노대를 생각하셔서 이만 모두 일어나 주십시오. 물론 여러분들의 음식 값은 이 진 노대가 계산하겠습니다."

별수없이 안개 속으로 쫓겨난 관노와 지음은 지붕에 올라가 수탉처럼 떨며 밤을 새워야 했다.

창문을 타고 올라온 끊임없는 웃음소리와 탄식, 음식 냄새가 그들의 귀와 코를 괴롭혔고 인근 집들에서 몽환처럼 풀어진 불빛이 눈을 시리 게 했다.

"아, 아, 씨팔! 지붕에서 하는 맛은 정말이지 새로울……."

"주둥이 닫아, 새꺄!"

＊　　　＊　　　＊

용각사와 돈영회가 치열하게 구역 다툼을 전개했던 제남 중심부.

대정로 중앙에 위치한 호화루(豪華樓)는 제남에서 가장 큰 대형 객점 으로 사실은 돈영회 본거지다.

휘잉.

언제나 돈푼깨나 있는 거부들과 관부의 인물들, 그리고 돈영회에 무 엇을 기대볼까, 하고 찾아오는 손님들로 북새통을 이루던 이곳도 오늘 조용하기는 마찬가지였다. 평소와 같이 마당에 사람들은 가득했지만 그들은 손님들이 아니었다.

펄럭펄럭.

우선 눈에 띄는 것이 깃발이었다.

붉은 바탕에 금빛 뱀 두 마리가 기묘하게 엉켜 있는 깃발은 바로 제 남의 서쪽 지역을 장악한 틈사파 것이다.

그 아래에는 깃발에 그려진 뱀과 똑같은 문신을 팔뚝에 새긴 파락호 들이 가득했다.

펄럭.

그들의 옆에 세워진 또 하나의 깃발은 붉은 바탕에 별이 일곱 개 그 려져 있다. 그 깃발이 바로 제남 남쪽 지역을 장악한 칠공자파(七公子

派) 깃발이었고 그 아래에도 덩치가 황소만한 파락호들이 대기했다.

그 두 무리와 조금 떨어진 나무 밑에는 깃발 대신 참람하게도 용(龍)의 목각(木刻)을 앞세운 무리들이 조용히 앉아 있다.

그들은 제남 동쪽을 장악한 고룡회(孤龍會)였는데, 승려처럼 삭발한 머리에 특이하게도 팔뚝에 용이 새겨진 금환을 차고 있었다.

펄럭펄럭.

그들의 앞으로 세 갈래로 찢어진 회색 깃발도 나부꼈다.

그 깃발이 바로 육간을 모욕했고 소우 아버지를 철퇴로 쳐 죽였으며 등로를 강간해서 이번 사태를 몰고 온 용각사(龍角社) 깃발이었다.

물론 정문에는 돈영회(豚營會) 패거리가 자리 잡고 있었는데, 그들의 앞에는 금박(金箔)을 입힌 수퇘지가 우람한 기세로 하늘을 쳐다보며 울부짖고 있었다.

이로써 제남의 밤거리와 물류를 사실상 지배하는 다섯 개의 파락호 조직이 호화루에 모두 모인 것이다.

이런 경우는 전에도 없었지만 아마 앞으로도 없을 사건이었다.

"그러니까, 자네의 말은 우성 촌뜨기들이 제남을 노리고 넘어왔다. 그들이 워낙 막강해서 상대하려면 우리 모두가 힘을 합쳐야 된다… 뭐, 이런 말이 아닌가!"

금 돼지가 그려진 황촉(黃燭)이 유난히 말간 빛을 피워 올리는 어둑한 실내. 느릿한 물음에 공기가 금방이라도 터질 것처럼 일어섰다.

"으흠."

비철담 팽련호는 방금 물음을 던진 돈영회 수령 황금돈(黃金豚) 공릉(孔楞)을 똑바로 쳐다봤다.

“한마디로 말씀을 드리자면 그렇습니다.”

“호오!”

제남에서 제일 큰 파락호 조직 돈영회를 이끄는 황금돈 공릉은 사람들이 알고 있듯 전설에 나오는 돼지를 닮아 숨 쉬기 곤란할 정도로 뚱뚱하고 피부 색이 온통 금빛인 사내가 아니었다.

그런 사내 둘을 양익(兩翼)에 거느린 평범해 보이는 여인, 공릉이 말했다.

“이해를 시켜주게, 팽련호. 내가 보기에는 자네의 개인적인 싸움이네. 왜 그 싸움에 우리 모두가 정말 어울리지 않는 짓을 해야 한다는 말인가?”

“…….”

“손을 잡아야 한다고? 그들이 공공연하게 제남을 상대로 선전포고를 한 것도 아니지 않는가. 우리는 바보들이 아니네. 힘에 부친 나머지 꽁수를 쓰는 것이라면 에서 당장 그만두는 것이 좋아.”

공릉의 말은 점잖은 권고였지만 명백한 피비린내가 묻어 있었다. 그 피비린내는 다름이 아니었다. 파도처럼 밀려오는 용각사에게 자파의 근본인 대정로 일부를 넘겨줄 수밖에 없었던 회한과 복수심, 그런 감정들이 함께 어우러져 빚어내는 정중한 거절. 아울러 타파들까지 견제하려는 공릉 특유의 노회함이었다.

“으음.”

어둠침침한 실내를 부유하는 그 피비린내를 맡으며 팽련호는 즉각적인 답을 미루고 주위를 둘러봤다.

“흥!”

칠공자파 수령 환영투(幻影鬪) 강위(姜慰)의 시선이 제일 곱지 않았다.

틈사파 수령인 신령살모(神靈殺母) 음사형(陰史炯) 역시 마찬가지였
다. 그가 아무것도 들어 있지 않은 뱀눈을 슬쩍 내리깔았다.

"으음."

고룡회 수령인 풍백호(風魄弧) 감충세(甘忠世)의 경우에는 되바라진
소리까지 해댔다.

"이보시오, 팽 형. 천하에 무서울 것 없다고 큰소리를 땅땅 쳐댄 용각
사가 아뇨? 그런데 그런 촌뜨기들에게 전력의 반을 잃었다? 이 감 모(甘
某)는 도무지 믿지 못하겠쇠다."

"……"

"더구나 협력이라니… 하하. 우리가 예전의 무슨 반원(反元) 세력인
줄 아쇼? 우리는 저잣거리의 영웅호걸들이외다. 다시 말하면 파락호,
논다니… 뭐, 이런 무리들이란 말이지요. 그런 어줍잖은 소릴랑 다른
데 가서 하쇼."

감충세는 살벌했다. 머리에 문신된 청룡(靑龍)이 어스름한 불빛을
먹어 괴이하게 꿈틀거렸고 바랭이를 으깨놓은 것처럼 푸르딩딩한 얼굴
에서 초점없는 두 눈에 감긴 불빛을 걷어냈다.

"말이 지나치네, 풍백호!"

팽련호는 녹을 긁어내는 것처럼 깔깔한 목청을 끌어올렸다.

"지나치지 않쇠다."

감충세도 지지 않았다.

"팽 형도 한번 생각을 해보시오. 물론 저잣거리는 드센 바닥이외다.
힘이 없으면 쫓겨나는 생리를 가지고 있단 말이외다. 아무리 그렇다
해도 우리는 풍 형처럼 사람을 함부로 해치지는 않았쇠다."

"으음."

딱히 반박할 수 없는 팽련호는 그저 신음했고 감충세는 팽련호가 그럴 줄 알았다는 듯 힐난을 시작했다.

"팽 형, 대체 언제부터 이 저잣거리에 철퇴와 창, 월도 같은 무기들이 동원된 거요? 바로 당신이 동원시킨 것이 아니오이까?"

"……."

"이 감 모가 볼 때는 팽 형은 뭔가를 크게 오해하고 있는 것 같쇠다. 저잣거리는 사람이 부대끼고 살아가는 곳이지 전장이 아니란 말이외다. 그렇게 칼을 휘두르고 싶다면 군역(軍役)이 제격이지 않겠쇠까?"

"말이 지나치다 했네. 말이라고 다 말이 아닌 것이야!"

궁지에 몰린 팽련호가 감충세를 윽박지르자 처음부터 눈치가 이상했던 칠공자파 수령 환영투 강위가 팽련호의 말을 막아섰다.

"말이 지나친 사람은… 풍백호가 아니라… 바로 당신이야!"

느릿느릿한 어조에 칠성(七星)을 문신한 뭉툭한 짱구머리, 산맥처럼 장대한 어깨에 도자기를 매달아놓은 듯 울퉁불퉁한 근육이 그가 지닌 신력(神力)을 대번 느끼게 했다.

"하… 당신 말야, 내 언젠가는 이런 일이 올 줄 알았지. 나도… 제법 사람을 죽였지만 어떻게… 나보다 사람을 더 많이 죽이나? 당신… 결자해지(結者解之)란 말 알지? 한마디로… 당신이 싼 똥은 당신이… 치워야 마땅하다는 소리야."

3

‘이대로 끝나고 마는 건가?’

팽련호의 심정은 아득했다. 잘살았다고 볼 수 없는 인생이었지만 잘
못 살았다고 단정할 수도 없다. 그래 가부(可否)의 결말을 지금 내기에
는 걸어가야 할 길이 아직 많이 남았다. 더불어 목적지 또한 멀다.

세상사 다 그렇지만 결론은 노정이 아닌 목적지에서 나는 것이다.

그러나 그런 생각은 어디까지나 팽련호 혼자만의 생각이었다.

“불가(不可)!”

“불가(不可)!”

지나온 길과 남아 있는 길에 대한, 더불어 인생에 대한 가부는 결국
부(否)로 내려지고 있었다.

‘아, 아.’

팽련호는 흰머리가 더 많은 머리카락을 쓸어 올리며 괴로워했다.

누구도 그의 손을 들어주는 것을 원하지 않는 것이다.

이미 반 이상이나 꺾인 날개를 뻔히 바라보면서도 그들은 그런 판정
을 내리고 있다. 이럴 때 저잣거리는 오직 이해로만 포장된 약육강식(弱
肉强食)의 법칙이 지배한다. 원시림이나 다르지 않게도.

‘그러나……’

우선 황금돈 공룡을 겨냥한 팽련호가 입을 열었다.

“대랑(大郞)! 이 팽 모는 오늘 크게 실망했소이다.”

“말해 보게.”

공룡이 반응을 보이자 팽련호는 불끈 주먹을 쥐었다.

“과거 이 팽 모가 대랑께나 여러분들께 서운하게 해드렸던 것은 틀
림없는 사실이오이다.”

“아니 다행이군.”

감충세가 툭 끼어들었지만 팽련호는 말을 계속했다.

"솔직히 그때는 이 팽 모가 철이 없었소이다. 원래 저잣거리의 속성이 다 그런 것이라 생각했단 말이외다. 그 점은 매우 죄송스럽게 생각하고 오늘에 와서 또 이렇게 후회하는 바이오."

"이보게. 입에 발린 소리는 그만 집어치우고 결론을 내도록 하세. 그래, 결론이 뭔가?"

역시 노회한 공릉이었다.

흠.

팽련호는 숨을 크게 들이켰다. 중요한 순간이 아닌가.

이미 불가를 외친 고룡회와 칠공자파 협력은 포기하더라도 아직 불가를 외치지 않은 틈사파와 돈영회가 남은 것이다.

그들이 내리는 결정에 따라 파의 존망(存亡)이 걸려 있다는 생각을 하자 팽련호는 우울해졌고 이내 달아올랐다.

"대랑, 어찌 우성 촌뜨기들이 우리 용각사만 노린다 생각하시오? 우리는 그 아이들과 일면식도 없습니다. 설사 은원이 있다 가정을 해도 그렇습니다. 어찌 그들이 돈영회의 대랑께 일언반구, 말 한마디 없이 도강(渡江)을 했단 말씀입니까? 대랑께서는 제남의 제일 큰어른이 아니십니까?"

"햐… 정말 웃… 기는군."

칠공자파 강위가 툭, 그은 말을 고룡회 감충세가 벌렸다.

"이보쇼, 팽 형. 거, 무슨 해괴한 소리외까? 아니, 팽 형이 언제부터 그런 예의범절에 능통한 협사(俠士)가 되셨단 말요. 원 살다 보니까, 별 괴이한 잡소리를 다 듣는군."

"이 팽 모는 당신들하고는 다르다."

팽련호가 반응하자 공릉의 하얀 눈썹이 찡그러졌다.

"흠."

그러거나 말거나 다시 시작된 강위의 느물거림이 팽련호의 붉어진 얼굴을 쓸어 올렸다.

"알고 있어… 당신이 우리와 질이 다르다는 것은. 당신은… 우리와 절대로… 같지 않아. 햐… 출신부터 다른 거야. 우리가 저잣거리의 다리 밑 출신인데 비해… 햐… 당신은 대동부(大同府) 말단 관리였다며? 마적(馬賊)들을 불러들여 군량미를 빼돌리다 발각돼… 햐… 거리로 나선 고결한 출신 아닌가?"

"말조심해라, 강위. 배때기에 철판을 깔지 않은 이상 조심하는 것이 좋아."

팽련호가 눈을 부릅떴지만 강위는 여전히 느물거렸다.

"햐… 꼴에 자존심은 퍼렇다… 이 말인가?"

녹슨 듯했던 강위의 눈알도 점점 초점을 찾아가면서 붉어지기 시작했다. 죽은피가 고이는 것처럼 칙칙한 붉음으로 채워진 그 눈알이 금방이라도 목을 졸라 버릴 듯한 살기를 내뿜었다.

"길고 짧은 것을 대보자는 이야기도 된다!"

팽련호도 신병인 철담을 움켜쥐었다.

사실 팽련호와 강위는 서로 안면은 있지만 구역이 다르고 또 마주쳐야 득되는 일이 없어 소 닭 보듯 서로의 존재만 인식하고 지내온 사이였다. 하지만 저잣거리를 지배하는 법에 따라 언젠가는 자웅(雌雄)을 겨뤄야 할 사이이기도 했다.

"햐… 한번… 붙어보시겠다?"

"두말하면 잔소리다!"

한순간 둘이 피워 올린 살기가 황촉을 건들이고 벽면을 물들였다. 그래 실내가 터질 것처럼 팽팽하게 부풀어 오르자 공륭이 손을 들었다.

"그만!"

"……!"

"감히 여기서 험한 꼴을 보일 것인가?"

"……."

서로를 노려보던 두 사람이 기세를 누그러뜨렸다. 그러자 잠시 사이를 두었던 공륭이 평련호를 쳐다봤다.

"폐일언하고 단도직입적으로 묻겠네!"

"얼마든지 물어보십시오."

"놈들이 그렇게 강한가?"

"아이들을 본가(本家)로 집합시켜!"

말에 오른 평련호가 누군가에게 지시했다.

"예, 대가!"

그의 머리 위, 나무 위에서 누군가가 펄쩍 뛰어 달 속으로 사라졌다. 그 바람에 나무 이파리가 떨어졌다.

팔랑.

무심코 그것을 잡으려 손을 내밀었던 평련호가 옆을 돌아보았다.

"아직 젊은 이파리잖아."

계집애처럼 가녀린 체구에 키가 칠 척은 되는 사내, 틈사파 수령 신령살모 음사형이 빙글거리며 이파리를 살폈다.

"벌써 떨어지기엔 아깝지. 그치?"

색정적으로 빛나는 눈동자와 붉은 입술을 본 평련호가 물었다.

"협력하겠다는 소린가?"

"자넨 그래도 복이 있어."

"……."

"적련사란 계집… 매끄러운 몸만큼이나 헛바닥도 단 년이더군. 아마 돈영회 할망구에게도 그년의 입김이 들어갔을 것이야. 그렇지 않았다면 저 여우가 자네의 일에 이리 나서지 않겠지."

*　　　*　　　*

"곧 날이 밝겠군."

하늘을 반으로 가르며 떨어지는 유성(流星)을 본 소우가 중얼거렸다.

그 유성이 사라지자 제남 특유의 안개와 바람이 몰려들었고 머리카락과 피풍이 금방 젖었다.

크릉.

소우는 조용히 개문을 뽑았다.

그러자 마당의 안과 밖에 자욱했던 안개와 바람이 개문으로 몰려들었다. 개문을 통해 전해지는 기(氣)는 여인의 옷자락처럼 부드럽고도 얇았다. 그 부드럽고 얇은 기가 온몸을 휘돌아서 다시 개문에 맺혔다. 동시에 화주로 깔깔해진 입 안이 청량한 연둣빛 무풍으로 가득 찼다.

그것을 뿜어낸 소우가 개문을 앞으로 뻗었다.

"감장(甘醬)."

순간 개문에 맺혀 있던 안개가 빗금처럼 갈라지며 사방을 휘돌았다. 그 갈라진 안개의 단락 사이에서 개문의 번득임이 번개처럼 일어섰다 내려앉고 그럴 때마다 뚝뚝, 부러진 안개가 밖으로 날았다.

‘나는 개문의 이 세(勢)에 완전한가?

손목을 틀어 다른 세로 움직일 때마다 드는 의문이었다.

‘스승님께서 보여주었던 수법처럼 서늘하고 아름다운가? 마땅히 가를 것만을 골라 가르고 있는가?

물이 흐르는 것처럼 자연스럽게 동서남북, 한 면에 모두 여섯 번씩 도합 스물네 번의 칼질이 가해지는 수법.

포저감장입세는 바로 이어진 흐름을 따라 바뀌었다.

“사환(死幻).”

순간 개문이 정지했다. 그런 개문을 따라 첨에 걸린 버드나무가 한순간 수액의 빨아올림을 정지시켰다.

우수수.

떨어지는 이파리들 사이로 바람이 몰려들어 빈 가지를 흔들었다.

다음 순간 땅에 누운 이파리들이 꼿꼿이 일어섰다가 날아와 개문에 달라붙었다.

“자성(磁性).”

개문을 돌린 소우가 포저의 남은 한 가지를 불렀다.

“붕란(鵬卵).”

빠등—

잎맥이 갈가리 터진 이파리들이 눈송이처럼 날아올랐다.

그 푸른 조각들로 퍼렇게 채색된 안개가 흐트러지고 잠깐이지만 맑은 햇빛이 비쳤다.

소우는 속눈썹을 간질이는 햇빛을 쳐다봤다.

햇빛은 눈부셨지만 얼굴을 찡그려야 할 정도는 아니었다.

그렇게 부유를 거듭하는 햇빛 속에 천도(天刀)는 아직 보이지 않았다. 네 개로 이루어진 포저가 하나로 합쳐졌을 때, 그래 각자 독립된 포저가 아닌 하나의 진정한 포저가 됐을 때에 보여진다는 천도.

'참아내고 노력하면 언젠가는 천도에 이르리라!'

흐른 세월만큼 또 세월이 흐르면 천도에 이르리라고 소우는 생각했다. 그 천도 끝에는 그리운 스승, 고명경이 있을 것이다.

열 살짜리 아이에게 철환을 채워주었던 스승. 말없이 지켜보기만 했던 그의 눈매가 마음의 저 아래 어디쯤에서 밀물처럼 뒤챘다.

'보고 싶습니다, 스승님.'

소우는 개문의 파(把)에 아로새겨진 그의 손자국을 기억했다. 우울했던 이방인(異邦人)의 눈매를 기억했고 따뜻했던 마지막 포옹을 기억했다.

"천도를 이루겠다고… 약속해 줄 수 있겠니?"

그은 햇빛처럼 환한 얼굴을 보여주면서 황천에 몸을 묻었다.

소우는 그때 그에게 그랬던 것처럼 힘차게 고개를 끄덕였다.

아픔에 굴하지 않는 사람에게 아픔은 아픔이 아니라 힘이 되고 출발선이 되고 희망이 된다. 고명경이 가르쳐 준 환했던 그것은 바로 희망이었다

"휴우……."

생각을 정리하자 휘장이 아물리듯 햇빛이 지워졌다. 그리고 다시 몰려온 안개가 피풍에 달라붙었을 때.

슈—악!

땅에서 솟아오른 듯한 몇 개의 그림자가 빛살처럼 다가왔다. 동시에 안개를 베어버린 가공한 살기가 다가와 피풍을 크게 흔들었다.

풋.

이미 돌아선 소우가 웃었다.

"암습인가?"

개문을 사선으로 늘어뜨려 첨을 땅에 두고 있는 상태. 개문은 호면(湖面)에 드려진 빈 낚싯대처럼 가벼웠고 무심했다.

"네놈이 목귀대의 수괴냐?"

물음과 함께 실이 풀려 나오듯 두 개의 그림자가 넷으로 벌어졌고 네 개의 그림자가 다시 여섯으로 벌어졌다.

스스스.

조용히 움직여 일단 퇴로를 차단한 그들은 저잣거리를 들락거리며 사는 사람들이 다 그러하듯 거친 갈의를 입고 있었다.

그렇다고 저잣거리 특유의 번잡함이나 서툰 칼부림의 흔적을 달고 있는 것은 아니었다.

그런 종류의 투박함을 깔끔하게 정제시킨 자들.

단련된 칼이었고 사려둠이 없는 자세. 더불어 강하고 과감한 성격을 지닌 자들이었다.

"좋은 칼을 가졌어!"

그들 중 누군가의 입에서 괴이한 못 소리가 흘러나왔다. 이내 그들의 시선이 안개를 녹이고 건너왔다. 끈적끈적한 피비린내와 함께 그들의 등 뒤에서 그들이 이때까지 베어버린 사람들이 내지르는 무언의 비명 소리가 허공을 메아리 쳤다.

"누가 보냈나? 용각사인가?"

돌아선 소우가 그들을 향해 왼발을 먼저 내보내 조천세를 취했다.

그런 다음 오른발을 따라 붙이고 개문을 한 바퀴 돌려 파를 왼쪽 옆구리로 뺐다.

슈악.

개문이 그려내는 궤적을 따라 안개가 베어졌다. 다시 한 바퀴를 돌린 개문을 등에 붙인 소우가 약간 고개를 숙였다.

"이리 오지 않겠나?"

소우의 도발에 또 누군가가 웃었다.

"끌끌끌… 가볍지 않은 놈이군. 동이(東夷)의 칼이야."

그 말을 그 곁의 누군가가 날선 목소리로 얼른 받았다.

"아무래도 오늘은 길(吉)보다 흉(凶)이겠지?"

"그래도 베어보고 싶다고 칼이 징징거리는걸."

말이 끝나는 것과 동시에 하나의 그림자가 단숨에 공간을 압축시켰다.

칵!

그가 지닌 장검이 흐르는 것처럼 옆으로 미끄러져 어깨를 가르고 지나갔다. 군더더기없이 깔끔한 동작, 저항이 존재하지 않는 칼질. 초식 따위를 넘어선 단 한 번의 칼질이었다. 그것은 안개의 흩어짐과 옷깃의 펄럭임도 용납하지 않았다. 폭발하듯이 뿜어진 단 한 번의 빛 가름이었다.

다닥.

칼의 주인이 허공을 짚으며 머리 위를 날아 뒤로 넘어갔다.

깡!

맞받아 친 개문에서 메질할 때 나는 소리가 터져 나오고 꼬리를 잘게 찢어내며 시퍼런 불똥이 사방으로 달아났다.

그 그림자는 이미 저쪽에 지펴진 안개 속으로 들어가고 그자가 최초로 출발했던 지점에서 다시 하나의 그림자가 미끄러졌다.

“흐아!”

출발할 때 내지른 그의 기합 소리가 들린 것은 그의 팔목에 감긴 용조(龍爪)가 푸른빛을 번득이며 볼을 긁어 올렸을 때였다.

피잇.

용조의 거꾸로 세워진 미늘이 안개를 꿰고 길게 호선을 그렸다.

깡!

개문에 부딪친 그것이 잠시 멀어졌다가 용 울음소리를 내며 안개 속을 맴돌아 다시 개문을 직격했다.

가각!

주형(鑄型)을 떠 찍어낸 후, 담금질로 힘을 준 용조는 우툴두툴했다. 그 거친 외피를 타고 내려가는 개문이 그곳에 속속들이 박혀 있는 청독(靑毒)을 깎아 내렸다.

탓!

개문과 용조가 엮어지자 그자의 팔이 늘어났다.

쭈욱—

아니, 늘어난 것은 팔이 아니라 팔과 용조를 결속했던 철선(鐵線)이 풀려진 것이다. 안개 속으로 들어간 그가 철선을 몇 번 추슬러 용조와 개문의 결박 상태를 확인했다.

철컹.

“우릴 알고 싶나?”

안개와 이어진 철선을 타고 그자의 목소리가 굴러왔다.

철선이 꿈틀거릴 때마다 용조가 제 스스로의 생명이라도 지닌 것처럼 달각여서 움켜잡은 개문을 윽박질렀다.

“안다고 달라질 게 있나?”

"…광오하네."

이번엔 다른 쪽에서 들려온 목소리였다.

"소문 이상이이라니까. *끌끌끌.*"

까마귀의 목청을 우려낸 듯한 불쾌한 여운이 한동안 안개 속을 떠돌
아다녔다. 무슨 물을 들였는지 출렁거리는 철선에서는 역겨운 비린내
가 풍겼다.

소우는 앞으로 흘러내린 머리카락을 불어 올렸다.

"풋."

그 소리를 들은 모양이었다.

"웃나? 이 상황에서?"

안개의 어디쯤에서 누군가가 으르렁거렸다.

소우는 정말 웃었다.

"그럼 울까?"

말이 끝났을 때, 맵시있게 올려붙인 물음이 팔랑거리며 날아가 안개
의 벽에 부딪쳐 되돌아왔다고 느낀 그 순간에 소우는 개문을 비틀었다.
순간 웃음처럼 가볍고 경쾌한 번득임이 일어나 철선을 흔들었다.

따앙!

삭정이가 분질러지듯 용조가 산산이 분질러졌다.

동시에 맹렬한 기세로 철선이 출렁거렸다.

추릿!

소리를 에워싸고 안개가 울었고 널뛰기하듯 바람이 튀었다.

용조의 보조 장치처럼 보이던 철선은 그 자체만으로도 훌륭한 무기
였다. 두께는 강편보다 얇았지만 그것보다 강했고 움직임 또한 그것보
다 자유로웠지만 그것보다 치명적이었다.

피피핏.

한 번 출렁일 때마다 수백 가닥으로 갈라져 안개를 나눴고 바람을 압축시켰다 풀어냈다.

언뜻 보면 안개의 기둥, 혹은 태풍이 수평으로 땅을 내리누르는 듯했다. 철선의 기세 안에 있는 모든 것들이 부서지고 찢겨져 나갔다. 그 안에 갇힌 소우가 찢어졌다.

잔상(殘像)이었다.

슉―

몸을 비튼 소우가 철선의 처음으로 쇄도했다.

안개 속에서 언뜻 비친 그림자가 앞으로 뿌연 호선을 긋고 뒤로 날아갔다. 끄트머리가 뭉툭한 대신 무게가 상당해서 베기보다는 찍기와 빠개기를 주로 하는 박도(朴刀).

파앗―

묵직한 도기가 흙덩이를 말아 올렸고 잔돌들을 으스러뜨리며 밀려왔다.

쩡!

개문을 짧게 부딪치고 그 소리의 측면을 짚고 빠르게 이동한 소우는 그림자의 등에 자신의 등을 붙였다.

그러자 그림자에서 피에 전 땀내와 거친 호흡, 파닥거리는 심장 소리가 건너왔고 화주를 썩힌 듯한 악취가 코에 매달렸다.

"사문(師門)을 알 수 있겠나?"

소우는 대답 대신 그림자의 쳐 들려진 수도와 옆구리 사이를 휘돌아 그림자의 앞에 섰다. 동시에 팔랑개비처럼 회전시킨 손목을 가볍게 꺾어 그림자의 가슴으로 밀어 넣었다.

“탁환추(托幻鎚)!”

인이 풀려지면서 소우의 다섯 손가락에서 금빛 불똥이 튀었다.

빠바방!

과녁에 적중하는 화살, 혹은 철판에 머리를 박고 퉁겨지는 쇠 구슬의 진동, 세 번.

“컥!”

겹쳐 쓰러지는 파도처럼 안개가 엎어졌다.

가슴을 움켜쥔 그림자의 손가락 사이에서 검붉은 피가 뿜어졌고 파열된 심장 승모판(僧帽瓣)이 너덜거렸다.

현실을 믿지 못하는 표정으로 그림자가 주춤거렸다.

그 표정을 반으로 가르며 좌에서 우로 안개의 선이 그어졌다.

빡!

“으헉!”

안개를 가르며 막 짓쳐들던 그림자가 자신도 모르게 외마디 소리를 질렀다. 발에 채여 턱뼈가 바스러지고 목뼈가 단락돼 버린 동료의 시체가 경쾌한 타격음과 동시에 밀려왔기 때문이다.

얼결에 동료의 시체를 끌어안게 된 그림자는 부담을 덜기 위해, 이젠 동료가 아니라 장애물에 지나지 않는 살덩이를 치워 버리기 위해 장검을 번쩍 쳐들었다.

픽!

그의 장검이 이마에 닿는 순간 동료의 몸에서 뇌수가 튀었다.

안구가 튀어나왔고 부스러진 이빨과 턱뼈, 식도가 쪼개졌다. 장검은 거기서 멈추지 않고 가슴과 배, 회음까지 가르고 다시 위로 솟구쳤다.

푸악—

짐승처럼 정확히 이 분된 시체를 비집고 나온 그림자가 앞으로 솟구쳤다.

스슥.

동시에 그의 몸보다 몇 배나 빠르게 튀어나온 장검이 안개 속을 유영해 소우의 등에 달라붙었다.

턱.

순간 직선으로 달라붙은 장검의 궤적이 위로 들렸다.

그림자는 다시 장검을 내리찍으려다 앞이 캄캄해진 것을 느끼고 흠칫 놀랐다.

'흑!

자신의 코가 누군가의 등에 닿아 있음을 본 그가 얼른 뒤로 몇 걸음을 물러섰다.

다닥.

그러자 누군가의 등도 똑같은 속도로 따라붙었다.

아교를 칠해놓은 것처럼 전혀 간격이 벌어지지 않았음을 느낀 그가 다시 몇 발을 뒤로 물리고자 했을 때, 그 누군가의 팔꿈치가 아무런 예비 동작 없이 그의 명치에 박혔다.

퍽!

작은 소리 한 번. 그가 고개를 꺾었다.

순간 그는 자신의 비강(鼻腔)에 가득 찬 핏물을 보았다.

그리고 화주병의 마개가 빠질 때 그런 것처럼 뻥 소리나게 구멍 뚫려 버린 등을 느껴야 했다.

구멍으로 제일 먼저 파열된 심장이 튀어 나갔다.

으스러진 허파와 간이 튀어 나갔고 위장이 튀어 나가 안개를 특유의 인분 냄새로 버무렸다.

이어 불신으로 가득 찬 동공이 새알처럼 터져 버렸고 뇌를 싸고 있던 모세혈관이 손가락처럼 툭툭, 불거지며 뇌압을 팽창시켰다.

"으아아악!"

머리를 쥐어짜며 그가 뒹굴었다.

"잘 가게."

순간 방향을 잡은 철선이 긴 호선으로 안개를 잘라내며 앞으로 밀려왔다.

추릿.

소우는 왼발을 사선으로 틀고 허리를 구부려 철선의 공세를 피해냈다. 동시에 철선의 중심에 사환을 붙잡아매고 허리를 비틀어 올렸다. 그렇게 거리를 변화시킴으로써 압축해 들어오는 다른 그림자의 흐름을 끊었다.

"흥!"

좌측에서 장검을 흘리며 압축해 들어오던 그림자가 끊어진 흐름을 피해 직각으로 흘렀다. 순간 소우가 사환을 죄었다.

따당!

안개의 저쪽에서 용조 부러지는 소리가 났다.

"후아!"

소우는 숨을 골랐다. 사환이 상대의 명줄을 끊어버리지 못하고 용조를 분질러 버린 것은 분명 바람직하지 않은 일이었다. 그렇다면 상대는 사환의 투명한 기운을 감지했다는 이야기. 그럴 리 없다는 생각이 들었지만 우연이라 믿을 수도 없었다.

추릿.

기존의 철선을 핥으며 새로운 철선이 날아왔다.

이어 직각으로 꺾어졌던 그림자도 안개 속에서 모습을 드러냈다. 문득 땅에서 솟아오른 것 같은 느낌으로 그의 장검이 위로 뒤집어졌다.

깡!

소우는 우선 장검을 발로 밀면서 뒤로 흘러갔다.

그러자 수직으로 쳐 올려졌던 장검이 수평으로 몸을 뒤집어 따라왔고 그것을 쥔 주인의 얼굴이 드러났다.

초점과는 거리가 먼 듯한 무심한 눈. 표정이 삭제된 회색 빛 입술이 비틀어져 있었다.

"…무형(無形)의 도(刀)를 지녔어, 넌."

가속을 붙인 그자가 물었다.

"그것이 동이(東夷)의 칼인가?"

"물론."

"좋아. 크크크!"

발끝을 세우고 어깨의 힘을 모두 풀어버린 긴장. 그자는 공격에서 수비로 돌아가고 다시 수비에서 공격으로의 전환이 유격을 전혀 보이지 않는 완벽한 물림을 가지고 있었다.

소우가 반격할 기미를 보이자 검을 거둔 그자가 언뜻 옆으로 흘러 아까처럼 안개 속에 몸을 감췄다. 그가 누군가에게 물었다.

"아우는 할 말 없나?"

"고련(苦練)은 사람을 극한(極限)으로 내몰지."

요동 치는 철선을 따라 안개 속에서 말이 건너왔다.

4

"극한이란 말이야, 한계까지 밀어붙여진다는 의미만 있는 게 아니야. 세상과는 동떨어지게 날이 세워지고 각이 세워진다는 의미도 되지. 빌어먹을."

그가 잠시 쉬려는 듯 철선을 바닥에 뉘었다.

그의 주위로 안개 속을 거니는 세 개의 그림자가 시야에 잡혔다 사라지기를 거듭했다.

스륵.

그들은 예민했다. 이쪽에서 어깨라도 움직일라 치면 모래알이 흩어지듯 흩어져 안개 속으로 스며들고 이내 모습을 보였다가 다시 지워졌다.

"네가 제남의 파락호들을 정복해서 과연 무엇을 할 것인지는 잘 몰라. 하지만 한 가지는 분명히 알 수 있어. 세력을 만들려 하고 있다는 것! 그러나 웃자란 가지는 세상이 용서치 않아. 정기적인 가지치기는… 그래서 필요한 거야. 베어버려야 하지."

추리릿!

바닥에 누워 있던 철선이 뿌옇게 안개를 뒤집으며 일어났다.

동시에 주위를 거닐던 그림자들의 움직임이 빨라졌다.

우선 우측에서 미끄러진 그림자가 왼손으로 자신의 오른쪽 소매를 걷어 올렸다 싶은 순간.

따당!

헐렁한 소매에 덮여져 있던 쇠뇌가 불을 뿜었다.

주먹만한 불덩이. 사실은 손가락보다도 더 가는 화살이겠지만 소용돌이치면서 날아오는 그것의 위력은 실제 크기를 초월했다. 방향타로 박아놓은 꿩 털이 빨아들이는 안개의 회전 뒤에서 다시 한 개의 살을 먹이는 그림자가 일그러져 보였다.

스윽.

소우는 왼발을 축으로 오른발을 반 바퀴 돌렸다.

그러자 허리보다 먼저 돌아간 어깨의 반회전을 스치며 쇠뇌가 핑, 안개를 긋고 사라졌다. 그 쇠뇌를 따라온 안개가 목덜미의 솜털을 눕혔다.

펄럭.

반작용으로 일어선 솜털이 소름으로 돋았다.

순간 그림자의 왼손이 다시 오른 소매로 들어갔다. 그러나 이번에는 소우가 더 빨랐다.

턱.

비연회추(飛燕回追). 무릎도 안 굽히고 안개를 압축해 들어간 손에 그림자의 멱살이 잡혔다.

겨드랑이 사이로 그가 쏘아낸 쇠뇌가 툭, 불거지면서 그의 배에 쑤셔 박힌 개문의 피고랑을 타고 피가 뿜어졌다.

픽!

갑작스런 틈입에 놀란 살들이 뻑뻑하게 경직돼서 개문을 움켜잡았다. 수렁에 빠진 발이 그러하듯 그림자의 중앙으로 끝도 없이 함몰되는 개문을 옆으로 흘린 소우가 멱살을 놓는 것과 동시에 발을 들어 그의 가슴을 내질렀다.

팡!

개문이 뽑혀져 나오면서 그가 뒤로 날아갔고, 그가 날아가는 방향과는 정반대로 뿜어진 피가 소우를 물들였다.

얼굴에 튄 핏물은 뜨거웠다.

모래알이 들어갔을 때처럼 눈을 아리게 했으며 빗물을 머금은 것처럼 입술을 찝찔하게 만들었다.

그런 핏물을 닦을 사이도 없이 안개 속에서 희미한 또 하나의 그림자가 사람의 형체를 이룬다 싶더니 옆구리로 미끄러졌다.

스팟!

부싯돌을 두드렸을 때 나는 소리, 혹은 그 최초의 불똥처럼 옷깃과 피풍이 서로 스쳤다. 그 사이에 놓인 개문과 칼이 서로의 이빨을 부딪치며 낙뢰처럼 아래로 흘렀다.

가각.

최대한 참았다가 토해내는 서로의 거친 입김이 엉겨 붙었다.

내뻗은 발과 발이 엇갈리고 병기를 잡지 않는 손과 손이 엇갈렸다가 합쳐지고 다시 엇갈렸다.

허리가 허리를 따라 돌고 그렇게 따라 도는 어깨를 따라 안개와 땀이 버무려진 서로의 등이 뜨겁게 마찰했다.

차돌 같은 살이 박혀 있는 그자의 등에서 소우는 그자가 이때까지 살아온 삶의 무게를 측량했다.

그리고 앞으로 살아갈 삶에 올려진 몸부림을 각인했다.

그렇게 느끼는 건 그자도 마찬가지일 것이다.

‘그래… 그런 것이다.’

옷깃과 옷깃이 닿았다고, 그래서 살과 살이 닿고 핏줄과 핏줄이 서로 엉겼다 해도 적과 나 사이에 끼어 있는 이 백지 한 장만도 못한 벽을 누구도 허물지 못한다.

저 악물린 입술과 붉게 충혈된 눈에 담긴 명백한 살의. 목이라도 졸라 버리고 싶을 만큼의 극한 증오가 서로의 혈관을 이렇게 두드린다.

‘그대… 이름을 알 수 없는 자여. 그대 입술과 눈에 시퍼렇게 지펴진 살의, 혈관을 두드리는 중오를 내 보고 있으니 그대 또한 내 입술과 눈에 지펴진 살의, 혈관을 두드리는 중오를 느꼈을 것이다. 그렇다면 됐다. 미련 따위는 개에게 주어버리자. 칼을 돌려 심장을 파열시키고 목을 날려 버린다 한들 그 살의와 중오가 가라앉겠느냐.’

그림자와 한 몸처럼 돌면서 여전히 위협적으로 날아오는 철선의 공세를 비킨 소우가 한순간 피풍을 뒤집었다.

동시에 왼발로 바닥을 쓸면서 오른발을 직각으로 쳐들었다.

텁.

순간 그림자의 몸이 소우의 왼발을 타 넘었다. 동시에 그가 날린 장검이 어깨를 스치고 날아가 철선과 부딪쳐 불똥을 피워 올렸다.

빠악!

옆으로 흐르려던 그림자의 옆구리에 소우가 날린 오른발이 파묻혔다. 충격을 이기지 못하고 거침없이 물러서던 그자가 다시 장검을 뻗었을 때, 이마에 닿은 개문이 갈지(之) 자를 두 번이나 그리면서 아래로 흘러내렸다.

“이것이… 끝이라 생각하나?”

주춤하는 장검을 한 손으로 움켜잡은 소우가 허리를 비틀었다. 그렇게 비틀린 허리를 따라 어깨가 돌고 이미 세워진 왼발이 그의 턱을 직격했다.

빠악—

“정말 끝이라 생각하나?”

다음 순간 피고랑에 남아 있던 피를 남김없이 뿌리며 수평으로 날아간 개문이 그의 식도를 문질렀다.

턱.

인(刃:칼날)을 머금은 울대뼈가 하얀 속을 보이며 뒤집어졌다. 이어 경추(頸椎)와 경추의 사이가 어긋나면서 팥알을 흩뿌려 놓은 것 같은 형태의 갑상선(甲狀腺)이 좌우로 벌어졌다.

그 사이로 동맥(動脈)과 정맥(靜脈)이 퉁겨져서 허리를 잘린 뱀 같은 몸부림으로 사방에 시뻘건 피를 뿌렸다.

"자, 이제 두 명 남았나?"

허무하게 쓰러진 그림자의 가슴에 한 발을 올린 소우가 물었다. 끈적끈적한 피가 배인 파(把)를 몇 바퀴 돌려 개문을 등판에 붙인 그가 피로 범벅된 머리카락을 걷어 올렸다.

"풋."

붉은 물감을 들인 듯한 얼굴의 아래쪽에서 피어오른 하얀 웃음이 안개의 흐름을 잠시 정지시켰다. 소우는 물었다.

"웃자란 가지는 베어버려야 한다 했나?"

"……."

"그걸 누가 결정하지? 누구의 잣대, 누구의 저울로 그것을 재단하고 달아보는가?"

대답을 기대하고 던진 질문이 아니었지만 소우는 대답을 기다렸다. 그러자 잠시 바닥에 누워 있던 철선이 용틀임하면서 대답이 건너왔다.

추리릿!

"세상은 반드시 주인이 있지. 하늘이 정한 주인이든, 아니면 스스로의 의지로 정해진 주인이든 주인은 있는 거다. 그건 나라를 비롯한 세상의 모든 물건들에게 엄중히 적용된다. 저잣거리도 마찬가지. 산적들과 파락호, 그 쓰레기만도 못한 세력을 가지고 네놈이 무엇을 할 수 있겠나?”

“그게… 그대들 주인 생각인가?”

여전히 웃으며 소우가 물었고 오랫동안 침묵이 이어졌다.

그 침묵을 깨뜨린 것은 철선의 주인이 아니었다.

철선의 좌측에서 건너온 목소리였다.

“네놈은 출신이 너무 비천해. 크크… 아비가 근본이 없는 염쟁이이고 어미 또한 갈보라지?”

송곳 같은 비아냥거림이었지만 소우는 웃음을 지우지 않았다.

“격장(激將)인가?”

“무엇이 무서워 격장을 지른단 말인가!”

“그게 아니라면 나와라. 내가 들어갈까?”

“광오한 놈!”

“칼잡이는 무엇으로 말하나?”

탓.

소우가 땅을 박찼다. 순간 안개가 그의 몸을 감고 소용돌이치며 아래로 밀려났고 그 안개를 밀어 올리며 철선이 바짝 따라붙었다.

파다다닥.

소우는 거푸 세 번의 도약과 두 번의 공중제비로 춤추듯 안개를 갈랐다. 그 안개의 저 아래에서 희끄무레한 무엇인가가 빠르게 움직이고 있었다.

추릿!

바늘 끝처럼 퉁겨진 철선의 살기가 따갑게 발바닥을 핥았다.

핑핑핑!

소나기처럼 죽죽 그어지는 철선의 공세가 움직임을 제한했지만 소우는 바닥에서 좌우로 흔들리는 그 그림자를 놓치지 않았다.

푸릉.

귀밑머리가 좌우로 갈라졌다. 철선에 스친 피풍이 뒤집어지면서 산산이 잘라져 눈송이처럼 흩날렸다.

"빌어먹을!"

철선의 처음에서 기어올라 온 투덜거림이 철선과 철선이 겹쳐지는 부분에 와서 끼었다. 화살에 꽂힌 새가 떨어지듯이 엉켜든 철선이 아래로 급락하면서 거칠게 맴돌던 안개가 잠깐 정지했다.

투탓.

소우는 다시 땅을 밟는 것과 동시에 개문을 앞으로 내밀었고, 흠칫 놀란 그림자가 반사적으로 손에 쥔 무엇을 흩뿌렸다.

깡!

불똥이 일고 비도(飛刀) 세 개가 사방으로 퉁겨졌다. 다음 순간 반동을 제어한 개문이 날아가 그림자의 명치를 관통했다.

"컥!"

바로 접질린 비명 소리가 터져 나왔고 그림자의 흉강(胸腔) 가득 부풀었던 폐가 개문에 산산이 쪼개졌다. 이어 과실처럼 단단했던 심장이 파열되고 함몰된 늑골(肋骨) 사이에서 내늑간근(內肋間筋)과 외늑간근(內肋間筋)이 불거졌다. 그렇게 척추골(脊椎骨)의 인대를 찢어발기며 등판으로 빠져나온 개문의 피고랑을 따라 피가 오줌 줄기 같이 뿜어졌다.

슉.

소우는 조금의 망설임도 없이 개문을 뒤집어서 그림자의 목까지 일직선으로 쳐 올리고 턱을 바스러뜨렸다.

파악.

그리고 목을 밟았다.

와직!

"몰랐나? 칼잡이는 오직 칼로 말해야 한다는 걸?"

발 아래에서 경추 어긋나는 소리가 터졌다. 그 소리는 음울한 메아리가 되어 안개 사이로 스며들었다. 그 뒤를 밟으며 꽁무니를 둥글게 만 바람이 몇 차례 지나갔다. 그러자 널브러져 있는 시체와 강물처럼 흐르는 안개를 사이에 두고 피비란내가 뭉클거렸다.

툭. 툭.

개문을 털어낸 소우가 앞을 봤다.

"……."

정말 '오래도록' 이라고 느낄 만큼의 시간이 역하의 저쪽에서 둥그런 해를 받쳐 올렸다. 빛살이 삭제된 그 해는 고요했고 금방이라도 깨어져 버릴 듯한 감색이었다. 그때까지 철선을 늘어뜨린 저쪽에서 아무 말이 없었고 소우도 말을 하지 않았다.

휘잉.

안개를 머금은 바람이 해를 가로지르고 있었다.

그 가로지름이 한가했지만 둘 사이의 침묵은 한가하지 않았다. 겨울날의 얼음장이 그러하듯 팽팽했고 거꾸로 쓰다듬는 비늘처럼 거친 질감을 가지고 있었다.

그런 침묵을 먼저 깨뜨린 것은 소우가 아니라 철선이었다.

추리리릿!

바닥에 누워 있던 두 가닥의 철선을 일으켜 세운 것과 동시에 뒤로 한 바퀴를 돌려 가속을 붙이고, 그렇게 붙은 가속으로 발목을 베어 들어오며 그가 물었다.

"그녀를 아나?"

비연회추로 철선을 우회한 소우는 대답하지 않았다. 염쟁이와 갈보 이야기가 나왔을 때 짐작하고 있던 바여서 대답할 필요가 없기도 했지만 대답 자체가 무의미했기 때문이었다.

상촌의 기억은 언제나 그랬다.

지워 버릴 수 있다면 지워 버리고 싶었다.

이해할 수 없는 멸시와 구박, 악의적인 놀림과 돌팔매로 점철된 유년이라면 누구라도 지워 버리고 싶을 것이다.

그렇지만 신경 쓰지 않았다.

이미 물처럼 흘러 버린 일. 그것이 가시가 돼 평생을 찌른다 해도 백지처럼 지워지지 않는 이상 피할 수 없는 일이 아닌가.

더불어 피를 요구한다면 기꺼이 흘려야 하는 기억이었다.

"적련사, 그녀가 용각사와 돈영회를 하나로 묶었네."

"…알고 있어."

한 개의 철선을 건너뛴 소우가 대꾸했다.

순간 다른 하나의 철선이 화살처럼 빠르게 가슴으로 날아들었다. 안개에 묻힌 철선의 끝은 여전히 요원했고 깊이를 짐작할 수 없었다. 몸을 비틀어 그 철선을 옆으로 흘리자 다른 철선 하나가 도리깨질하듯이 머리 위로 퍼부어졌다.

그 철선이 개문을 절구공이처럼 두드렸다.

까까깡!

불똥이 튀어 안개를 달구다 꺼졌고 묵직한 충격이 쇄골을 흔들었다. 강하고 빠르며 방향의 측량이 불가능한 철선의 공세가 한동안 이어지다 끊겼다.

"후아, 후아!"

참았던 숨을 토해낸 철선의 주인이 다시 한 번 철선을 쳐들었다. 순간 철선의 요동을 밟고 소우가 날아들었다.

좌로 일 보를 쇄도하면 다시 우로 이 보를 쇄도하고, 우로 이 보를 쇄도하면 다시 좌로 삼 보를 쇄도했다.

그렇게 불규칙한 선을 좌우로 그으며 무려 육 장의 거리를 날아든 것이다.

"끝났군!"

무심한 탄식이 비어져 나오는 그림자의 어깨를 밟고 하늘 높이 날아오른 소우가 풍차처럼 떨어져 내렸다.

"감장!"

회전하는 몸에 엉겨 붙은 안개가 떨어져 내렸다. 안개의 바깥으로 내밀어진 개문이 그림자의 전신을 난자했다.

한 번의 손놀림에 연속적으로 퍼부어진 여섯 번의 칼질.

파파박!

대번 살점이 튀고 피가 튀었다.

팽이처럼 깎아진 두개골에서 머리 가죽이 튀었고 활화산처럼 뇌수가 폭발했다. 팔이 떨어져 나가면서 쇄골이 빠개졌다.

풋.

개문을 돌려 피를 떨어버린 소우는 고개를 지그시 숙였다.

그러자 머리카락에 엉겨 붙어 있던 피 한줄기가 그의 섬세한 얼굴선을 타고 주르륵 흘러내렸다.

"…유년은 누구에게나 있지, 친구."

5

그릉!

어둠의 저편에서 석문(石門)이 내려지는 소리가 태곳적 동물의 울음 소리처럼 들렸다.

네 겹으로 이루어진 석문이 그렇게 하나씩 내려질 때마다 유년의 기억이 그만큼 잘려 나갔다.

그르릉!

상촌이 단절되고 등촉 간들거리던 집이 멀어졌다.

헝클어진 머리카락, 순박한 눈망울의 아버지가 사라지고 당신께서 내쉬던 한숨 소리가 지워졌다.

그르르릉!

들판 가득 물들어오던 가을, 허수아비 뒤로 날던 새들 떨어지고 결실을 아우르며 물처럼 흘렀던 바람 소리가 끊어졌다.

그리고 향기로 가득했던 첫 입맞춤.

달콤했지만 고통스럽게 박혔던 청연목(靑緣木) 아래의 다짐. 그곳에 새겨진 이름이 희미해졌다.

그르르르릉!

육간의 싱싱했던 비린내, 미끈거렸던 바닥, 스승님의 따뜻했던 눈맞춤, 형제들과의 단란했던 저녁이… 얇았던 무풍이 떨어져 나갔다. 생각해 보면 아름다웠고 또 생각해 보면 잔잔했던 기억들은 그렇게 석문의 뒤쪽에 남겨졌다.

앞은 아무것도 보이지 않는 어둠.

똑똑.

종유석을 타고 내려온 물방울 돋는 소리, 머리카락을 헝클며 박쥐 퍼덕거리고 지네들이 발등을 가로질렀다.

휘이잉.

어딘지 모르는 곳에서 불어온 바람이 축축했다.

참을 수 없었고 이해할 수 없었다. 아니, 참으면 안 되었고 이해하면 안 되었다.

어둠을 쳐다봤다.

이방인에게 어둠은 동굴 특유의 습함과 농밀함을 풀지 않았다.

어둠에 살이 절여지고 깜박거려지지 않는 눈이 뻑뻑해졌다.

자부동(紫府洞).

어두웠지만 은혜로 가득했던 동굴이여.

"자요?"

"아니."

여리의 손목과 머리카락 사이에서 풋풋한 향기가 건너왔다.

온기가 전해질 정도로 가까이 다가와 앉은 그녀가 잠시 침묵을 지키다 갑자기 까르륵거렸다.

"침 튄다."

눈이 떠지면서 자부동의 어둠이 물러가고 입을 막고 쿡쿡 웃는 여리가 보였다.

"아유, 거짓말하지 말아요."

여리가 다시 웃었다.

그러자 아래로 휘어진 눈썹과 손가락 사이로 보이는 덧니가 세상의 모든 밝음을 합쳐 놓은 것같이 눈부셨다.

소우는 다시 눈을 감았다.

이때까지 코끝을 맴돌았던 안개 속에서의 불유쾌했던 피비린내가 사라졌다.

"정말 육간을 다시 하려고요? 소채 장사를 하려고요?"

여리는 지금 눈을 동그랗게 뜨고 있으리라.

"덩치가 산만해요. 얼굴에 수염이 가득해요. 험악함이 철철 넘쳐요. 그런 사내들을 데리고 육간과 야채 장사를 한다? 어울리지 않아요. 쿡쿡!"

"어울려."

"예?"

"덩치가 산만해야 힘을 쓰잖아. 얼굴의 수염으론 야채에 묻은 흙을 털면 되고, 험악해 보여야 외상을 안 해. 외상은 정말이지 짜증나는 일이야."

"쿡쿡, 말도 안 돼. 그럼 세상의 모든 장사꾼이 모두 그런 모습이게? 아님 망하게?"

"그런 모습이 아니니 문제가 생기는 거야."

"아유, 억지 소리 말아요. 여리는 정말인 줄 믿는다니까?"

햇빛이 묻어 있는 여리의 목소리가 눈썹을 간질였다.

여리가 말을 멈춘 사이로 청량한 바람이 불었고 여름날의 이파리가 떨어내는 싱그러운 냄새가 났다.

"사실… 어떻게 살아야 하는지 몰라서 거리로 나섰는지 몰라."

누운 상태로 팔짱을 긴 소우가 말했다.

"음?"

"어쩌다가 성질을 부렸는데, 사람들이 피하고 무서워하니까 재미있었겠지. 그러면서도 이렇게 살아서는 안 된다고 생각했을 거야. 정말 초조했겠지. 그래 술을 마셔. 싸움질을 해. 소리를 고래고래 질러도 길이 보이지 않았을 거야."

"누구? 파락호들?"

"그래."

소우가 대답했다.

"정말 제대로 된 파락호라면 저잣거리에서 거들먹거리지 않아. 일찌감치 관부의 줄을 타고 대상(大商)으로 변신을 했던가, 포악을 떨다가 세력이 생기면 바로 숨어버려."

"피이… 말도 안 돼. 파락호는 그저 파락호네요. 거기에 무슨 구분이 있어요?"

"아냐, 구분은 있어. 덜된 파락호들, 아직 인간성이 남아 있는 파락호들이 저잣거리에 남아 있는 거야. 정말 나쁜 파락호들은 저잣거리에 있지 않아. 어둠 속에 숨어 그들을 조종하지."

"……."

"의리를 지키고 도리를 지키면 세력은 금방 만들어질 거야. 그러나 오래 유지하지 못해. 그런 미덕들은 결국 세력을 약화시키고 무너뜨릴 뿐이야. 그래 세력을 유지케 하는 건 다름이 아닐 거야."

"어? 그럴듯해요."

"생각해 봐, 여리. 의리 따위… 도덕 따위는 헌 신발처럼 차버릴 수 있는 독심(毒心), 일벌백계를 빙자한 잔혹함, 적의 친구와도 손을 잡을 수 있는 교활함, 수하의 목숨 백 개보다 금전 한 닢이 더 소중한 비틀린 철심(鐵心)."

"두목들을 말하는 거네?"

"물론 그들도 할 말은 있겠지. 워낙 잘 변하는 자들이라 그렇게 하지 않으면 조직을 유지하지 못한다고. 단물과 쓴 물을 번갈아 줘야 말을 잘 듣는다고."

"사실이잖아요?"

여리의 목소리는 어느새 웃음이 가서 있었다.

그녀에게도 풍산촌의 기억은 따뜻할 것이다.

여리는 자칫 삭막함으로 흐르기 쉬웠던 지난 십 년 동안 풍산촌의 빛이었다. 귀곡선생과 애각 형제는 여리에게 궂은일 한 번 시키지 않았다. 그런 여리가 제남에서 맞닥뜨린 풍경을 납득할 수 있을까.

"음… 파락호들은 거칠고… 음. 생각이 즉흥적이에요. 금방 화를 내고 기물을 부숴요. 사람을 패요. 그런 자들을 다스리려면… 음. 그런 독심이 있어야 해요."

더듬거리며 힘들여 말했는데도 아무런 대꾸가 없자 여리는 소우를 내려다보았다. 입가에 매달린 소우의 미소가 붉은 꽃 이파리처럼 선명했다.

"그렇지 않은 두목이 어딨어요?"

"……."

둘 사이에 잠시 침묵이 흘렀다. 고개를 갸웃거린 여리가 덧니를 살짝 내보이며 이해할 수 없다는 표정을 지었다.

그런 여리의 입을 막고 침묵을 허문 사람은 소우였다.

"어딘가 있겠지."

천천히 일어난 소우가 여리의 어깨를 잡았다.

"……."

"이제 곧 그런 사람을 보게 될 거야."

"음?"

순간 얼굴의 반 정도를 차지한 여리의 큰 눈을 소우의 까만 눈이 가만히 밀었다.

'으응?

여리는 자신도 모르게 눈을 감았다. 왜 그렇게 감겨졌는지 잘 모르겠지만 얼굴이 붉어지고 심장이 파닥거리면서 머리 속이 하얗게 비어졌다.

콩닥콩닥.

코에 닿을 듯 가까이 다가온 소우. 얼굴의 어딘가에 그의 입술이 닿을 것 같았다.

차가운 입술… 그러나 꽃처럼 향기롭고 용암처럼 뜨거울 입술이.

'…괜찮아요.'

여리는 기다렸다.

그러나 전혀 엉뚱한 사람이 그녀를 눈 뜨게 했다.

"대주, 모두 모였사옵니다."

우림이었다. 여리가 돌아보니 소우는 어느새 그의 앞에 서 있었다. 소우의 어깨 너머로 보이는 우림의 얼굴이 침중했다.

'이게 뭐야?

부끄러운 나머지 우림과 눈이 마주치는 것을 피한 여리가 속으로 툴툴거렸다.

'얼마나 기다렸던 순간이었는데.'

처음 만나서 손을 잡았을 때처럼, 아직도 이렇게 심장이 파닥거리고 얼굴이 붉어진다. 이유를 묻는다는 것은 무의미하다. 오직 이 순간의 감정에만 충실하면 되는 것이다.

'저 사람은 여리와 입을 맞출 생각이었을까?'

여리는 생각했다. 그리고 이내 고개를 저었다. 아무래도 아닐 것 같다는 결론. 철부지에 음식이라고는 단 한 가지도 제대로 만들지 못하는 여자를 누가 은애할까.

"흥!"

여리는 멀어지는 소우를 보며 입술을 삐죽 내밀었다.

면도처럼 예리하고 차가운, 그러면서도 파락호들의 마음을 이해할 만치 따뜻한 심장을 가진 사내가 뭐가 부족해 이 천방지축인 말괄량이에게 마음을 줄까.

"아가씨는 같이 안 가십니까?"

문득 고개를 돌린 우림이 물었다.

"화주나 한잔 마실래요."

"화… 주요?"

무슨 술꾼도 아니고 화주 근처에만 가도 얼굴이 붉어지는 여리였기 때문에 우림이 놀라는 건 당연했다.

그러나 여리는 우림의 생각처럼 농담으로 한 말이 아니었다.

여리는 정말 술꾼 같은 표정이었다.

"왜, 화주가 나쁜 음식이에요?"

"그, 그런 건 아니옵니다."

"요즘 여리가 해장에 맛을 들여서요."

"……?"

"찌르르 하잖아요? 뱃속이. 그럼 얼마나 기분이 좋다고요."

"쿰!"

우림은 갑자기 술꾼으로 변한 여리를 이해하지 못했다.

그가 끊임없이 고개를 갸웃거리며 뒤뜰에서 여리를 바라보고 있었을 때, 소우는 이미 주방을 지나 탁자에 당도해 있었다.

"어서 오세요, 대주."

탁자에는 오랫동안 모습을 드러내지 않던 북역하의 주인인 하후굉, 총관 진숙달, 그리고 인근에서 제법 큰 장사를 하고 있는 상인 몇 명이 모여 있다가 일제히 일어났다. 명실 공히 역수거리와 그 일대를 지배하는 수장(首長)에 대한 예의였다.

"앉으세요, 격식은 필요없습니다."

소우가 의자에 앉자마자 애각 형제와 거연창이 좌우로 벌려 섰다.

"에헴!"

여리 때문에 뒤늦게 달려온 우림이 소우 옆에 착석했다.

사람들이 앉기를 기다린 소우가 우림을 보고 말했다.

"시작하세요, 군사."

"예, 대주."

우림은 우선 큰 귀를 몇 번 펄럭거리며 모인 사람들을 다시 한 번 살폈다. 새벽의 암습이 계획을 생각보다 빨리 진행시키게 만들었지만 모인 사람들의 면면은 기대 이상이었다.

"에… 여러분께서도 잘 아시다시피, 우리 목귀대는 파락호들이 아니올시다. 혹시 오해하고 계실지도 모르기에 제일 먼저 이 말씀을 드리는 것이외다."

"으음."

우림의 말을 전혀 예상치 못했는지 상인들 중 누군가의 입에서 묵직한 신음이 흘러나왔다.

"……!"

그들은 서로를 보며 아주 곤혹스런 시선을 주고받았다.

파락호치고 '나 파락호요' 하고 밝히는 자들은 없다. 그렇다고 대놓고 저렇게 말하는 파락호도 없기 때문이었다.

호랑이 없는 산에 여우가 왕이라더니… 파락호가 분명한데 대놓고 파락호가 아니라고 강변하는 데에는 무슨 속셈이 들어 있지 않느냐, 하는 의혹이 실내를 맴돌았다.

"에헴."

그들의 이상한 표정에 정작 의아한 사람은 우림이었다. 우림은 다시 한 번 그들의 얼굴을 하나하나 새기듯 쳐다보았다.

"왜, 무슨 불만들이 있으시오니까?"

그들의 대답은 금방 나왔다.

"어, 없사옵니다."

"그렇다면 왜 그런 해괴한 표정들이외까?"

"군사— 아."

한번 파고들기 시작하면 바닥까지 파고드는 우림의 성격을 아는 거 연창이 불쑥 우림을 호명해 놓고 한 눈을 끔적했다.

쓸데없는 일에 신경 쓰지 말라는 힐난이었지만 우림은 그들이 표정을 풀 때까지 특유의 큰 귀만 펄럭거렸다.

"이것은 에……."

마침내 진숙달이 나서서 상황을 정리하자 그들은 굳은 표정을 조금씩 풀었다. 우림이 다시 말했다.

"에… 우리 목귀대는 상인연맹(商人聯盟)을 지향하는 것이외다."

"……."

그들의 표정이 또 이상해졌다.

과감한 창질로 유명한 목귀대가 아닌가. 뿐만 아니라 그 두목이 인정사정없는 작두질로 유명한 거연창이다. 따라서 말이 좋아 '목귀대'이지 '작두파'로 불려도 그리 억울하지 않을 집단이 웬 뚱딴지 같은 '상인연맹'이란 말인가.

그렇다면 이 자리는 향후의 세금을 고지하고 조정하며 얼굴이나 익히자는 뜻으로 마련된 자리가 아니라, 아예 사업장을 바치라고 강요하는 자리였던가.

"으… 흐음."

묘한 침묵이 흐른 후 상인들 중의 좌장 격인 상인 하나가 조심스럽게 수염을 쓸어 내렸다.

"저어… 말씀 도중에 죄송하오만, 방금 상인연맹이라 하셨소? 당최 귀가 어두워서 말입니다."

후덕하게 생겼지만 눈매가 사나운 것이 배짱깨나 있어 보이는 상인이었다. 우림은 서슴없이 대꾸했다.

"그렇소이다."

"으… 음."

그러자 그가 상인다운 극도의 경계심을 밖으로 드러냈다.

그것은 다른 사람들도 마찬가지였다. 되지 못한 파락호들이 허울만 좋을 뿐인 '상인연맹' 운운하며 결국에는 자신들의 밥줄까지 넘보고 있다는 판단이 그들의 머리 속을 맴돈 것이다.

"에헴!"

우림은 우선 큰기침으로 좌중을 내리눌렀다. 그의 머리 속에서 방금 의문을 제기한 상인의 신상첩(身上帖)이 펼쳐졌다.

하소채(夏蔬菜) 금불위(錦佛偉).

그는 소채를 제남부중(濟南府中)에 납품하는 일개 중간 상인이다. 하지만 실상을 알고 보면 제남상인 중에서도 거물에 속하는 사람으로 그가 취급하는 물품은 소채가 아니었다.

소채를 싣고 제남부중에 들어가지만 나올 때는 소금을 싣고 나온다. 그는 용각사 정방과 마찬가지로 국가의 전매품(專賣品)인 소금을 취급하는 상인인 것이다.

다시 말하면 관의 뒷문으로 빠져나오는 대량의 소금을 사들였다가 되파는 상인. 그러나 그는 지금 힘을 앞세운 용각사 정방에 밀려 야금야금 물량을 빼앗기는 중이었고 영락하는 중이라 지우(知友) 하후굉의 소개가 아니었다면 이 자리에조차 나오지 못하고 용각사의 눈치를 봐야 했을, 그런 사람이었다.

"그러니까… 세금을 얼마 내라는 말씀이 아니고 동업(同業)의 형식으로 손을 잡자, 뭐 이런 말씀이시오?"

이번에 나선 사람은 주먹만한 코가 특징이라면 특징인 상인이었다. 턱 아래로 늘어진 살이 세 겹이나 되고 배가 불룩한 것이, 그가 기름 종류를 취급하는 상인임을 한눈에 알아볼 수 있다.

대유(大油) 마삼호(馬三浩).

돼지기름을 받아다 객점에 납품하고 소기름을 받아다 초를 만드는 상인. 제남에서 쓰는 기름 이 할과 초의 삼 할을 움켜쥔 상인으로 거부(巨富)는 아니었지만 물건만큼은 제대로 만든다는 평을 듣고 있다. 그는 용각사로 매월 총수입에서 일 할의 돈을 바치며 공방을 경영하다 참석하게 된 사람이었다.

다음으로 나선 사람은 도축장(屠畜場)을 경영하는 하도가(河屠家) 주인 맹휘(孟輝)였다.

얼굴에 곰보 자국 가득하고 짧은 수염 속 입술이 유난히 붉어 보이는 사내. 그가 어깨를 안으로 오므렸다.

"저… 나으리, 그런 전례도 없었을 뿐더러… 오 할씩 수입을 나누면 우린 죽습니다. 세금을 조금 더 달라면 드리겠습니다. 하지만 동업은 절대로… 반대입니다요."

평소 산맥 같은 어깨와 아이의 몸통 같은 팔뚝을 자랑했던 맹휘였지만 그 악랄했던 용각사를 하루 저녁에 반이나 부숴 버린 자들 앞에서는 말이 제대로 나오지 않았다.

어떻게 생각하면 그도 칼밥을 먹는 칼잡이였지만 짐승을 베는 칼과 사람을 베는 칼의 차이는 생김과는 전혀 다르게 순박한 그로서는 죽었다 깨어나도 극복할 수 없는 차이였다.

"그런 동업을 말씀드리는 것이 아니외다."

이상스럽게 생긴 귀를 이상스럽게 흔드는 우림이 윽박지르듯 꽉 인상을 접었다.

"……!"

불벼락이 떨어질 것이라 지레짐작한 맹휘는 얼른 옆에 있는 하구대(何九大)의 옆구리를 툭 쳤다.

"윽!"

하구대는 맹휘와 절친한 친구 사이로 물이 많은 제남의 사정에 맞게 낚시 도구와 그물, 통발 등속을 파는 만물점의 주인이면서 제철방(濟鐵房)이라는 대형 대장간을 네 개나 지니고 있는 뛰어난 철쟁이다.

"뭐야? 아, 아프게……."

졸지에 옆구리를 얻어맞은 그가 맹휘를 향해 무심코 눈을 흘겼다. 그러자 우림이 퉁방울 같은 목소리를 냈다.

"뭐외까?"

“……!”

깜짝 놀란 그가 우림을 쳐다봤다. 그의 눈에 비친 우림은 구천에서 갑자기 튀어나온 위험한 염소 같았다.

“뭐냐고 물었소이다.”

염소의 얼굴이 점점 험악하게 물들어갔다.

“당신도 할 말이 있다… 이거외까?”

“아, 아닙니다요.”

하구대는 무조건 눈부터 내리깔았다. 그러자 얼굴에 경련이 일어나면서 철쟁이로서의 탄탄했던 기백이 어디론가 사라져 버리고 삭은 불덩이처럼 쪼그라든 어깨 위로 소복한 공포가 재티처럼 내려앉았다.

‘으…….’

그 위험한 염소도 염소였지만 그 옆, 침묵에 싸인 검은 피풍이 더 무서웠다. 그는 암흑에서 금방 꺼내놓은 것같이 창백한 얼굴이었고 꽃보다도 섬세한 미소를 물고 있었다.

용각사가 깨어질 때 사람들 틈에 숨어 그 미소를 본 적이 있는 하구대로서는 어떠한 말로도 표현되지 않는 공포를 느낄 수밖에 없었다.

꿀꺽.

싸늘한 침묵 속에 터질 듯한 긴장과 두려움이 일었다.

그 두려움은 우림이 필요 이상으로 상인들을 윽박지르고 있었고 상인들 또한 필요 이상으로 우림의 말을 확대 해석하고 있기에 생겨난 칙칙함이었다.

짝짝!

제각기 다른 생각으로 풀어져 있던 상인들의 시선이 손뼉을 치는 곳으로 집중됐다. 이때까지 한 번도 입을 열지 않았던 북역하의 주인, 하후굉(夏候宏)이었다.

"자, 자, 여러분! 너무 긴장하지 맙시다."

6

"긴장 안 하게 생겼소이까?"

반응은 귀가 어둡다던 금불위가 제일 빨랐다.

그가 알고 있고 사람들 모두가 알듯 파락호들과의 동업은 말이 동업이지 합법적으로 재산을 빼앗기는 과정의 초입이었다.

대처에서 낙향한 벼슬아치가 돈영회와 손잡고 소일거리 삼아 시작한 전장(錢莊)이 돈영회의 소유로 넘어간 것이 불과 몇 년 전이었다. 그렇게 넘어간 것은 전장만이 아니었다.

그의 만 평이나 되는 장원은 돈영회 수령인 황금돈 공룡의 별장이 되었고, 그 몇십 배에 이르는 전답(田畓)은 갈기갈기 쪼개진 채 소유주가 바뀌었다.

그가 알거지가 된 기간은 그가 돈영회와 손잡은 날로부터 채 삼 년이 걸리지 않았다.

그에게서 우려낼 것을 다 우려낸 돈영회가 그를 가만두었을까? 돈영회 사주를 받은 것이 분명한 몇 명의 거지들이 정신 나가 저잣거리를 방황하는 그의 머리를 으스러뜨려 죽인 것은 그의 입을 통해 진실이 어느 정도 알려지기 시작하는 시점이었다.

거지들은 또 며칠 후, 얼어 죽은 시체로 발견되었다.

그게 지금으로부터 오 년 전의 일이었다.

"상인연맹이라니요? 그럼 우리보고 죽으라는 소리가 아뇨?"

금불위가 드러내 놓고 나서자 대유 마삼호도 용기를 얻어 목소리를 높였다.

"맞소이다."

마삼호까지 나서자 상인들이 모두 나서서 한마디씩을 거들기 시작했다.

"우리는 여태 그런 것 안 하고도 자알 살아왔시다."

"솔직히 귀측의 욕심이 너무 크외다. 칼이면 다요?"

"우리가 세금을 올려준다고 하지 않았쇠까?"

이래 죽으나 저래 죽으나 마찬가지라면 할 말은 하고 죽겠다는 심중으로 한번 말문이 터지자 상인들은 핏대를 세우며 따지고 들었다.

"저… 내 생각에는 그것이 아닌 것 같소이다. 더 이야기를 들어보시고 결정을……."

"어허엄!"

하후굉으로서도 수습하기 곤란한 지경에 이르자 우림이 큰기침으로 정리를 하려 했지만 상인들의 이야기는 물막이 둑이 터진 것처럼 단번에 결론으로 치달았다.

"난 불가요."

"난 죽어도 못하겠시다."

"차라리 식솔들과 내 시체를 밟으쇼."

사실 그들은 용각사의 과중한 세금에 불만이 많았고, 그런 용각사가 부서졌다는 것을 일단 통쾌하게 생각했다.

그러나 그뿐이었다.

목귀대와 거연창에 대한 소문은 상식을 초월하는 수준이었고, 그런 상식을 초월한 자를 직접 보았기 때문이었다.

용각사를 두드릴 때의 대주(隊主)라는 자, 현재 그들의 앞에 앉아서 그때와 다르지 않게 섬뜩한 미소를 물고 있는 자.

그의 신위는 정말이지 평생을 두고도 잊지 못할 악몽이었다.

그래 그들은 거리의 주인이 바뀌었어도 세금이 줄어들 리 없다는 판단을 한 것이다.

하지만 하후굉의 인덕에 의지해 세금의 증가만큼은 막을 수 있으리라 낙관하고 있었는데 그건 고사하고 이건 아예 사업장을 내놓으라는 협박이 아닌가.

쾅!

그들의 격한 항의를 단 한 마디로 잠재운 사람은 역시 거연창이었다. 그가 특유의 급한 성격을 이기지 못하고 홍창으로 바닥을 찍었다.

"조용히 해!"

"……!"

"여기가 무슨 저잣거리의 좌판인 줄 알아? 두고 보려니까 한도 끝도 없네. 이봐, 당신!"

"저, 저… 말이외까?"

대유 마삼호가 자신의 이마에 꽂힌 거연창의 눈빛을 문지르며 엉거주춤 일어섰다.

"꼭 작두 맛을 봐야 정신을 차리겠어? 우리 군사의 말을 들어보란 말이야. 당신 설마 우리 목귀대를 아무 철학 없는 파락호 따위로 보는 건 아니겠지? 그렇다면 아주 곤란해, 알간?"

"으… 음."

부스스.

옥척에서 떨어져 내린 먼지가 상인들의 머리와 어깨를 덮었다.

'저렇게 자신하고 있다면……'

조건을 들어보고 난 이후에 결정하는 것도 나쁘지 않다!

서둘러 먼지를 털어내는 상인들의 시선이 서로 얽혔다.

평생을 저잣거리에서 늙은 상인들이라 그런지 은밀하게 오고 가는 눈짓과 손가락이 만들어내는 의미는 언어를 능가했다.

여러 번의 숙의와 격론 끝에 하소채 금불위가 우림을 불렀다.

"이보시오, 귀공."

"말씀하시오."

"귀측도 아시다시피 이런 경우는 조건을… 서로 교환할 수 없다면… 절대 가능치 않은 일이오. 만일 억지로 취하고자 한다면 우리는 죽음으로써 대항할 것이외다. 그렇게 되면 귀측은 결국 관부와 겨뤄야 될 것이고, 귀측의 신세 또한 우리와 다르지 않을 것이오. 흠."

"……."

"그럼 우선 귀측의 조건을… 말씀해 보시오."

"좋시다."

삐걱.

우림이 의자를 당겨 앉았다.

*　　　*　　　*

"소문이 맞나봐."

"무슨 소문?"

"돈영회의 황금돈이 새끼를 들였다는 소문."

"양녀를 말하는 거야?"

"후계자겠지."

원북역하에서 소우네와 상인들 간의 갑론을박이 한창 진행되고 있는 시각.

용각사의 더듬이 관노와 지음은 어느 고각(高閣)에 기대어 어딘가를 바라보고 있었다.

만 평의 대지 위에 세워진 고각의 기와는 청동(靑銅)이었고 높이만도 오 장(약 15미터)이르렀다.

어림잡은 폭이 삼십 보, 길이가 백 보는 충분히 되는 이 고각 주위에는 훌륭한 가산(假山)과 연못, 귀한 적송(赤松)과 이름 모를 꽃들이 지천이었다.

그 사이로 번초(番哨)들의 망대(望臺)가 우뚝우뚝 솟아 있고 찰갑(札甲)을 착용한 칼잡이들이 경계의 눈초리를 번득이며 서 있다. 그들이 쥔 창날에서 몸을 한 번 뒤집은 햇빛이 땀을 닦아 내리는 지음의 손가락으로 핑핑 날아왔다.

"에이, 씨팔! 정말 덥다, 그치?"

"여름이니까."

관노의 시큰둥한 대꾸에 질렸다는 표정을 보인 지음이 기둥의 그늘에 몸을 묻었다. 잠시 그러고 있던 지음은 문득 생각났다는 듯 가자미눈을 하고 관노의 몸을 쓸어 내렸다.

"흐음."

땀이 배인 관노의 경장은 본인이 원하든 원하지 않든 몸의 굴곡을 어느 정도 드러내 주고 있었다. 가자미눈을 좁힌 지음은 짐짓 딴청을 부렸다.

"이런 데서 사는 놈들은 정말 좋을 거야."

"말이라고?"

지음이 왜 가자미눈을 하고 있는지 눈치 못 챈 한 관노가 무심코 말을 이었다.

"난 단 며칠만이라도 좋으니까 이런 데서 살아봤음 소원이 없겠다."

"난 하루 저녁만 자봤음… 흐흐."

"에이, 욕심없는 자식. 사내가 고작 하루 저녁이 뭐냐?"

"누구랑 자느냐를 물어봐야지."

"뭐?"

"난 정말 백 번이라도 할 수 있다구."

"저 새끼는 그저… 음? 뭘 봐, 자식아!"

그제야 가자미눈을 눈치 챈 관노가 지음의 뒤통수를 때렸다.

픽!

잠깐 엄살을 부리는 척하던 지음이 기둥 뒤로 돌아갔다 반대 편으로 쑥 나왔다.

"봐, 안 봐?"

덥석 뒤로 안은 관노의 가슴에 손을 넣은 지음이 괴이한 소리를 냈다.

"아흐흐흑… 됴다."

이상한 소리를 낸 지음이 비틀거리며 물러났다. 관노의 박치기가 정통으로 그의 코뼈를 가격한 것이다.

"이, 이… 코피!"

"조용히 해, 새꺄. 이야기가 안 들리잖아."

"에이, 씨팔. 이게 뭐야!"

그들 둘이 그렇게 아옹다옹하며 지켜보는 곳.

망루의 번초와 찰갑을 착용한 칼잡이들의 신경이 집중된 곳은 연못이었다. 연못에는 작은 배 한 척이 떠 있고 그 위에 두 사람이 타고 있었다. 그중 한 사람은 이 별장의 주인이며 돈영회의 회주이기도 한 황금돈 공릉이었다.

"고굉(股肱)을 아느냐?"

공릉의 말에 잠시 무엇을 생각한 적산월이 고개를 숙였다.

"이해하옵니다, 대랑."

"이해를… 한다?"

공릉은 수면에 눈을 주었다.

"네가 그것을 이해한다고?"

조각조각 부서지는 수면을 타고 그녀의 말이 떠돌아다녔다.

시간이 지난 후에 공릉은 고개를 끄덕였다.

"그래… 어쩌면 네 말이 맞을 것이야. 현 시점에서 생각해 보면 말이지. 그들은 결국 돌아오지 않았어."

"알고 있사옵니다."

"전대의 회주 때부터 나의 고굉지신(股肱之臣)이던 그들이 말이야. 그들 여섯 명은 표범처럼 강했다. 마구잡이식으로 칼을 휘둘러 대는 부류가 아니었지. 분명한 칼이었고 정확한 칼이었다. 그러나 네 예상대로 그 녀석의 칼이 그들보다 더 강했다."

"죄송하옵니다, 대랑."

"으음."

공릉은 입을 닫았다. 고굉지신 여섯이 죽었어도 그녀는 언제나 그렇듯 냉정했고 무감동했다.

은형육괴(隱形六怪).

저잣거리가 아니라 무림에서 얻은 명호를 가지고 저잣거리를 무림처럼 살아온 그녀의 수족들.

'…그들이 베어졌다.'

공릉은 잠시 갈등했다.

'무엇을 위해 그들을 죽음으로 내몰았던가. 전대의 회주를 죽이고 나를 회주에 추대한 그 일등공신들을 왜 죽여야만 했던가.'

"으음."

공릉은 수면에 박힌 눈을 빼 적산월의 숙여진 등판을 문질렀다. 적련사, 아니, 적산월. 젊은 날의 자신이 그러했던 것처럼 세상의 벼랑 끝으로 내몰려 발버둥 치는 아이의 등판은 꽤나 허술했다.

"장군가의 서녀라 했느냐?"

"……!"

"첩질을 했고 창기였다 했느냐? 그래서 저잣거리에 몸을 묻었다 했느냐?"

"그렇사옵니다, 대랑."

"허!"

단숨에 질문을 퍼부은 공릉은 탄식했다.

'그래 이 아이를 처음 보았을 때 그의 얼굴이 떠올랐던 거로구나. 인연은 어긋나도 운명은 이리 박정한 것인가.'

"네 아비가 혹시 사(思) 자, 평(評) 자를 쓰지 않느냐?"

잠시 침묵을 지켰던 적산월이 담담히 대답했다.

"천하디천한 서출이옵니다. 게다가 계집년 따위가 어떻게 아비의 이름을 알겠사옵니까? 오래전에 잊었사옵니다."

"호!"

공룡은 감탄했다.

그녀가 버드나무처럼 푸를 때에 만난 적사평도 저런 기백이 있었다. 전란 중 그녀는 한구(漢口) 문사(文士) 가연충(伽蓮充)의 첩이었고 적사평은 반란군 일대(一隊)를 이끄는 청년 장수였던 것이다.

인연의 고리가 어긋나 서로 오래 있지 못했지만 그녀도 적사평도 서로를 은애했다.

그래 아이를 가졌다.

그러나 전장을 따라 적사평이 떠났고 둘의 사이를 눈치 챈 가연충의 보복이 시작됐다.

만삭인 채로 거리로 떨려난 그녀는 술과 여자가 지천으로 넘치는 진회하(秦淮河)에 이르러 남의 집 담벼락을 의지해 계집아이를 낳았다. 그 아이를 키우며 창기로 진회하의 너른 강변을 떠돌다 다시 한 사내를 만났고 울면서 아이를 버렸다.

삶을 다시 시작할 수 있다면 그녀는 빽빽 울음만 우는 아이 따위는 필요치 않다고 생각했다.

그러나 그녀에게 새로운 삶은 요원했다.

그녀가 선택한 사내는 술 없으면 하루도 살지 못하는 박약한 심성을 지니고 있었고 돈이 생기면 노름판에서 떠날 줄을 몰랐다. 널 때리지 않으마… 아이만 버린다면 과거는 묻지 않으마. 사내가 했던 약속은 술을 빙자한 폭력과 폭언에 무너졌다.

팔이 부러질 정도로, 입술이 터질 정도로 때리며 '더러운 창기 년'을 노래했던 사내는 아침이 되면 그녀의 무릎을 붙잡고 다시는 안 그러마… 사과했다.

그러나 저녁이면 어김없이 폭력과 폭언이 반복됐다.

그제야 그녀는 피눈물을 삼키며 아이를 그리워했다.

자신을 닮아서 피부가 백옥 같았고 눈매가 선했던 아이.

“너는 식충이야! 개만도 못한 새끼야!”

폭력과 폭언을 쏟아 부은 것으로도 모자라 강제로 가랑이를 벌려 화주병을 꽂아버리고 세상모르게 곯아떨어진 사내의 목을 그어버린 날.

그녀는 아이의 궤적을 쫓아 미련없이 진회하를 떠났다.

아이의 궤적은 제남에서 그쳐 있었다.

아이를 데려간 사람은 용의주도한 사람이었다.

언젠가는 찾으러 올지도 모르는 부모를 위해 발이 닿는 곳마다 그곳에 붙박여 사는 사람들에게 흔적을 남겨놓았던 것이다.

“진회하의 제동(除洞) 목에서 주운 아이라오. 혹시 부모가 찾으러 올지 모르니까 잘 기억하고 있으시오.”

과거 남의 첩이었고 창기였던 여자가 제남에서 할 일이 따로 없었다. 화가에서 몸을 굴리다가 전대 돈영회 회주 백양수(佰陽洙) 눈에 띄어 그의 첩이 되었고 은형육괴를 만나 돈영회를 차지했다.

이 별장도 인연, 혹은 악연의 산물이었다.

한구 문사. 그녀에게는 최초의 사내였던 가연충의 것이었으니까. 그녀는 옛정을 운운하며 동업을 제의해 온 가연충을 철저하게 짓밟았고 진회하의 사내에게 그랬듯 서슴지 않고 죽여 버렸다.

그렇게 만나고 싶지 않던 가연충은 만나서 원을 풀었지만 정작 만나고 싶어한 아이는 제남을 다 뒤졌어도 만나지지 않았다.

언젠가는 만나지리라. 사람의 인연만큼 불확실하고 공교로운 것이 있을까. 저와 내가 피로 맺어진 사이가 확실한데 만나지지 않을 거란 절망보다 만나질 거란 희망 쪽에 무게를 두고 살아야 하지 않을까.

그래 공릉은 지원을 요청하러 온 적산월을 처음 보았을 때 그 아이를 생각했던 것이다.

아마 살아 있다면, 살아 있는 것이 확실하다면 그 아이와 적산월은 두 살 차이. 어미의 배만 다르고 아비는 동일한 자매가 확실했기에.

이에 공릉은 적산월을 처음 본 순간 그 누구도 이해하지 못하는 피끌림을 따라 자신과 엇비슷한 길을 걸어 마침내 자신에게 닿은 적사평의 딸, 적산월을 돈영회 차기 회주로 낙점했다.

그러나 돈영회에서 은형육괴의 위치는 오래전부터, 어쩌면 처음부터 그랬을지도 모르겠지만 공릉을 능가하고 있었다. 마음 아팠지만 그들을 죽음으로 내몬 이유, 그들이 죽어야 했던 이유가 여기에 있었다.

"그 녀석을 왜 죽이려 하느냐?"

회상에서 깨어난 공릉은 문득 생각났다는 듯 물었다.

"소녀의 과거를… 한때는 좋았던 그 과거를 알고 있사옵니다. 그는 비천한 녀석이옵니다. 그의 과거가 곧 소녀의 과거이기도 하기에 그를 죽여야 될 이유는 충분하옵니다. 그래 소녀는 서출이었다는 멍에를 덜고 싶사옵니다. 그는 소녀에게 모욕이옵니다."

적산월의 눈에 들어 있는 불길은 증오가 분명했지만 은형육괴를 죽인 '그 녀석'에 대한 중오는 아니었다. 현재의 처지로 전락할 수밖에 없었던 자신에 대한 분노, 그런 상황을 유도한 세상에 대한 중오임을 노회한 공릉은 단번에 알 수 있었다.

"좋다. 적사평의 딸이여, 네 능력을 보여라. 이 늙은이가 관의 개입을 차단해 주마. 재주껏 싸워보도록!"

공릉은 아무래도 상관없었다.

"진숙달과 잘 아는 사이였어."

"맞아, 진 노대 그 자식이 아주 반가워했다니까?"

"이런 쌍!"

적산월은 갑자기 지음과 관노의 멱살을 틀어쥐었다.

"캑캑."

"싸라기 밥을 처먹었니?"

"……!"

어리둥절해진 지음과 관노가 같은 흑백쌍살을 봤다

"반말 쓰지 마, 이 자식들아!"

그들의 입에서 동시에 똑같은 말이 튀어나왔다.

"……."

여전히 어리둥절한 두 사람을 놓은 적산월이 차갑게 돌아섰다. 그녀의 시선에 걸린 흑백쌍살이 흠칫 굳었다.

"알아볼 것이 있으니 당장 진숙달, 그자를 잡아와요!"

제4화 달빛 흐르는 강

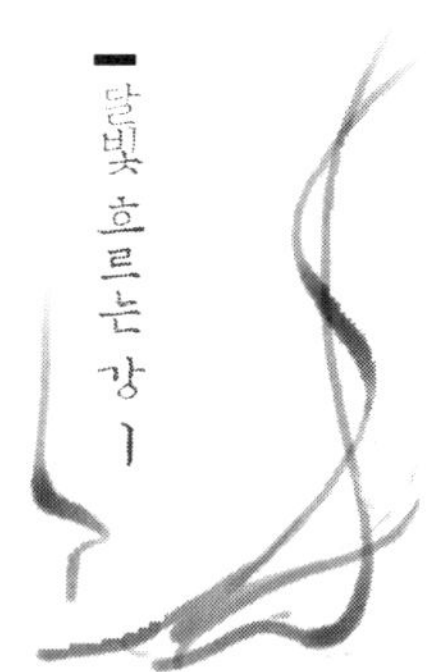

"어떻소이까?"

하후굉이 주역(周易)을 해석한 나이는 일곱 살이었다.

신동(神童)으로 불렸고 순천부(順天府)에서 학관을 하다 모종의 투서 사건에 휘말려 제남에 정착, 객점을 열었다.

그를 아는 많은 사람들이 재주를 아쉬워했지만 원 말(元末)에서 명 초(明初)로 넘어가는 격변기는 그에게 은인자중(隱忍自重)을 요구했다.

"이 사람이 볼 때는 그리 나쁜 조건은 아니라고 봅니다만."

하후굉의 몸에서 초야에 묻혀 사는 은자(隱者)의 향기가 흘러나와 상인들 사이로 흘렀다.

"흠."

그 차분함을 휘저으며 이번에도 먼저 나선 사람은 금불위였다.

그가 소우와 거연창은 차마 쳐다보지 못하고 우림과 눈을 맞췄다.

"생산과 판매를 분리… 생산은 우리가, 판매는 귀측이 맡는다는 조건은 확실히 구미가 당기오. 사실 우리는 그동안 툭하면 외상을 하고, 뻑하면 나자빠지는 자들 때문에 판매는 물론 생산까지 막대한 차질을 빚었소이다."

"바로 그래서 우리가 연맹을 제안한 것이외다."

자신있고 당당한 어조로 우림이 말을 받았다.

"세상에는 별놈들이 다 있질 않소이까? 외상이 아니면 물건의 질을 믿지 못하는 놈. 외상이 아니면 당최 흥을 보이지 않는 놈. 가진 바 성질을 믿고 돈을 떼어먹는 놈. 이런저런 트집을 잡는 놈… 우리는 그런 놈들을 아주 혐오하고 있쇠다."

"……."

"물건만 확실하다면 다시는 그런 일이 없을 거외다."

"흐음! 그렇소이까?"

일단 되묻은 금불위가 말을 계속했다.

"문제는 우리가 어떻게 귀측을 믿고 전적으로 판매를 맡기느냐, 이거외다. 아, 그렇다고 오해는 하지 마시오. 결국 판매가 상업에서 제일 중요한 주문과 수금 관계를 틀어쥐고 있는 것이외다. 그것을 홀대하거나 부실하게 운영하면 생산은 고사하고 상업 자체가 무너지는 것이외다. 귀측은 그 관계를 알고 계시오이까?"

"그러니까……."

우림이 금불위에게 단도직입적으로 물었다.

"귀측은 한마디로 우릴 못 믿겠다는 소리외까?"

"…당연하지 않소이까?"

고개부터 끄덕인 금불위가 수염을 쓸어 내렸다.

순간 우림이 분노한 표정을 보였지만 그는 말을 계속했다.

"귀측은 파락호들이 아니라 주장하고 있소이다. 그렇지만 그걸 누가 증명해 줄 것이며 보장은 또 누가 할 것이외까? 제대로 된 장사꾼이라면 소문에 제일 민감하오이다."

"흠."

"그 이유를 여기서 구구히 말할 필요는 없겠지요. 뭐, 어쨌든 귀측에 대한 소문이 일부 과장되었음을 인정한다 해도 그것이 전혀 사실무근은 아니지 않소이까? 아니 땐 굴뚝에서 연기가 나는 법은 없소이다."

"그, 그래서요?"

금불위의 말은 우림으로서도 미처 예상하지 못했던 직언(直言)이었다. 금불위는 소금을 밀매해 온 노련한 상인답게 나아갈 길은 확실히 나아가고 가면 아니 되는 길은 목숨을 걸더라도 가지 않는 배짱이 있었다.

그런 금불위가 마저 쐐기를 박았다.

"우리가 안심할 수 있는 장치를 보여주시오. 그렇다면 귀측을 믿겠고 만일 그렇지 않다면, 귀측은 아까 누군가도 이야기했다시피 우리의 시체를 밟아야 할 게요."

땅!

"이, 이런 건방……!"

우림이 탁자를 치고 일어나려는 순간 소우가 팔짱을 풀었다.

"귀하의 말씀을 인정합니다."

"대주!"

한 손을 들어 우림을 진정시킨 소우가 말을 계속했다.

"왜 우리가 칼을 잡았는가, 왜 상인연맹을 지향하게 됐는가를 먼저 말씀드려야 하겠지요?"

"그, 그러신다면 많은 참고가 될 것이외다."

약간 당황한 빛을 보인 금불위가 대답했다.

그는 대주라는 자가 이렇게 직접 나설 줄 몰랐다는 기색이 역력했지만, 그럼으로써 더욱 잘됐다는 기색 또한 숨기지 않았다.

사실 '군사' 라는 직책을 가진 노련한 염소를 상대해 설전을 벌이는 것보다는 어디를 보아도 애송이임이 분명한 '대주' 라는 자를 상대해야 유리할 것이라는 계산이 선 것이다.

'흠. 언뜻 생각하기에 칼보다 강한 것, 주먹보다 강한 것이 없을 것 같지만 그런 단순한 생각은 왕왕 무너지는 법이지.'

그것들보다 강한 것은 얼마든지 있다.

그중의 하나가 바로 세상을 살아온 세월, 즉 연륜(年輪)이다.

금불위는 자신있었다. 이 연륜이 만들어낸 지혜와 지식의 정도를 논한다면 하후굉이 최고일 것이지만, 이제 겨우 약관을 갓 넘긴 애송이를 상대하는 데에는 그 정도까지 높은 연륜이 필요치 않다는 것을. 적은 연륜이라도 연륜이 우러나는 언어는 그렇지 않은 사람에게 묵직한 멍에, 혹은 고삐로 작용한다.

'간단히 굴복시킬 수 있으리라.'

그 다음 적당히 타이르고 다독거려 주며 세금의 부당성까지 논한다면 오늘의 회담은 대성공이었다. 그러나 그런 금불위의 단순한 생각은 오판이었다. 소우는 그리 호락호락한 '풋내기' 가 아니었기 때문이다.

"우리가 칼을 잡은 까닭, 상인연맹을 지향하는 까닭은 단순합니다. 우리 목귀대는 칼을 수단으로 사용할 뿐입니다. 과거에는 어땠었는지는 잘 모릅니다. 그렇지만 지금은 그렇습니다. 이해하시겠습니까?"

“……!”

“우리의 목적은 오직 상인연맹입니다. 그것을 이루기 위해 부득불 칼을 잡았을 뿐입니다. 물론 칼이 아니라도 수단은 많을 겁니다. 그러나 그런 수단은 우리에게 요원합니다. 어쨌든 우리는 칼을 지닌 집단입니다. 다른 수단을 찾는다는 건 시간 낭비일 뿐만 아니라 어리석은 짓입니다.”

“…….”

“곁에 있는 조건을 최대한 이용하여 이문을 극대화시키는 것이 상업의 기본 아닌가요?”

“크음!”

“그렇다면 왜 상인연맹을 지향하느냐는 문제가 남겠군요. 널리 정의(正義)를 펴기 위해서, 혹은 협의(俠義)를 실천하기 위해서라는 대의명분(大義名分)은 허울입니다. 솔직하게 말씀드려서 우리는 무소불위(無所不爲)의 힘을 원합니다.”

“…….”

“누구에게도 눌리지 않고 누구에게도 꺾이지 않을 그런 힘! 말로만 그럴듯한 정의와 협의 따위를 원하는 게 아닙니다. 흐르는 눈물을 멈추게 할 수 있는 구체적인 힘을 원합니다! 아시겠습니까?”

크릉.

소리와 동시에 상인들 얼굴을 하얗게 굳혔다. 소우의 손 가름 한 번에 보이지 않는 끈이라도 달린 것처럼 개문이 튀어 올랐기 때문이었다. 순간 개문에서 쏟아진 현란한 담금질 무늬가 구석에 괴어 있던 어둠을 베어버리며 뒤집혔다.

탕!

개문을 탁자에 박은 소우가 상인들을 똑바로 쳐다봤다.

"이 칼은 저의 생명입니다. 우리의 신용은 이 칼이 증명하고 보장할 겁니다. 이래도 못 믿으시겠다면 생각대로 대항하시길 바랍니다. 관부가 됐든, 황궁이 됐든 이 사람은 이 칼이 부러지도록 싸울 겁니다. 물론 제일 먼저 베어지는 사람은 여러분들이 될 것입니다. 아시겠습니까?"

"으음."

신음을 흘린 금불위는 소우의 눈을 들여다보았다.

"……."

믿을 수 없을 만큼 까맣고 고요한 눈이었다.

그렇지만 피가 튀고 뼈가 으스러지는 소리가 가라앉아 있는 눈이기도 했다. 그래 베어진 자들의 비명 소리가 버무려진 눈이었지만 여느 칼잡이들과는 전혀 다른 방향을 바라보는 눈이기도 했다.

그 눈은 세상의 보이지 않는 이면을 향하고 있었다. 그곳에서 걸러지는 선과 악, 삶과 죽음의 경계를 보고 있었다.

'칼잡이로서 어울리지 않는… 그러나 천상 칼잡이로세.'

문득 세상으로 돌아온 그 눈이 말했다.

"귀측이 현명한 선택을 하느냐, 그렇지 않느냐는 전적으로 귀측에 달려 있습니다. 그 선택에 대한 책임도 전적으로 귀측이 감당해야 할 문제입니다. 이 사람은 귀측이 현명한 선택을 하시리라 믿습니다."

입이 얼어붙은 금불위는 더 이상 말을 할 수 없었다. 그것은 나머지 사람들도 마찬가지였다. 개문을 타고 흐른 침묵이 흥건하게 탁자를 적시고 아래로 흘러내렸다.

"에헴."

잠시 침묵을 지켜본 우림이 다음 순서를 진행시켰다.

"자, 그럼… 수결(手決)은 어느 분부터 하시겠소이까?"

*   *   *

"돌아갔습니까?"

해가 역하의 물결에 씻기고 있다.

불 지펴진 물결 위로 새 떼가 날고 억새들이 여름날의 저녁 하늘을 솖아내는 소리가 들려왔다.

"……."

우림이 소우의 얼굴에 지펴진 불을 보았다.

"…처음엔 기분이 좋지 않을 겁니다. 입장을 바꾸어 생각해 보아도 여태 세금 바치며 잘 지내왔는데, 이제 와 하나의 깃발에 묶이려니 새삼스러운 것이 당연합니다. 그러니 우리에게 확실한 믿음이 생길 때까지… 그들의 감정을 건들지 마세요, 군사."

"알겠사옵니다."

"생각해 보면 사람의 사귐이란 다 그럴 겁니다. 서로 모를 때는 아무것도 아닌 일에도 핏발을 세우고 목숨까지 바쳐 가며 싸웁니다. 그렇지만 어떤 계기가 있어 한번 마음을 열게 되면 정말로 목숨을 걸고 싸워야 하는 일임에도 손을 잡습니다. 서로의 어깨를 한 번씩 툭툭, 털면 끝납니다. 이 점을 군사께서도 이해하고 계시겠지요?"

"예, 하지만 도저히 그러고 싶지 않은 사람도 있사옵니다."

우림이 주름살 가득 웃음을 채워 넣었다.

"목귀대가 아닌 목귀파 시절, 대주께서 우리 수석에게 교훈을 내리

시지 않았다면 말이옵니다. 만일 대주께서 그러지 않으셨다면 이 늙은
이는 그저 평생 작두나 메고 다니며 눈치만보다 흙에 파묻혔을 것이옵
니다."

"……"

"무식한 창질도 창질이었지만 '작두 거연창' 하면… 흡!"

우림이 이리로 다가오는 거연창의 발소리에 과장된 표정을 지었다.
그러자 거연창이 의아한 눈으로 우림을 살폈다.

"군사, 어째 영… 내 얼굴에 뭐가 묻었나?"

"아, 아니올시다."

"그런데 그 표정은 뭐야? 얼굴 좀 펴. 내 눈에는 뭐가 아주 못마땅한
표정으로 보이는데. 아닌가?"

"내 눈에도 그려유."

애각구려도 다가왔다.

삐걱삐걱.

원북역하의 마루장은, 깔리고 처음으로 이런 무지막지한 덩치에 밟
히는 것이리라. 애각구려의 발이 움직일 때마다 마루장의 이음매가 활
처럼 휘었고 결과 결이 서로 밀리는 소리가 요란했다.

삐걱삐걱.

옥척에까지 닿은 키, 싸움 소를 연상시키는 어깨와 어지간한 사람의
몸통을 연상시키는 팔뚝, 두 아름은 족히 되고도 남을 만한 허리에 매
달린 황혈거도가 지나는 곳마다 금이 죽죽 그어졌다.

거연창의 덩치도 작은 덩치가 아니었지만 애각구려와 비교한다면
아주 왜소한 수준이었다. 그런 애각구려 뒤편에서 작은 얼굴이 쏙 내
밀어졌다.

"형, 여파달을 꼭 저렇게 가둬놔야 돼?"

애각구충은 다른 자들은 다 발골해 버렸으면서 정작 그자들의 두목이자 그날의 원흉인 여파달을 소우가 살려둔 이유를 납득할 수 없었다. 여파달은 현재 마구간에 마련된 두 평 넓이의 목책에 갇혀 들어간 밥을 꼬박꼬박 비워내고 있는 중이었다.

처음엔 공포에 오줌을 지리더니 이젠 번초들과 농지거리까지 주고받으며 장검에 잘려 나간 팔을 치료하는 의원에게 의지(義肢:의수, 의족)를 묻는 뻔뻔함과 유들유들함까지 보이고 있었다.

"…살려둬."

그뿐 소우는 더 이상 말을 하지 않았다.

"음?"

애각구충은 이유를 말하지 않는 소우가 이상했지만 더 이상 문제 삼지 않았다. 그가 알고 있는 소우는 순간적인 감정에 의지해 판단을 내리는 성격이 아니었다. 말 한마디도 오래도록 생각하고 몇 번의 수정을 거쳐 꼭 필요한 말이 아니면 절대 하지 않았다.

이번에 불거진 상련(商聯:상인연합)의 경우만 봐도 풍산촌의 경험을 백분 이용한 생각이었다.

거친 산적들과 파락호들을 단숨에 제압하여 풍산촌이란 별천지를 이루어낸 것은 순전히 그의 공이었다.

풍산촌에서는 누구도 굶지 않는다. 부자도 가난한 자도 없었다. 공동으로 경작한 작물을 공평하게 분배받고 애경사(哀慶事)를 같이 나누었다. 누구도 상상하지 못했던 그런 일을 이루어낸 소우의 이면에는 자부동(紫府洞)의 학문이 있었다.

그 학문은 귀곡자(鬼谷子)의 학문. 합종연횡(合縱連衡)으로 유명한

소진(蘇秦)과 장의(張儀)는 천하를 위한다는 허울 좋은 명분 아래 개인
적인 오기와 영달로 그 학문을 소비했지만 소우는 그 원류(源流)를 알
고 있었다.

애각구충은 광야에 우뚝 선 거인(巨人)을 보고 있다고 생각했다. 그
의 곁에 이렇게 서 있을 수 있다는 생각에 마음이 행복해져서 여파달
따위는 금방 잊어버렸다. 애각구충이 이런저런 생각을 하고 있는 사이
에 소우는 우림과 말을 주고받고 있었다.

"용각사의 잔당들과 틈사파가 손을 잡았다지요?"

"그렇사옵니다. 그들의 뒤에는 또 노회한 돼지, 돈영회가 웅크리고
있사옵니다. 견원지간(犬猿之間)이었던 그들이 그렇게 쉽사리 손을 합
치게 된 이유를 알아보고 있는 중이옵니다."

"나머지 파들의 동향은 어떻습니까?"

"고룡회와 칠공자파는 관망세이옵니다. 그렇지만 그들도 돈영회의
입김을 무시할 수는 없을 것이옵니다. 아직 돈영회가 전면에 나서지
않아 그렇지 돈영회가 전면에 나선다면 추이를 따라 그들도 돈영회를
지원할 것이 분명하옵니다."

"이유는?"

"돈영회는 강한 조직이옵니다. 그래 그들은 이번 전쟁에서 돈영회가
우리를 이겨도 반 이상 분질러진 용각사를 그냥 둘 돈영회가 아니라는
것을 잘 알고 있사옵니다. 어차피 무너진 용각사가 아니옵니까?"

"그렇겠지요."

"그들이 침묵을 계속했다 가정해 보시옵소서. 돈영회는 우리와의 전
쟁에 용각사를 전면에 내세워 소모시킨 후, 그 공과(功過)를 꼬투리 삼
아 제남의 일통(一統)을 시도할 것이옵니다."

"으음."

"그런 빌미를 돈영회에 주게 되는 셈이니 그들은 돈영회를 지원하지 않을 수 없지요. 지금은 버티지만 그렇게 끌려 들어오게 돼 있사옵니다."

"돈영회가 강합니까?"

순간 모든 사람들의 시선이 우림에게 쏠렸다.

"생각보다 강하옵니다."

우림의 대답은 서슴없었다.

"인력(人力), 재력(財力), 무력(武力). 파락호 조직의 근간이 되는 이 삼대 요소를 골고루 갖춘 집단이옵니다. 관부와의 관계도 좋은 편이옵니다. 소문에 의하면 관부의 인물치고 돈영회의 신세를 한 번이라도 안 진 사람은 없다 하옵니다."

"대단하군요."

"뿐만 아니라 어지간한 벼슬아치 모가지를 뗐다 붙였다 하는 일은 일도 아니라 여긴다 하옵니다. 그래 제남부중 모든 벼슬아치가 돈영회와 호의적인 관계라고 보시면 될 것이옵니다."

"에잉… 말도 안 돼!"

성질 급한 거연창이 소리 질렀지만 아무도 그를 돌아보지 않았다. 하소채 금불위를 예로 들지 않더라도 저잣거리와 관부는 어두운 쪽에서의 밀착이 강했고 그 밀착이 어제오늘의 일이 아니라는 것을 익히 알고 있었기 때문이다.

공신(功臣)이나 제왕(諸王)이 아닌 이상, 중앙의 고관이라도 공식적으로 책정된 녹봉(祿俸)은 불과 얼마 되지 않는다.

그것도 일 년에 세 번으로 나뉘어 지급되는 형식이었으므로 늘 쪼들릴 수밖에 없다. 중앙의 벼슬아치가 그러한데 지방의 벼슬아치들이야 더 말할 나위가 없었다.

개중에 청렴한 자들이 있기도 했지만 일부에 지나지 않았고 대부분의 벼슬아치들은 저잣거리를 통해 궁핍을 해결했다.

차(茶)와 삼(蔘), 소금과 같은 전매품을 빼돌리고 어떤 일의 뒤를 봐주는 대신 은자와 비단을 챙기는 것이다.

심지어 팽련호처럼 근거를 가진 붙박이 수적들과 산채가 제법 큰 산적들과도 이문을 나누었고 호시탐탐 조공선을 노리는 해적들, 왜구들과도 정보를 주고받는 자도 수두룩했다.

"그 밖의 문제는 뭐가 있습니까?"

이번에도 우림의 대답은 서슴없었다.

"팔황맹 제남지부이옵니다."

"그렇군요."

"그들은 관망 중이지만 이번 전쟁이 끝나면 그들은 우리에게 입조(入朝)를 요구해 올 것이옵니다. 그들은 누가 어떻게 싸우든 관심이 없을 것이옵니다. 다만 승자와 패자가 갈리고 이권이 갈리면 그때 비로소 관심을 보이겠지요."

"……."

"물론 자신들이 직접 나서던가, 아니면 돈영회를 앞세울 것이옵니다. 사실 말씀이 나와서 드리는 말씀이지만 그 문제를 지금 이야기한다면 대단히 복잡하옵니다. 그래 대주께서는 우선 마음속에 넣어두시고 준비만 하시면 되옵니다."

"알겠습니다."

소우는 팔황맹의 어느 곳에 잡혀 있을 용비를 생각했다.

힘들었던 성장 과정만큼 심지가 굳었던, 그러나 얼음장같이 차가운 마음에 뜨거운 정이 넘쳐흘렀던 대형을.

그때의 동생들이 자라 이리 힘을 가지기를 대형은 마음속으로 기다렸을 것이다. 그래 더 이상 울지 말고 좀 더 세상과 당당히 맞서기를, 아울러 자신을 데리러 와주기를.

용비 생각에 소우는 우울했지만 내색하지 않았다.

"…대주께서 마지막으로 참고하셔야 할 사항이옵니다."

"말씀해 보세요, 군사."

"현재 제남에 있는 상단은 모두 세 개이옵니다. 그 첫째가 고려원(高麗院)으로 고려 사람들이 경영하는 상단이지요. 그들은 백제사(百濟社)란 무력 집단을 가지고 있사옵니다. 발해(渤海)와 요동로(遼東路)를 통해 삼과 생사(生絲)를 교역하옵니다. 현재 그들의 수령은 비궁비인(飛弓飛人) 박제령(朴濟玲)이옵니다."

"……!"

"그자는 상인답지 않게도 활 솜씨가 대단한 자라고 하옵니다."

'박제령.'

잠시 소우의 눈이 아련해졌다.

송도가(松都家)에서 잠시 마주쳤던 기억. 이따금 고기를 사러 오면 언제나 몇 개의 약과를 놓고 갔던 그의 얼굴을 떠올렸기 때문이었다.

"또 하나는 아라이구미(新井組)가 있사옵니다. 왜인들이 경영하는 상단이옵니다. 그들도 죽랑대(竹狼隊)란 무력 집단을 측면에 두고 있사옵니다. 아마 무력으로만 따진다면 이 제남에서 그들이 제일 강할 것이옵니다."

"……."

"주로 구리와 생사를 다루는데 고려원과 마찬가지로 본토와의 교역에만 힘을 집중해서 저잣거리 일에는 절대 개입을 하지 않사옵니다. 현재 그들의 수령은 니시다 아키나리(西田秋成)라는 자이옵니다만 그 자를 대신해 그자의 고명딸인 니시다 후미코(西田美子)가 전면에 나서서 모든 업무를 처리한다 하옵니다."

"그 노인네는 어딨슈?"

불쑥 끼어든 애각구충이 물었다.

"…누구를 말씀하시는지요. 혹 집사인 요시다 다카부미(吉田幸文)를 말씀하시는 것이옵니까?"

우림과 거연창, 애각 형제는 서로 존대했다.

어떻게 보면 매우 불편했지만 우림과 거연창이 애각 형제를 대주와 피를 나눈 한 형제로서 인정해 굳이 예우을 고집했다.

그들로서는 당연히 그리해야 옳았고 그런 격식에 익숙지 않은 애각 형제로서는 이렇게 난감할 때가 더 많았다. 어쨌든 애각구충이 대답했다.

"그, 그류. 그 노인네에게 내가 다마고(달걀)가 아니란 것을 보여줘야 하는데… 쿰."

순간 소우가 빙그레 웃었다.

제남의 첫날, 왜원거리에서 벌어졌던 애각구충과 요시다 다카부미와의 설전을 추억한 것이다. 아울러 육간에 올 때마다 부위를 달리해서 고기를 사 갔던 청년 무사도 추억했다.

"군사, 그곳에 가와다 요시오(川田由夫)라는 사람도 있습니까?"

우림이 고개를 끄덕였다.

"죽랑대의 수장이옵니다. 그는 니시다 후미코의 곁을 한시도 떨어지

지 않사옵니다. 세간에서는 그를 가리켜 가야낭도(伽倻狼刀)라 부르옵
니다."

"그랬군요."

잠깐 비쳤던 웃음을 지운 소우가 돌아섰다.

"나머지 한 개의 상단은 어디입니까?"

그러자 잠시 사이를 두었던 우림이 대답을 시작했다.

"에… 그 상단은 이제 시작한 지 얼마 되지 않았다 하옵니다. 그렇
지만 어느 상단보다도 질 좋은 물건을 지녔고 결속력이 강하다 하옵니
다. 저들처럼 교역을 위주로 움직이는 상단이 아니라 저잣거리를 중심
으로 움직이는 상단이옵니다."

순간 소우가 눈을 빛냈다. 우림은 말을 계속했다.

"그 상단은 신생 상단이라 지금 그 기세가 아주 미약하지만 언젠가
는 이 제남을 넘어 산동(山東)으로, 산동을 넘어 전 중원으로 뻗어 나갈
것이옵니다. 그 상단이 가는 곳에는 굶주림이 사라질 것이고 우는 사
람이 눈물을 그칠 것이옵니다. 아픔이 치유될 것이고 압제(壓制)와 억
압(抑壓)이 사라질 것이옵니다. 그래 빈부(貧富)의 차이가 줄어들 것이
옵니다. 그러나… 아쉽게도 그 상단의 명호는 아직 이 늙은이가 모르
옵니다."

"…좋은 상단이군요."

여전히 빛나는 눈으로 소우가 말했다.

"……."

우림과 거연창, 애각 형제가 숨을 죽이고 소우의 다음 말을 주시했
다. 소우는 침묵했다. 그 침묵 사이로 붉게 물든 역하의 물소리가 범람
했다.

철썩철썩.

해가 노을 속으로 들어가고도 아주 오랜 시간이 지났다. 등촉에 불이 달려졌어도 소우는 입을 열지 않았다. 사람들도 움직이지 않았다.

찌륵찌륵.

마침내 물수리가 몇 번 울다가 울음을 그쳤을 때, 그래 사방이 물소리로 가득 채워지고 아무것도 남아 있지 않았을 때,

그 깊고 깊은 물소리와 침묵, 어둠을 떨어버리며 소우가 말했다.

"사. 해. 상. 련(四海商聯)입니다, 그 상단의 이름은."

"사. 해. 상. 련. 이옵니까?"

사해상련.

사람들의 마음속에 화인처럼 그 이름이 새겨졌다. 그 화인을 어루만지며 사람들은 예감했다.

제남과 산동을 아우를 상단. 마침내 팔황맹을 태워 버리고 천하에 주작기를 휘날릴 한 톨의 불씨는 이렇게 퉁겨진 것임을.

"후후."

잠시 사이를 두었던 소우 볼에 긴 선이 한 줄 생겨났다.

"창업 기념으로… 제물이 필요하겠지요?"

2

대정로.

중앙에 역하를 두고 좌측으로는 발해로 나아가는 관도인 북원대로(北

圓大路), 우측으로는 황하로 나아가는 관도인 제동로(濟東路)와 교차하는 지점. 서슬 퍼런 제남부(濟南府)가 정중앙에 자리해 있으며 좌우로 호천북로(虎泉北路)와 천성로(泉城路)를 날개처럼 드리운 제남 최고의 번화가이다.

"에헴!"

우룡상포(遇龍商布)의 조삼(趙三)이라면 사람들은 우선 누에를 떠올리고 그의 바느질 솜씨를 떠올린다.

그것은 누에처럼 허여멀건한 그의 얼굴에 정말 누에처럼 검은 반점이 두 개가 있어서고 옷감을 만지는 그의 손이 바늘을 들자마자 방아깨비처럼 날아다니는 신기(神技)를 부리기 때문이다.

그가 시침한 저고리 하나를 완벽하게 꿰매내는 시간은 겨우 이각 정도밖에 걸리지 않았다.

똑.

소리나게 실을 끊은 그가 저고리를 앞으로 밀었다.

"옜수! 아가씨. 저고린 뭐니 뭐니 해도 겨드랑이가 생명이지. 끼이지 말아야 편한 법이라우."

그는 좀 특이하다고 할 만한 취미를 가지고 있다.

곰곰이 따지고 보면 직업 가진 사람들이 다 그러하듯 그리 특이하다고 할 만한 취미가 아니었다. 그렇다고 평범한 취미라고 말하기도 뭣한, 그런 종류의 취미였다.

'흠, 기녀로세.'

조삼은 특유의 취미를 이용하여 방금 지은 저고리의 옷감을 맡긴 여인의 신분을 추정했다. 그는 분칠의 엷고 두꺼움, 연지가 입술 선에 얼마큼 밀착되어 있고 과장되어 있지는 않은지… 향 주머니에 들어 있는

향의 종류는 무엇인지, 눈썹이 흐르는 방향 등을 취합하여 여인의 내력
을 알아내는 것이 취미였다.

"으음."

어떻게 생각하면 야릇하고 오해받기 십상인 취미였지만 또 어떻게
생각하면 투철한 직업 의식에서 우러난 취미라고 할 수 있었기에 그는
오늘도 아무런 사심 없이 게슴츠레한 눈으로 코를 실룩거려 앞의 여인
을 기녀라 단정했다.

"……."

출렁거리는 등촉에 비친 여인의 분칠은 엷었고 연지 또한 그랬다.
그래도 여인은 여염의 여인들에게서 찾아보기 힘든 미덕을 지니고 있
었다. 난(蘭) 이파리처럼 시원스럽게 뻗어 나간 눈썹이 그린 것처럼 선
연했고 푸르렀다.

이어 그 아래로 이어지는 오뚝한 코, 부드러운 입술에 절제가 물려
있었다. 또 저고리를 잡아가는 손가락은 나른함을 느낄 정도로 길었고
백옥같이 하얀 빛깔과는 어울리지 않게 몇 개의 옹이가 박혀 있었다.

"흠!"

굳이 옹이가 아니더라도 조삼은 여인의 내력이 기녀라는 것을 알았
고 마침내 옹이를 봄으로써 여인이 어느 부류의 기녀인지를 짐작했다.
기녀라고 다 같은 기녀가 아니다.

화녀(花女)라 불려지는 몸을 파는 부류가 있고 금(琴)이나 시문(詩
文), 가무(歌舞)를 수련하여 예인(藝人)의 길을 걷는 부류가 있는데 이
여인처럼 왼손에 옹이가 박히는 현상은 금을 다룰 때 특유의 운지법
(運指法) 때문에 생긴다.

"예기(藝妓)로세."

조삼은 자신도 모르게 입 밖으로 소리를 내고 말았다. 그러자 여인이 이제까지 내리깔았던 눈을 들어 조삼을 쳐다봤다.

꿀꺽.

여인과 눈이 마주친 조삼은 자신도 모르게 침을 삼켰다.

"……!"

여인은 시리도록 서늘한 기운이 담긴 눈을 지니고 있었다.

여인이라면 당연히 가지고 있을 세상에 대한 따뜻한 호기심과 부드러운 감정이 보이지 않는 눈. 아니, 그런 것들이 속으로 잘 갈무리되어 도무지 깊이를 측량할 수 없는 눈이었다.

"……."

조삼은 아무 말 없이 은자를 내미는 여인의 손에서, 열리지 않는 입술과 깊은 눈, 그런 것들을 아우르는 기품있는 얼굴에서 문득 소문으로만 들었던 기루를 떠올렸다.

춘야월.

그곳은 제남 예기들의 본향(本鄕)이라 해도 좋을 만큼 예기들의 수준이 높았다.

그곳에 떠 있는 사월(四月).

그중에 금을 다루고 저토록 시린 눈빛을 지닌 달은 단 하나이다. 말을 못하는 대신 금의 울림이 깊고 아름다워 마침내 달이 되었다는 여인… 냉월(冷月).

'등로(燈路).'

스스르.

한 손으로 가슴을 여민 여인이 그에게 천천히 고개를 숙여 보이고 돌아섰다. 그러자 이때까지 실내를 채우고 있었던 사향내가 여인의 옷

고름을 따라 앞으로 넘어가고 치맛자락이 돌면서 등촉이 일렁거렸다. 그 일렁임이 사물의 키를 크게 늘였다 줄이며 가라앉은 순간.

"으음."

조삼은 텅 비어버린 실내에 혼자 동그마니 앉아 있는 자신을 발견했다. 달빛 막막한 황야를 걷고 있는 심정, 혹은 모두 떠나 버린 세상에 혼자 남겨진 듯한 착각을 느낀 것이다. 그 착각을 꿈이라 하기에는 너무 짧았고 아니라 하기에는 여인의 향기가 너무 아름다웠다.

꿀꺽.

조삼은 저쪽, 만두장사들과 오리장사들이 지펴놓은 불빛 사이를 흐르는 여인의 모습에 넋을 잃었다.

'아, 아.'

사람들이 그를 본다면, 다 늙어빠진 옷 수선꾼이 주책이라고 하겠지만 조삼은 아무래도 좋았다.

'품위있는 꽃 앞에서 나이의 많고 적음이 무슨 상관이란 말이냐. 백옥 같은 손가락에 박힌 옹이 어루만지며 고생이 많았노라, 위로하면 은은한 금음(琴音)이 벽을 기어오르리라.'

그 음에 취하고 사향내 감도는 술 몇 잔에 취하면… 세월의 무게 따윈 저만치 멀어질 것을. 그렇게 헐거워질 그대와 나의 거리인데 세속의 나이 따위가 무슨 상관이란 말이냐.

조삼은 민망함도 잊고 여인을 바라보았다.

이렇게 먼 거리에서 바라보는데도 돈이 든다면 그는 이때까지 바느질로 벌어놓은 돈을 다 내놓아도 부족하리만큼 오랜 시간 동안 여인에게서 눈을 떼지 못했다.

여인은 그 나이 또래가 다 그러하듯이 만두 몇 개와 튀긴 오리 몇 점을 산 후 사람들 사이를 흐르고 있었다.

거리는 여름이라 그런지 바람을 쐬러 나온 사람들로 가득했다.

값싼 안주에 간단하게 화주를 걸치는 사내들과 부채 속에 얼굴을 묻은 여염집 여인들이 서로 섞여 웃고 떠들고 땀을 훔쳤다.

누군가의 입에서 시가 흘러나오면 또 누군가의 입에서는 노래가 흘러나왔고 그 사이로 퉁겨진 교태로운 웃음이 잠시나마 무더위를 식혀주었다.

그들은 그렇게, 이제 막 피어오르기 시작하는 안개 속에서 끊임없이 서로를 확인했다.

그런 그들이 성급하게 흩어져야 했고 조삼이 여인에게서 눈을 돌려야 했던 이유는 역수거리로부터 몰려오는 한 떼의 인마(人馬) 때문이었다.

두두두—

그들은 전장의 철기(鐵騎)처럼 정연했다.

재갈을 물린 말들은 발굽에 저마포(紵麻布)를 감아 소리를 죽였고 번쩍거릴 것이 분명한 삼첨양인도도 저마포에 말려 있었다. 삽시간에 사람들이 비워지고 말들이 뿜어내는 입김과 마구의 덜걱거리는 소리가 거리를 가득 메웠다.

'주작기!'

사람들이 몰려 있는 상점의 낮은 추녀 밑에서 등로는 인마의 맨 앞에서 휘날리는 깃발을 보았다. 깃발은 황색 바탕이었는데 제대로 먹인 듯 잘 발달된 근육에 기름기가 번쩍이는 말에 올라탄 기수(旗手)의 얼굴은 어둠에 가려 잘 보이지 않았다. 그러나 깃발에 그려진 주작만은 선명하게 보였다.

막 날아오르려는 듯 날개를 펴고 불을 꼬리에 단 주작의 부리에 빛나는 여의주(如意珠)가 물려 있었다.

'으음.'

답답한 마음에 옷도 손볼 겸 혼자 바람을 쐬러 나온 등로는 얼굴을 찌푸렸다.

저 주작기를 본 일이 있기 때문이었다.

원북역하, 여파달이 묶여 있던 기둥에서 휘날리던 깃발.

그렇다면 저들은 이번에 용각사를 분지르고 원북역하를 비롯한 역수거리와 그 인근을 장악한 우성의 파락호들.

십 년 전 악몽이 생각난 등로는 소름이 돋았다.

'소우… 라지?'

'목귀파' 혹은 '작두파'로 불리는 저 파락호들의 잔혹함을 손님들에게 들었기에 등로는 그 두목이 겨우 약관을 넘어선 젊은이라는 것도, 그의 이름도 알았다.

하지만 등로는 그 소우가 자신의 동생 소우일 것이라고는 추호도 생각하지 않았다.

아픈 일을 같이 겪었지만 그 야무지고 착했던 소우가 아무려면 작두를 메고 다니며 악명을 떨치는 파락호들의 두목이 될 리 없다고 믿은 것이다.

십 년.

생각해 보면 지난 세월 동안 그날의 기억은 정지돼 있었다.

날마다 꿈에 보이는 풍경은 그때처럼 가을빛이었으며 그 찬란한 빛 속의 소우는 언제나 열 살이었다.

청연목(靑緣木)도 늘 그 자리, 그 모습으로 서서 실핏줄 같은 가지를 벌려 햇빛을 골라냈다.

그 푸르렀고 아름다웠던 시절은 그렇게 가까이 있었다. 그러나 꿈을 깨면 다시 돌아갈 수 없는 시간의 저쪽, 그리움으로만 남아 베갯머리를 적셔야 하는… 풍경.

등로는 또 다른 그날을 생각했다.

더러운 입 냄새와 거친 욕설이 난무했던 그 창고. 오랫동안 씻지 않은 고린내와 야만적인 털들과 우악스런 손놀림을 기억했다.

그 기억은 아프고 힘들었다.

'…어쩔 수 없던 일이었어.'

등로는 소우를 원망하지 않았다.

만약 소우가 그리 어리지만 않았어도 자신이 동생을 삼는 일은 일어나지 않았을 것이고, 소우가 그리 어리지만 않았어도 자신에게 그런 악몽은 겪게 하지 않았으리라 믿었다.

"생각해 봐, 누나. 남자는 여자를 지켜줘야 하는 거래. 지키지 못하면 바보라고 그랬어.

"……."

등로는 담에 바짝 붙어 목귀대가 지나가기를 기다렸다.

"비켜! 다, 다칠라."

"앞으로 나가지 마."

"작두파다!"

사람들의 수군거림에 등로는 다시 깃발을 보았다. 뭐가 어떻게 됐든 자신의 원수를 대신 갚아준 이들. 고맙다는 말을 하기도 뭐하지만 그렇다고 모르는 척 묻어버릴 수는 없었다.

'저들의 깃발이라도 확실히 기억하고 싶어.'

그런 마음으로 눈을 든 등로는 깃발 대신 깃발을 잡은 사내와 눈이 마주쳤다.

"……!"

사내는 믿을 수 없을 만큼 큰 덩치에 고슴도치처럼 빳빳하게 선 털, 물소처럼 커다란 눈과 주먹을 붙여놓은 것 같은 코를 가지고 있었다.

"누, 누나?"

"……!"

순간 등로의 뒤로 멀어졌던 눈이 다시 돌출돼 사내에게 박혔다. 동시에 저고리와 음식 보따리가 떨어져 발등을 찍었다.

쨍그랑!

가까스로 현기증을 참은 등로는 목을 부여잡았다.

그리고 마음의 저 아래에서만 맴도는 언어로 말을 몰아 이리로 달려오는 사내를 불렀다.

'애… 각구려!'

그러자 십 년 전의 육간이, 그 정다웠던 육간이 달려와 그녀의 양 어깨를 잡고 흔들었다.

3

삼대로 나뉘어진 목귀대 중, 일대 열다섯 기를 이끌고 사해상련의 상징 주작기와 함께 원북역하를 제일 먼저 출발한 사람은 애각구려였다.

그에게도 그날, 육간에서 일어났던 일은 또렷이 살아 있었다.

가장 큰 덩치와 완력을 지녔으면서도 허무하게 당할 수밖에 없었던… 그래 덩칫값도 못했던 고통은 그 뿌리가 깊고 완고했다.

애각구려는 원래는 타부가치[漢人]와 결탁한 외숙 애각신라(呃角新羅)에게 게르(천막)를 빼앗긴 하루아[火兒阿] 족 세 성씨 중 애각 씨족의 장자였다.

그들 형제가 추살을 피해 숙적 타부가치 땅으로 넘어와 제남에 이른 건 우연이었고, 그곳에서 요동을 잘 아는 고명경을 만난 것은 행운이었다.

육간은 이른 봄날의 양지처럼 따뜻했고 정겨웠다.

그리 고향 같았던 육간이 헝클어졌을 때,

그래 소우 아버지가 차디찬 시체로 누웠을 때… 상처 입은 새처럼 등로가 소리 죽여 울 때, 자신의 아픔을 알아주던 용비가 끌려갔을 때… 제일 큰 덩치와 완력을 지니고서도 아무 행동도 못 취했던 무력함에 대한 자학은 스스로 목이라도 졸라 버리고 싶을 만치 극렬했다.

그래 염로에서 문득 머리 속이 환해지고 밝아짐을 경험한 뒤부터 그는 용비 대신 대형의 역할을 다 하고자 노력했다. 고명경이 땅으로 돌아간 뒤에도 그는 매일같이 고명경의 무덤에 가서 절을 했고 그날의 일과를 마음속으로 이야기했다.

그에게 고명경의 존재는 아버지였고 스승이었으며 고향이었다. 어리석었지만 우직했고, 늘 바보 같은 웃음을 입에 달고 살았지만 남을 속이거나 괴롭힐 줄 몰랐던 애각구려.

그에게 자부위공은 날개를 달아주었다.

황혈거도(荒血ㅌ刀)는 그의 운명이었다.

그리 생각하면 순발력과 재치를 필요로 하는 무시신궁 역시 그런 미덕을 고루 갖춘 애각구충의 운명이었다.

두둑.

"누나, 등로 누나가 맞지?"

뛰어든 말에 놀란 사람들이 모래알처럼 흩어졌다. 말 또한 사람들에게 놀라 앞발을 높이 치켜들었다.

히힝.

순간 산만한 덩치에도 가볍게 땅을 디딘 애각구려가 처마 밑으로 뛰어들었다. 그러자 거대한 황혈거도와 역시 믿을 수 없을 만큼 커다란 발이 땅을 두드리는 소리가 요란했다.

쿵쾅쿵쾅!

'안 돼!'

등로는 애각구려를 피해 뒷걸음질쳤다.

"누나!"

순식간에 애각구려 그림자가 그녀의 작고 동그란 어깨를 덮었다. 그 그림자를 벗어나려 애쓰던 등로는 숨이 막혔다. 갑자기 오한과 현기증이 일어 아무것도 보이지 않았다.

'……'

사람들 와글거리는 소리, 지글거리며 끓는 기름, 그 안에서 살갗을 태우는 역한 냄새가 목을 움켜잡고 어딘지 모르는 곳으로 밀어 넣었다.

'아직… 날 보여줄 수 없어.'

이빨을 깨문 등로는 아무것도 보여지지 않는 그곳, 어딘지도 모르는 곳을 향해 무작정 뛰어들었다. 그러자 그곳에 웅크려 있던 깊은 어둠이 물풀처럼 끈적한 촉수를 내밀어 그녀를 깊이 받아들였다. 그때 현이 끊어져 말려 올라가는 소리가 들려온 것 같았다.

땅!

손만 내밀면 등로에게 닿을 수 있는 위치에서 애각구려는 황혈거도를 뽑아 뒤의 어둠을 후려쳐야 했다.

따땅!

안개를 가르고 날아온 비도 다섯 자루가 거도의 널빤지 같은 신(身)을 때렸다. 배(背)로 말려 올라간 그것들이 제각기 안개를 오려내며 흩어졌다.

그 바람에 애각구려는 등로가 어두운 골목에 파묻히는 것을 망연히 바라보아야만 했다.

"어떤 놈이여, 나와!"

등로가 잠겨 버린 골목으로 몸을 이동시킨 애각구려가 소리를 질렀다. 동시에 목귀대가 기수를 돌려 달려왔다.

두둑.

"허!"

어둠과 안개에 잠겨 그 끝을 알 수 없는 골목. 등로가 파묻힌 골목을 본 애각구려는 탄식했다.

'누나가 틀림없었는데!'

등로가 보여졌고 자신이 달려들었던 광경은 한바탕의 꿈을 꾸고 난 것 같은 느낌이었다. 그 아쉬운 꿈의 끝자락을 잠시 매만진 애각구려는 별수없이 말에 올랐다.

'제남에 있다면 언젠가는 보겠지.'

그래도 뒤를 자꾸 돌아보며 박차를 가하는 애각구려의 뒤에서 조장(組長)의 긴 외침이 어둠을 흔들었다.

"사주 경계 철저. 방패 측면 거치. 속보."

두두두—

안개가 흔들리고 추녀가 흔들렸다.

*　　　*　　　*

끈적하게 달라붙는 푸른 어둠의 촉수를 지나 내밀하고 축축한 안개가 유영하는 골목으로 뛰어든 등로는 미로처럼 얽힌 그 골목의 한쪽에서 잠시 방황했다.

'헉헉.'

턱까지 차 오른 숨이 입술을 퍼렇게 멍들였고 고기처럼 심장이 펄떡거렸다. 그늘에 몸을 숨긴 등로는 숨과 심장의 펄떡거림을 가라앉히려 애썼다.

그리고 왜 이렇게 황급히 도망쳐야 했는지, 왜 이렇게 숨어야 했는지 그 이유를 곰곰이 생각했다.

'아직… 어쩌면… 영원히…….'

만나선 안 될지도 몰라.

추녀 끝에 걸린 달이 안개를 가르며 흘러가고 있었다.

물 넘는 소리로 다가온 역하는 홍건히 벽을 적시고 여기저기서 가물거리는 불빛을 적셨다. 그러자 소쩍새가 찍어대는 안개의 어디쯤에서 정겨웠던 육간이 다가왔다.

쪽쪽쪽쪽.

용비와의 열띤 토론, 무풍선평과 백정오계, 참백정, 양지에 대해 설명을 해주던 그 아이들이 보여졌다.

그때는 그렇지 않았지만 세월이 흐른 지금에 있어서는 그리운 추억. 그러나 다시 돌아가지 못하는 곳에 고이 각인된 그 정겨웠던 추억 위로 다시 그날의 참람함이 먹물처럼 덧씌워졌다.

'역시 만나서는 안 되는 거야.'

미끄러지듯 주저앉은 등로는 이빨을 깨물었다. 그 깨물린 이빨 사이에서 아직 절제하지 못한, 어쩌면 평생을 절제하지 못할 눈물이 떨어졌다.

툭.

눈물과 함께 빠져나온 어떤 생각이 그녀를 더 아득하게 만들었다. 그녀는 알 수 있었다.

'그 아수라(阿修羅)가 바로 소우였어.'

용각사를 분지른 후, 자욱한 피비린내와 시체를 밟고 하얗게 웃었다던 목귀파의 젊은 수령. 창백하고 섬세한 얼굴에 검은 피풍을 상복처럼 휘날렸다는 그가 바로 소우라는 것을.

'소우……'

무엇이 소우를 그토록 잔혹하게 변모시켰는지 등로는 예감했다.

그날의 자학과 모멸이 그녀의 혀와 성대(聲帶)만을 붙잡고 있었던 것이 아니었다. 그날, 그곳에 있던 모든 사람들의 운명을 송두리째 바꾸어 버린 것이다.

‘흑.’

흐르는 달을 보며 등로는 하염없이 울었다. 그때 누군가 조심스레
부르는 노랫소리가 들려왔다.

내 잠의 깊은 강변(江邊)에서
설레는 바람이 보여요.

끊어질 듯, 끊어지지 않는 목소리, 슬픈 듯, 슬프지 않은 노래가 안
개를 더 자욱하게 만드는 것 같았다.

여리게 서걱이는 억새와 억새 사이
망초(望草)꽃이 피어나고 있어요.
마악 지상(地上)을 떠나는 잠의 새들이
꿈의 강변에서 날아오르고
그 새들의 아름다운 깃털 하나
내 귀의 가장 가까운 곳에 떨어져
가만히 눈 감고 있을 때에
보여요, 물소리가.
낮은 나무들을 적시고 조심히
만들어낸 안개의 마알간 내음.
들을 수 있어요.
젖은 문풍지 울리며 가늘게 떠다니는
초록빛 엷은 풀피리 소리.
머리 풀면

노래의 고저를 따라 파문처럼 안개가 일고 그 사이로 엷은 바람이 밀려와 어디론가 안개를 데려가고 있었다.

'…….'

등로는 노래가 들려온 방향을 가늠하려 했지만 노래는 더 이상 들려오지 않았다. 다만 노래를 따라 더 깊어진 안개가 미세한 소금기를 머금고 등피(燈皮)에 달라붙어 있었다.

'이제는 돌아가야 해.'

등로는 울음을 그치고 눈물을 닦았다. 자신이 지금 낯선 곳, 낯선 풍경의 한가운데 홀로 놓여져 있음을 깨달은 것이다.

등로는 벽을 끼고 조심해서 골목을 빠져나오기 시작했다.

자박자박.

뒷골목이 다 그러하듯 바닥은 매우 질척했고 짐승 분비물을 비롯한 오물과 쓰레기가 가득했다.

부서진 널빤지와 깨어진 도기들, 타다 남은 삭정이와 닭의 깃털, 아궁이를 긁어낸 재 무더기 위로 쥐들이 배회했다. 그런가 하면 돼지우리 사이로 역한 냄새와 시궁 물 흐르는 소리가 들려와 어깨를 움츠리게 만들기도 했다.

'헉헉.'

골목은 미로(迷路)와 다르지 않았다. 등로는 당황하지 않고 막다른 골목에 이르면 뒤로 돌았고 터진 골목에 이르면 달을 보고 방향을 결정했다.

그러나 골목은 다 그만그만했고 비슷해서 어떤 때는 지나친 곳으로 돌아오기도 했고, 처음 보는 골목인데도 낯익은 듯한 착각을 불러일으켰다.

'헉!'

누가 뒷덜미를 잡아채는 느낌에 소스라치게 놀란 적도 한두 번이 아니었다. 휘어진 저쪽에서 발자국 소리라도 들릴라 치면 등골을 타고 땀이 흘러내렸다. 후들후들 무릎이 떨려와 도저히 발을 떼어놓을 수 없었다.

'후아후아.'

담벼락에 기대어 숨을 고르고 있으면 사람들이 지나갔다.

흘깃, 쳐다보는 그들의 눈썹에 안개를 잔뜩 매단 사람들은 무표정했다. 그들은 이내 고개를 돌렸고 길을 재촉해 어둠 속으로 사라졌다.

'무슨 일이 있어도 빠져나가야 해.'

발이 젖고 치맛단이 뜯어져 나간 지는 오래였다. 아무렇게나 헝클어진 머리카락이 눈을 가렸다. 고막까지 멍멍했다.

'후유.'

마침내 그녀가 거미줄처럼 엉킨 골목에서 빠져나와 어딘지도 모르는 대로(大路)를 밟았을 때는, 중천에 걸려 있던 달이 역하 쪽으로 몸을 막 기울인 한밤중이었다.

'……'

조심스레 주변을 보니 사방이 논이었다. 그래 벼잎을 간질이며 바람이 지나갔고 멀리 보이는 역하가 물수리들을 울리고 있었지만 그녀는 자신이 어디에 와 있는지 알 수 없었다.

'어떡해.'

여기서 날이 새기를 기다릴 용기도, 안개 속으로 걸어나갈 무모함도 갖지 못한 등로는 대로의 한가운데 서서 발을 동동 굴렀다. 그런 발구름도 그리 오래가지 못했다.

'…뭐지?

저만치 안개 속에서 무언가 위험한 기운이 스멀거린다 싶더니 괴이하게 찢어진 웃음소리가 건너왔다.

"낄낄낄……."

"……!"

소스라친 등로는 얼른 돌아섰다.

무작정 뛰어야 한다고 누군가가 속삭였다. 그러나 몇 발자국 뛰기도 전에 그녀의 좌우로 시커먼 그림자가 따라붙었다.

스륵.

손 내밀면 금방 잡혀질 거리였다. 그림자들은 경주(競走)하는 것처럼 앞으로 나가지도 처지지도 않는 속도로 그녀의 뜀박질에 보조를 맞추고 있었다.

탁탁, 탁탁.

안개를 타고 전해진 그들의 몸 냄새는 오래된 피비린내와 시궁내가 섞여서 아주 비릿했다. 그들의 젖혀진 피풍 사이로 등판을 가로지른 길쭉한 무엇이 끊임없이 덜걱였다.

'헉헉.'

아무리 달려도 등로는 그들을 따돌릴 수 없었다. 그들은 어디론가, 그들이 목적한 장소로 그녀를 데려가고 있었다.

등로는 대로를 따라 똑바로 달린다고 달렸지만 그게 아니었다. 몸을 꺾어 좌측으로 붙을라 치면 좌측의 그림자가 먼저 발을 내밀어 진로를 방해했고 우측으로 붙을라 치면 우측의 그림자가 몸을 내밀어 발을 방해했다.

결국 등로는 그들의 인도를 받아 달리고 있는 꼴이었다.

'헉헉헉.'

등로가 숨차 하는데도 그들은 숨소리 한 줄, 입김 한 점 흘리지 않았다. 고도로 수련된 자들이라는 반증이었지만 그런 것들에 대해 무지한 등로는 알아차리지 못했다.

'…….'

마침내 달리기를 포기한 등로가 천천히 몸을 세운 곳은 바랭이가 우거진 어느 소로(小路)였다. 사방에서 축축한 물소리가 들리는 곳이었고 손에 잡힐 듯 역하가 인접한 곳이었다.

"이게 누구야? 오랜만이네?"

아름드리 나무에 기대선 누군가가 등로에게 아는 척했다.

'……!'

등로는 주근깨 가득한 그 여자를 오래도록 바라보았다.

'넌?'

아직 어깨는 들썩이고 턱에 달인 숨이 고통스러웠지만 주근깨가 낯익어 등로는 마음을 놓을 수 있었다.

산월이로구나……. 적산월!

4

용각사 본거지 만리향(萬里香)은 불이 밝혀져 대낮 같았다.

나가 있던 병방과 정방의 모든 수하들을 불러들이고 틈사파까지 합세한 이백여 명의 파락호들은 대군(大軍)이라 불러도 손색이 없었다. 그들이 목책을 세우고 번을 서는 광경이 한눈에 들어오는 위치에 사해상련의 선봉 열네 필의 말이 막 도착했다.

"저마포를 풀라고 혀!"

쓱.

황혈거도를 뽑아 든 애각구려가 조장인 문풍두(文風頭)에게 지시했다. 이에 문풍두가 손을 올리자 전원이 삼첨양인도에 감겨져 있던 저마포를 풀고 말등에 납작 엎드렸다.

히힝.

흥분한 말들이 안개 속에 머리를 내저으며 사납게 울었다.

"투항하는 놈들은 절대 건드리지 마. 그러나 반항하는 놈들은 가차없이 벤다. 두목급을 베면 은자 열 냥, 사로잡으면 닷 냥을 줄 것이다!"

퉤.

침을 뱉어 습기를 먹인 황혈거도가 안개를 가르며 아래로 떨어져 내렸다. 순간 털로 덮인 애각구려의 입에서 호랑이 같은 포효가 뿜어졌다.

"밀어붙여!"

"우익(右翼)을 찌른다!"

만리향의 가운데로 급류(急流)처럼 밀려들어 가는 애각구려의 일대를 바라본 거연창이 홍창을 쭉, 늘려 잡았다.

"알았사옵니다, 수석!"

삼대의 조장 모귀(毛貴)가 뒤의 수하들에게 한 손을 들었다.

"둘은 수석께 붙고 나머지는 이 기(二騎)씩, 오 열(五列) 종대로 돌진한다. 마간 거리 사방 이 보, 도간 거리 삼 보, 거창(擧槍)을 먼저 깨부순다. 자비는 쓸데없다. 목귀파 시절로 돌아가도록!"

그의 손이 내려짐과 동시에 거연창이 말에 박차를 가해 안개 속으로 뛰어들었다. 그 뒤를 따라 모두 열네 필의 말들이 맹룡과도 같은 줄을 이루어 밀려 내려갔다.

"우아아!"

그러자 질척한 바닥에서 퉁겨 오른 흙덩이가 사방으로 비산했고 앞쪽에서부터 피비린내와 비명 소리가 난무했다.

만리향이 내려다보이는 지붕 위. 애각구충은 시위를 힘껏 당겼다 놓았다.

푸슝—

순간 철구보다 더 단단하게 말린 공기가 안개를 가르며 날아가 거창이 되어 있는 목책을 산산이 박살 냈다.

파악.

파락호들이 폭풍에 말린 것처럼 날아올랐다.

"바로 저기! 집중해서 쏴!"

조장 진위수(陳偉秀)가 대답 대신 뒤를 보고 외쳤다.

"목책 하나에 이 연사. 그래 모두 스물여덟 대의 화살을 꽂는다! 특히 거창이 되어 있는 목책을 기준하되 피아(彼我)의 구분을 철저히 하도록! 그럼 좌측의 두 번째 목책부터 적중 들어간다!"

휘익.

힘껏 당겨진 시위가 철간에 달라붙어 울고 안개를 그으며 날아간 열네 대의 화살이 목책 하나를 직격했다.

파파파방!

화살 일부는 목책에 꽂히고 일부는 거창(擧槍)한 파락호들의 가슴과 목, 얼굴을 난타했다.

와르르―

말을 대비한 목책과 거창이 한순간에 허물어졌다. 그 틈을 놓치지 않은 애각구려의 일대와 거연창의 삼대가 만리향의 중앙 깊숙이 밀고 들어갔다.

깡! 깡!

순식간에 목책과 거창, 머릿수를 믿고 느긋했던 용각사와 틈사파가 개미 떼처럼 흩어졌다.

슝슝―

헝클어진 모닥불이 반딧불이처럼 나는 사이, 피비린내에 흥분한 말들이 날뛰었다.

픽!

아래에서 위로, 위에서 아래로 삼첨양인도가 파락호들을 가르고 부쉈다.

팍.

우박처럼 떨어진 화살에 파락호들이 바닥을 뒹굴었다.

두둑.

팔이 날아오르고 머리가 떨어지고 심장이 파열된 그들의 몸을 말들이 달려들어 짓이겼다. 전장이 따로 없고 아수라장이 따로 없었다. 삽시간에 만리향의 너른 뜰은 비명 소리와 아우성, 피비린내가 가득했다.

가각―

드잡이질과 패싸움이라면 이골이 난 파락호들이었지만 정규 훈련을 받은 철기(鐵騎)를 당해낼 순 없었다.

슝.

제일 먼저 정체를 알 수 없는 무엇인가 날아와 목책을 박살 내면 바로 빗발같이 화살이 쏟아졌다.

퍽퍽!

그것에 우왕좌왕하고 있는 사이 철기가 달려들어 전쟁터에서나 씀직한 중병기(重兵器)를 마구 휘둘렀다.

깡깡깡!

그래 저잣거리에 칼과 철퇴 같은 연장을 최초로 도입한 용각사였지만 자신들이 이런 식의 무지막지한 철기와 무기를 상대로 싸워야 할 줄은 꿈에도 몰랐다.

두둑.

철기들은 민첩했고 사나웠다. 사람과 말이 한 몸처럼 움직였고 그렇게 한 몸인 것은 조를 이룬 다른 철기와도 마찬가지여서 일방적인 도살(屠殺)이라 불러도 과언이 아니었다.

쾅!

또 하나의 목책이 박살나 산산이 흩어졌다.

파파방!

뒤이어 화살이 두 번 퍼부어지고 눈을 부릅뜬 철기가 한 치의 오차도 없이 뛰어들었다.

두둑.

삼첨양인도가 긴 호선을 그리며 파락호들을 베어 넘겼다.

서걱.

파락호들이 뒤로 나가떨어졌다. 경악과 불신이 존재해야 할 눈동자에 화살이 박혔다.

퍽!

피비린내에 함몰된 몸뚱이에 말발굽이 틀어박혔고 소리에 늑골이 으스러졌다. 그러면 퉁겨진 내장이 진창을 굴렀다. 그것까지 짓이긴 철기가 다음 목책을 향해 돌진했다.

"흐흐흐!"

휘잉.

앞뒤로 달라붙은 파락호들 위로 황혈거도가 시퍼런 도기를 흩뿌리자 골편이 퉁겨 오르고 뇌수와 핏방울이 안개를 덮쳤다.

깡!

거도가 호선을 그리는 반경은 믿을 수 없을 만큼 넓었고 단단해서 아무도 가까이 오지 못했다.

퍽!

몇 번 창질을 해보려고 노력하던 파락호들의 머리가 호선과 맞물리면서 위로 떠올랐고 이내 맹렬한 회전 속으로 빨려 들어가 부서졌다. 그 빈 몸뚱이를 밀어낸 철기가 좌로 우로 바람처럼 내달았다.

"놈!"

번득, 하고 홍창이 빛을 가를 때마다 목을 움켜쥔 파락호들이 엎어진다.

와지끈.

그 파락호를 짓이긴 말이 목책을 뛰어넘고 그를 좌우에서 둘러싼 철기가 나머지 목책과 파락호들을 처리하며 전진했다.

두두두—

이런 과감한 공격과 막힘없는 전진이 맞물린 전격전, 병력의 많고 적음은 그리 문제되지 않았다.

"이런 우라질!"

이때까지 머릿수만 믿고 배짱을 부린 틈사파 수령 신령살모(神靈殺母) 음사형(陰史炯)이 발을 굴렀다.

벌써 목책의 반 이상이 무너져 버린 것이다.

나머지 반이 무너지는 것은 일도 아니었다.

그가 요사한 눈을 들어 팽련호의 침중한 얼굴을 쓸어 올렸다.

"자네와 난 오늘 이 자리에서 뼈를 묻겠군. 저들을 과소평가했어. 기껏해야 마적(馬賊) 나부랭이로 알고 있었는데, 저들은 이미 군대 이상이야!"

"……."

음사형의 눈빛을 받은 팽련호가 입술을 잘근거렸다.

도대체, 왜, 어떻게 해서 저런 자들과 싸움이 붙어야 했는지 매우 고민하는 눈치였지만 그가 지금 가늠할 수 있는 단서는 없었다.

"노공."

문득 고개를 든 그가 천장을 향해 누군가의 이름을 불렀다. 그러자 천장이 불룩거리면서 목소리가 흘러내려 왔다.

"말씀하시옵소서, 대가."

"적련사는 지금 어디 있나?"

"불명(不明)이옵니다."

"불명?"

"예, 대가. 불명이옵니다."

"자네는 말이 된다 생각하나?"

"……."

팽련호는 지금 모래알이 쓸려 내려가는 것 같은 심정이었다.

수하들이 내지르는 비명 소리가 이렇게 점점 가까이 들려오는데, 가장 믿었던 그녀가 행방불명이라니.

"정말 웃기는군."

"송구하옵니다."

"생각해 보게. 천하의 노공, 자네 입에서 불명이란 소리가 다 나오다니. 앉아 천 리를 보고 서서 만 리를 보는 자네가 아니던가?"

"…드릴 말씀이 없사옵니다!"

천장의 인물이 부스럭거렸다. 그때 음사형이 입을 딱 벌렸다.

"신안천리(神眼千里) 노공?"

신안천리 노공이라면 타고난 신명(神明)과 예지(豫知)로 앞의 시간을 당겨 볼 수 있는 능력을 지녔다 알려진 자였다.

하지만 세상에 그런 능력을 지닌 자가 어디 있는가.

과장된 헛소리가 분명하지만 어쨌든 노공은 부적 몇 장으로 능히 귀신과 바람을 부르고, 운명을 조율하며, 명줄까지도 관장하는 신묘한 재주를 지녔다는 찬사를 받았다.

그런 노공이 말했다.

"그녀가 흑죽(黑竹)으로 가려진 곳, 금돼지들이 노니는 동산에 박힌 이상… 대가께서 손을 내밀어도 잡을 수 있는 위치가 아니옵니다. 그래 불명이라 말씀드린 것이옵니다."

"금돼지라… 돈영회를 말하는 것이로세. 그럼 배신인가?"

팽련호가 묻자 노공이 바로 대답했다.

"대가, 쌀독이 비워지면 쥐가 떠나옵니다. 냇가에 물이 말라도 고기가 떠나옵니다. 그리 떠나는 것이 순리가 아니겠사옵니까?"

"으음."

불쑥 끼어든 음사형이 노공에게 물었다.

"그렇다면 돈영회는 우리 뒤에 있기를 포기했단 말인가? 그래 점잖게 뒷짐을 지고 싸움을 지켜보겠다, 이 말인가?"

대답은 내려오지 않았다.

"큼."

머쓱해진 음사형은 잠시 팽련호의 능력에 대하여 새삼 생각해 보았다. 신안천리 노공, 흑백쌍살, 야묘와 취마… 등을 보더라도 파락호라 볼 수 없는 인물들이 이 용각사에 몸담고 있는 것이다.

'도대체 이자가 생각했던 것은 무엇일까?'

갑자기 등골이 으스스해짐을 느낀 음사형은 팽련호를 외면했다.

"마여(馬呂)."

다시 천장 향한 팽련호가 누군가를 호명했다.

"예, 대가."

"노공 말을 들었나?"

"……."

"자네도 순리를 따르겠는가?"

대답이 내려왔다.

"아니옵니다."

"그럼?"

"소생은 황하(黃河)에 취해 세월을 낚던 어부(漁夫)에 불과하옵니다. 해서 고기들의 길은 환해도 사람의 길에는 매우 어둑하옵니다. 물론 사람의 길을 훤히 잘 아는 노공이 그렇다면 그럴 것이옵니다."

"으음."

"다만 진짜 그런지는 이 늙은이가 한 번쯤 확인을 해야 하지 않겠사옵니까? 죽간(竹竿)을 논하려면 길고 짧음부터 대봐야 되는 일이 아니옵니까?"

"…그렇군."

펄럭.

천장에서 먼지 몇 점이 떨어져 황촉을 흔들었다.

음사형이 또 입을 벌렸다.

"맙소사! 자네가 바로 황하어옹(黃河魚翁) 마여란 말인가?"

"틈사파의 대사(大蛇)께옵서 미천한 소생을 다 알고 계셨사옵니까?"

스윽.

한순간 황촉이 미치지 않는 저쪽 어스름이 흔들린다 싶더니 남루한 옷차림과는 정반대로 맑고 투명한 눈매를 지닌 초로의 늙은이가 나타났다.

황하어옹 마여.

어깨에 드려진 투망(投網)과 죽간이 특이해 보이는 그의 신분이었다.

지금은 제남의 황하 전역이 장강수로연맹(長江水路聯盟)의 차지가 되었지만 과거 수적들과 어부들의 세상이었을 때에는 그의 초막(草幕) 반경 백 장 이내의 물길은 금지(禁地)였다.

멋모르고 들어간 신출내기 수적 몇이 그의 낚시에 걸려 세상을 하직한 일은 두고두고 회자되었다.

“이 늙은이가 죽간의 길이를 대보고 오겠사옵니다.”

그가 침중한 팽련호와 어리벙벙한 음사형을 가로지르며 말했다.

마여에게서 흘러나온 역한 비린내가 황촉을 바짝 눌렀다.

펄럭.

“물리세요, 군사.”

난전 중인 만리향이 내려다보이는 지붕에서 소우가 손을 들었다. 우림은 의아했지만 얼른 징을 쳐 후퇴 신호를 보냈다.

징징징.

그러자 정교하게 아물렸던 목귀대와 파락호 사이가 벌어지고 뒷줄부터 목귀대의 철기가 빠져나오기 시작했다.

깡!

들어갈 때도 마찬가지였지만 나올 때도 맞물린 칼과 칼이, 창과 창이 불똥을 튕기고 피를 뿌렸다.

퍽퍽!

파락호들이 구불거리며 철기의 면전에 닿았다가 앞부터 부서져 나가는 모습이 참혹했다. 언뜻 본다면 철기들이 압도적인 전력으로 파락호들을 밀어붙이고 있는 것 같았다. 그래 이대로 나가 준다면 본전까지 밀어붙이는 것은 일도 아닌 것 같았다.

“대주.”

“말씀하세요.”

“그냥 밀어붙여도 되는 일이 아니옵니까?”

“그렇게 보이십니까?”

“……”

"적의 숫자가 압도적으로 더 많습니다. 기습이라 첨엔 먹혔습니다만, 이대로 계속 밀고 들어가면 종심(終心)을 잃는 쪽은 우리입니다. 종심을 잃고 포위되면 정신을 차린 파락호들이 반격해 올 겁니다. 그리되면 우리 측 희생이 큽니다."

"……!"

"이기기야 하겠지만 그건 승리가 아니에요. 무엇보다 저 앞에 나오고 있는 자들에 의한 피해가 제일 클 것입니다."

"……?"

썰물처럼 갈라지는 파락호들 사이로 각기 다른 병기를 든 자들이 걸어나오고 있었다.

그들은 정연한 보폭과 흔들리지 않는 어깨를 가지고 있었는데, 괴이하게 번쩍이는 눈매에서 파락호답지 않은 기세가 풍겼다.

"으?"

우림은 자세히 이남일녀(二男一女)로 이루어진 그들을 살폈다. 죽간(竹竿)과 오절곤(五節棍), 철부(鐵斧)를 어깨에 올린 그들을 본 파락호들이 일제히 허리를 구부렸다.

"으음."

우림이 다시 아래를 내려다보았을 때는 빠져나온 철기들이 삼 대로 나뉘어졌던 대오를 하나로 합쳐 오 기씩 모두 아홉 열을 이루어 막 파상전(波狀戰)으로 돌입하기 직전이었다.

히히힝—

흥분한 말들이 근육을 불퉁거릴 때마다 철구들이 덜걱거렸다. 그 사이로 자욱한 피비린내가 일어서 바람을 막고 있었다.

"이 사람이 내려가 봐야 되겠습니다."

결국 용마루를 차고 일어선 소우가 팔짱을 풀었다.

황하어옹(黃河魚翁) 마여.

과거 산서(山西) 이가살문(李家殺門)에서 솜씨 좋은 살수로 이름을 날렸던 그가 황하에 정착한 것은 우연이었다.

살업의 긴장은 상상을 초월했고 그 긴장이 정신을 무너뜨릴 찰나, 그는 이 제남에서 한 기녀를 알았다.

예쁘다거나 특별한 재주가 있던 기녀는 아니었다.

그는 그 평범한 기녀의 품에 안주하길 원했다.

돈이야 그동안의 살업으로 평생 쓰고도 남을 만치 벌어놓았으니 이제 그만 은퇴를 해야 한다고 생각한 것이다. 이에 그는 과감히 살업을 접고 황하가 내려다보이는 곳에 거처를 마련했다.

처음 몇 달 동안은 정말 은퇴한 것 같은 한가로운 나날이었다.

그는 처음 인생을 시작하는 사람처럼 그 기녀와 함께 부지런히 고기를 잡고 밭을 일구어 씨앗을 뿌렸고 어울리지 않는 시(詩)도 몇 수 지어가면서 그렇게 살았다.

그러나 어느 날 갑자기 그 기녀가, 그가 평생 모아둔 돈을 가지고 달아났다. 거기다 엎친 데 덮친 격으로 동진해 온 장강수로연맹과 부딪쳤다.

장강수로연맹이야 워낙 덩치가 커서 그냥 물러나야 했지만 기녀만큼은 도저히 용서할 수 없었다.

그 기녀를 잡아준 사람이 바로 팽련호였다.

기녀의 살갗을 벗기면서 그는 엉엉 울었다.

그리고 그 기녀와 함께 생활했던 기억을 깨끗이 잊었다. 용각사에

투신해 다시 칼을 잡았고 팽련호의 그림자 암대가 돼 살업을 계속한 것이다.

추릿.

그런 그가 죽간을 쳐들었다.

그의 눈에 지금 보여지는 것은 단 하나. 하늘을 가르며 우아하게 떨어져 내리는 창백한 칼잡이었다.

파다다닥—

5

말려 올라갔던 피풍이 내려졌다.

그의 드러난 얼굴이 백옥 같았다. 햇빛을 받지 않고 자란 듯한 그 창백함은 도리어 깊은 어둠을 연상시켰다.

그 어둠은 흑요석처럼 빛나는 눈과 섬세하게 뻗어 나간 눈썹, 붉은 입술에서 뿜어지는 어떤 기운… 바로 살기였다.

카랑!

그가 야수의 이빨이 뽑혀지는 울림으로 장도를 빼 들었다.

순간 어둠이 베어지고 안개가 베어지고 피비린내가 베어졌다.

소리의 파동이 뜰에 지펴진 모닥불을 잘라 버리며 산산이 흩어졌고, 날렵하게 휘어진 혈조(血漕:피고랑)에서 사자(死者)들의 아우성이 벌 떼처럼 일어났다.

그를 향해 죽간을 꼭 움켜쥔 마여가 물었다.

“네가 목귀파의 두목이냐!”

“…보시다시피.”

웃음이 묻어 있는 나른한 대꾸였다.

피리리링.

“놈!”

지독한 피리 소리를 내며 마여의 죽간이 흔들렸다.

그리 흔들리는 것은 죽간만이 아니었다. 하얀 눈썹이 흔들렸다. 그 아래의 눈이 흔들렸다. 고집스레 휘어진 코가 흔들렸고 입술이 흔들렸다.

“건방진 애송이! 용각사는 노부에게 다시 꿈을 꾸게 해주었다. 네가 그 꿈을 감히 베어버리려 하느냐!”

마여는 분노해서 소리쳤다. 그러자 살수행(殺手行)의 끝에 다다라 마음을 다해 마지막 속살을 태웠던 나날, 그 눈부신 기억이 기녀를 죽이던 순간의 절망을 끌어올렸다. 그것이 두께 세 치(약 6㎝) 길이 아홉 자(270㎝). 강철 같은 탄성을 지닌 흑죽(黑竹)에 매달려 둥그런 살기를 피워냈다.

이에 개문을 한 번 비틀어 등에 붙인 소우가 물었다.

추릿!

“네 용각사가 내 꿈을 베었다면?”

“뭐?”

“말해 봐, 네게 꿈을 준 용각사가 내 꿈을 베었다면 내가 어떻게 행동해야 하는지.”

휘잉—

이마를 헤집는 바람 속에서 야수처럼 빛나는 눈으로 소우가 조용히 마여를 바라보았다.

“그것은……..”

척.

보이지 않을 정도의 속도로 왼발이 앞으로 내밀어지고 등에 붙여놓았던 개문이 사선으로 떨어졌다.

순간 터질 듯한 살기가 뿜어졌다.

“말해!”

“끄응.”

한 발 물러난 마여가 거리를 가늠하려 했지만 은빛 호선을 그리며 스윽 날아온 개문이 그의 시선을 퉁겨내면서 차단했다.

모닥불이 달라붙은 개문은 담금질 중인 것처럼 붉었다.

“춧!”

눈부신 나머지 마여는 거리의 가늠을 포기하고 살수 특유의 직감으로 죽간을 한 번 크게 휘둘렀다.

핑!

조금 움직인 손목이었지만 죽간은 지렛대의 원리에 충실했다.

손목에서부터 시작된 탄성이 죽간의 끝에 이르자 사방 삼 장을 거미줄처럼 움켜잡고 흔들었다.

핑핑핑핑.

흑사일천(黑蛇一千).

죽간을 따라 흑사 수천 마리가 허공에 그려지며 꼬리를 흔드는 듯한 착각을 일으켰다. 죽간의 반경 안으로 빨려 들어온 공기가 낱낱이 베어지면서 어둠과 안개, 바람이 뚝뚝 끊어져 나갔다.

“좋아.”

염로에서 스승 고명경이 한 말을 자신도 모르게 툭 뱉어낸 소우가 헝클어진 실타래처럼 밀고 들어오는 죽간의 공세에 비연회추(飛燕回追)로 몸을 휘돌렸다.

펄럭.

접혀진 피풍과 함께 한순간 그의 몸이 흐릿해졌다.

핑.

잔상(殘像)을 난도질한 죽간이 잠시 멈칫 섰다 우측으로 미끄러진 소우를 따라 다시 수천 가닥으로 나뉘어졌다.

핑핑핑!

허공에 헝클어진 열십(十) 자가 생겼다. 우에서 좌로, 좌에서 우를 종횡하는 그 죽간이 땅을 말아 올리고 하늘을 끌어 내렸다.

그러나 언제나 간발의 차이로 잔상만을 흩트릴 뿐이었다.

"헉, 헉!"

마여는 어깨를 들썩거렸다.

죽간 같은 장병기(長兵器)들이 가지는 여러 미덕 중 제일 큰 미덕은 적당한 거리만 유지되면 공격과 방어가 수월하다는 데 있다. 단점은 그런 미덕을 유지키 위해 장병기가 가지는 무게를 감수해야 하는 데 있다.

즉, 두 손을 다 사용하여야 하고 호흡을 길게 끌어야 하며 적당한 높이를 유지, 끊이지 않는 투로(投路)를 확보해야 한다.

중간에 투로가 끊겨 단락이 생기면 다시 높이를 맞추고 투로를 찾는 데 힘이 곱절로 들기 때문이다.

그런데 마여는 벌써 흑사일천에서 한 번, 열십 자로 치고 나가는 흑사초천(黑蛇楚天)에서 세 번, 투로가 끊겨 높이 조절에 실패했다.

그래 호흡이 흐트러지는 것은 당연했다.

되잡기도 불가능이었다.

그가 손목을 틀어 마지막 초식인 흑사간영(黑蛇竿影)을 전개할 찰나, 마지막으로 펼쳐 낸 흑사초천의 엄밀한 막을 뚫고 팔랑개비처럼 휘돌며 날아오는 불꽃이 보였다.

척.

목에 대어진 그것은 얼음처럼 차가웠고 금방이라도 메질 소리가 쩡쩡 들려올 것 같은 담금질 무늬가 선명했다.

"흑."

"누구에게나 꿈은 있다, 늙은이."

담금질 무늬를 건너온 말이 마여의 고막을 흔들었다.

"으으⋯⋯."

갑자기 머리 속이 간지러워진 마여는 작은 신음을 흘렸다.

그 간지러움은 작은 벌레가 뇌의 주름을 헤집으며 꼬물거리는 것 같았다. 소우가 말을 계속했다.

"아직도 못 이룬 꿈이 있다면, 그래 이뤄야 할 꿈이 있다면 그대 혼자만 꿈을 가진 것처럼 함부로 주둥이를 놀리지 마. 꿈은 누구에게나 있고 누구에게나 소중한 거야."

"컥!"

목뼈의 어디쯤, 아주 깊은 곳으로 내려간 꼬물거림이 마여의 숨을 틀어막았다. 마여는 그 꼬물거림의 정체가 무엇인지 몰랐다.

"사환이야."

"⋯⋯!"

"지금 그대의 명줄을 내가 이리 움켜쥐었다. 이 명줄은 그대의 꿈이기도 하겠지. 이것을 내가 잘라 버리면 어떻게 될까?"

"⋯⋯."

"꿈이 사라지고 바로 황천이 보이지. 그곳은 말라 버린 꽃들과 승냥이의 혼백만이 거칠게 울부짖는다. 그곳을 정 보고 싶다면 다시 공격해도 좋아."

"……."

천천히 돌아선 소우 뒤에서 마여가 무너졌다.

털썩.

동시에 살업으로 쌓아 올린 그의 평생이, 기녀에게 함몰되었던 그의 인생이, 그 기녀를 죽이고 엉엉 울었던 은애와 증오가 허물어졌다.

"대형!"

"오라버니!"

몰락해 버린 이가살수문에서 불러온 두 살수, 미요랑(美妖狼) 두위주(杜違朱)와 인도(刃屠) 강염(姜廉)이 달려들어 마여를 부축했지만 마여의 눈은 아무 곳도 보고 있지 않았다.

"…뇌라."

그들을 뿌리친 마여가 비척비척 일어나 파락호들 사이로 사라졌다. 어둠에 파묻히는 그 모습을 멍하니 바라보던 두 사람도 그를 따라 파락호들을 갈랐다.

"아, 암대를 꺾었다!"

"우린 이제 주, 죽었다!"

"씨팔! 생목숨 버리게 생겼네."

파락호들이 길을 비키며 떠드는 소리가 이마를 치고 지나갔지만 그들은 개의치 않았다. 뒤에서 대형 마여를 베어버릴 수 있었음에도 그러지 않은, 그래 대형의 꿈을 존중해 준 목귀대 젊은 수령이 소리치고 있었다.

“내가 바로 소우다! 모두 꿇어!”

“노공…….”
“…….”
천장은 더 이상 불룩거리지도 않았다.
“…….”
펄럭펄럭.
싸늘한 정적이 황촉을 눌렀다 풀어놓기를 거듭했다.
팽련호는 침묵했다.
열려진 미칠 듯이 타오르는 모닥불과 무릎을 꿇고 항복한 수하들의
등이 창으로 보였다. 납작해진 그들의 등이 겨울날… 모두 다 떠나 버
린 논에 모여 앉은 새 떼를 연상시켰다.
“으음.”
그들의 중심에서 정말 부드럽게 휘어진 칼을 든 자가 이쪽을 바라보
고 있다.
“…떠났군, 여우 같은 늙은이.”
팽련호가 음사형을 멋쩍게 쳐다봤다. 그러자 뒷짐 진 음사형이 천장
을 한 번 쓸어 내렸다. 그의 찌푸려진 눈에서 생겨난 것은 괜한 일에
끼어들었다는 후회였다. 그것이 코를 죽 흘렀다.
추웁.
혀를 말아 올려 그것을 빨아들인 음사형이 팽련호를 보았다.
“이제 어떡할 참인가?”
“…….”
꾹.

"죽어야 되겠지."

입술을 깨문 팽련호가 대답하자 음사형이 펄쩍 뛰었다.

"말도 아니 되는 소리! 우리가 왜 죽어야 한단 말인가?"

"몰라서 묻나?"

음사형도 지지 않았다.

"싸움에 졌다… 세력을 잃었다… 그래 죽어야 한다?"

"……."

"말도 안 돼! 싸움이야 기회를 만들어 다시 하면 되고 세력도 다시 만들면 되네."

"요지는 뭔가?"

음사형의 말에 팽련호가 단도직입적으로 물었다. 이에 잠시 눈치를 보던 음사형이 입을 열었다.

"…순리를 따르자는 이야기일세."

꿈틀.

팽련호의 눈썹이 혼들렸다.

대동부(大同府) 말단 관리로 목숨줄을 잇는 일은 참 한심했다. 초야(草野)에 가졌던 이상(理想)은 도전받았고 비웃음 속에 더럽혀졌다. 뇌물을 받고 이권에 개입해 호의호식(好衣好食)을 일삼던 고관들은 그에게 굴원(屈原)의 어리석음을 이야기했다.

—물이 맑으면 갓끈을 씻고 흐리면 발을 씻으리[滄浪之水淸兮 可以濯吾纓, 滄浪之水濁兮 可以濯吾足].

팽련호는 반항했다.

—머리 감은 자는 반드시 관을 올려 쓰고, 목욕한 자는 반드시 옷 털어 입는다 하였소. 어찌 희디흰 순백으로 세속의 먼지를 뒤집어쓴단 말인가 [新沐者 必彈冠 新浴者 必振衣 安能以皓皓之白 而蒙世俗之塵埃乎].

이에 고관들은 그를 조롱했고 장부를 꼬투리 삼아 툭하면 매질을 가했다. 분을 못 이긴 그는 어느 날, 마적들을 불러 창고를 개방했다. 고관들의 배를 불리느니 마적들의 배를 불리는 것이 더 낫다는 생각이었다.

그때의 마적들 중 마음이 맞는 몇을 이끌고 그가 제남에 정착을 결정했을 때, 그를 지배했던 청정은 사라졌다.

대신 피와 죽음, 공포가 만들어내는 칙칙한 안락함에 동화되어 자신을 비웃고 매질을 가했던 고관들 이상의 쾌락을 누리길 원했다. 저잣거리의 제왕(帝王)이 되고 싶었던 것이다.

이렇게 목귀대가 나타나지만 않았어도 그런 팽련호의 꿈은 이루어졌을지 몰랐다.

팽련호가 물었다.

"그래서 도주하자는 말인가?"

아쉽고 억울한 마음이 엉뚱한 분노를 촉발시킨 상태였다.

"그 무슨 섭섭한 소리!"

"허면?"

"기회를 보자는 말이지."

"……."

"사람의 말이란 말일세, 같은 말이라도 처해진 상황이나 감정에 따라 다르게 들리는 법이네. 자네도 생각해 보게. 지금 이 상황에서 꼭 죽어야 순리이겠나? 다음 기회를 보는 것도 순리란 말일세. 커흠!"

"그 요사스러운 주둥일 닥치는 게 좋아!"

츱.

"그럼 자네 혼자 실컷 죽게나… 으?"

뒷문을 열려던 음사형이 뒤로 물러섰다.

"…적련사!"

"순리는 이게 순리이옵니다."

뒷문에 기댄 적산월이 하얗게 웃었다.

"……!"

팽련호는 흑백쌍살과 야묘, 취마를 좌우에 거느린 그녀 발 밑에서 벌레처럼 꿈틀거리는 자를 보았다.

"노공."

먹물을 바른 것같이 검은 얼굴에 수염이 무성한 난쟁이.

그가 바로 순리를 빙자해 도망친 신안천리 노공이었다.

털썩.

메고 있던 포대를 안으로 던진 적산월이 뒷문을 넘어왔다.

"이것이 바로 순리이옵니다."

제5화 개회

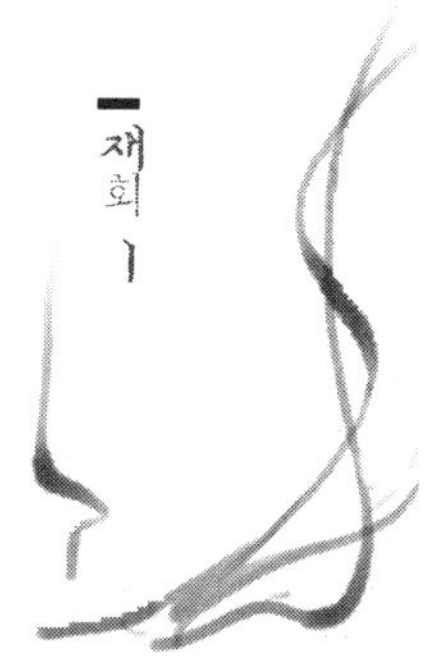

포대가 움직였다.

"이게 뭔가?"

"쿡."

적산월이 웃었다.

"순리라 말씀드리지 않았사옵니까?"

"……."

"계집?"

코부터 킁킁거린 음사형이 말했다.

"그렇군."

팽련호도 그것이 계집임을 직감했다. 포대에서 우러난 향기가 실내에 가득했던 음습한 기운을 정화시켰기 때문이다.

향기는 여인들이 흔히 쓰는 지분 냄새가 아니었다. 봄볕 가득한 숲,

야생초에서 맡아지는 것처럼 엷고 청정했다.

"이 물건이 순리란 말인가?"

팽련호는 굳이 물건이라 표현했다.

"열어봐."

"예, 대가."

적산월 대신 지음이 얼른 포대를 잡았다.

픽!

"넌 빠져, 자식아!"

코부터 벌렁거리는 지음을 관노가 걷어찼다.

"기녀?"

"……!"

팽련호가 혼란에 빠진 눈알을 굴려 음사형을 보았다.

"춘야월… 냉월이 아닌가?"

적산월이 대답했다.

"맞사옵니다."

"으음."

"소녀가 사람을 풀어 확인해 본 바 이번 사단의 뿌리는 그 염쟁이 놈과 바로 이 계집에게 있사옵니다."

"대체 무슨 말이냐?"

"상촌으로 보낸 자들의 기별과 역수를 돌아다니는 소문, 진 노대가 토해낸 말들을 종합하면 지금 저 밖에서 칼을 들고 설치는 저놈과 이 계집은 보통 사이가 아니옵니다. 저 새끼가 육간으로 보내질 때 이 계집이 따라붙은 것은 소녀도 직접 봤사옵니다!"

"흠. 그래?"

머리를 곰곰이 쥐어짠 팽련호가 한순간 이를 갈아붙였다.

빠득.

'여파달, 이 개자식!'

왜 목귀파가 자신에게 달려든 것인지 그제야 짐작한 것이다.

적산월이 말을 계속했다.

"대가, 이년을 인질 삼아 저놈의 무장을 해제시키면 되옵니다. 아울러 저 새끼가 이끄는 목귀대도 무장을 해제시키고 무조건 베어버리시면 되옵니다."

"어이."

그때 불쑥 끼어든 음사형이 요사한 눈알을 굴렸다.

"이 계집과 저 애송이가 과연 그렇게 관계가 있을까?"

"예?"

"아, 내 말은 자네의 추론을 믿지 못해서 그런 것이 아니니 그 도끼눈을 거두게. 에, 만약에 말일세. 자네가 그렇게까지 자신하는 두 연놈들의 관계가 아무 관계가 아니라면 그때는 어찌할 것인가? 그저 아는 사이라면 어떻게 하겠냐, 이 말이지."

"흥!"

'여우 같은 새끼!'

적산월은 음사형의 야릇한 눈빛을 외면했다.

협조를 얻어내기 위하여 몸까지 주었던 그였다. 그녀는 깨끗이 잊었지만 음사형은 그렇지 않은 것이 분명했다.

"그렇게 소녀를 믿지 못하신다면 큰 뱀께서 이 계집년에게 직접 물어보시면 되지 않겠사옵니까?"

"뭐? 큰 뱀?"

당장 음사형 눈알을 뒤틀었다. 추레한 몰골로 찾아와 제 스스로 옷을 벗어 던지고 냉큼 배 위로 기어올랐던 년이, 금방 절정에 올라 짐승처럼 울부짖었던, 그래 동창이 훤해질 때까지 할퀴고 물고 빨기를 거듭했던 년이 감히 '큰 뱀'이라 비아냥거려!

스윽.

순간 그가 뿌옇게 흐려졌다.

적산월 앞에 나타난 그가 긴 혓바닥으로 적산월을 핥았다.

"춥!"

"놔요, 이거!"

멱살을 잡힌 적산월이 팔을 휘둘렀지만 음사형은 적산월 가슴에 얼굴을 박은 채 코를 킁킁거렸다.

"이봐! 하룻밤의 인연이라도 소중한 법이거늘, 벌써 이렇게 괄시인가? 난 말이야, 네년의 신음 소리와 흠뻑 젖은 사타구니, 절정으로 치달을 때 일제히 일어섰던 네년의 핏줄을 기억하고 있어. 그런데 큰 뱀? 이런 좆같은 년을 봤나!"

척.

얼굴을 든 음사형의 쫙 펴진 손에는 어느새 시커먼 철지(鐵指)가 끼워져 있었다. 호랑이 발톱처럼 생긴 명옥지(冥府指)였다.

"흡!"

시퍼런 명옥지가 적산월의 목에 닿았다. 음사형이 적산월의 입술을 질겅질겅 씹으며 끈적거렸다.

"생각해 봐. 그때 내가 더 좋았나, 아님 네년이 더 좋았나? 듣자 하니 돈영회 새끼 돼지가 됐다고? 그 할망구를 뭐로 구워삶았나? 설마 내가 넣어준 정혈(精血)을 먹인 건 아니겠지? 대답해 봐, 이 좆같은 년아!"

“욱!”

비명 소리는 음사형에게서 나왔다.

츱.

슬그머니 명옥지를 내린 그가 한쪽 어깨를 기울이며 팽련호를 보았다. 그의 어깨에 지옥도(地獄圖)를 양각한 철담이 올려져 있었다. 그 철담의 주인 팽련호가 어금니를 씹어붙였다.

“음사형, 죽고 싶나?”

“쳇! 더럽게 무겁네.”

뱀이 허물을 벗듯 간단하게 철담을 제치고 제자리로 돌아간 음사형이 투덜거렸다. 그 투덜거림을 쫓아 들어온 적산월의 손바닥이 허공을 갈랐다.

턱.

“아직 네년은 내 상대가 안 돼.”

적산월의 손을 놓은 음사형이 한 발 물러섰다. 그것을 따라붙은 적산월이 외쳤다.

“두고 봐, 네놈을 반드시 죽일 거다!”

“푸하! 몸뚱이로 죽여준다면 한번 생각해 볼게.”

“개만도 못한 새끼!”

“넌 개 이상이야, 좆같은 년아.”

지지 않고 맞장구치는 음사형을 외면한 적산월이 잠시 고개를 숙였다. 다시 고개를 든 그녀가 등로의 멱살을 틀어 잡았다.

그리고 분풀이하듯 소리쳤다.

“이때까지 한마디도 안 했지? 이 쌍년! 네가 벙어리가 아니란 걸 알고 있어! 빨리 말해! 어떤 관계야!”

‘아무런… 관계도 아니야. 난 소우를 몰라.’

둥로는 입을 달싹거렸지만 생각뿐이었다.

‘네가 나와 한 동리에서 살았던 것처럼, 그래 아는 것처럼 소우와도 마찬가지야. 소우는 나와 아무 관계도 없어. 그러니 나를 가지고 소우를 또 한 번 아프게 하지 마.’

샘솟듯 말이 솟아올랐지만 입으로 나와지는 말이 아니었다.

그림자들의 인도를 받아 도착한 곳에서 적산월을 보았을 때, 둥로는 반가웠다. 그러나 적산월은 아니었다.

“소우, 그 염쟁이 새끼와 무슨 관계야?”

짝!

대뜸 따귀부터 올려쳤고 지금처럼 멱살을 움켜잡았다.

“소문은 들었지, 춘야월의 사월 중 냉월이 바로 네년이라고. 그래, 문곡정 늙은이가 널 춘야월에 팔아버렸어? 그리고 사라졌지. 그것도 육간 놈들이 사라진 그날 말이야. 주제도 모르고 문자를 배우겠다던 염쟁이 놈에게 방편을 만들어준 늙은이. 그 방편이 겨우 육간이었나? 공교롭다고 생각지 않아?”

‘……’

둥로는 할아버지의 행방을 유추했다.

사실 아직까지 상촌에서 문곡정을 하고 계시리라 생각하지는 않았다. 하나밖에 없는 손녀가 윤간을 당했다면 할아버지는 상심이 크셨을 것이고 모든 것에 대한 애착을 놓은 채 침잠하셨을 것이다.

"끝까지 벙어리 흉내를 낼 거야?"

적산월이 빽 소리를 질렀다. 이에 등로는 손을 모으고 고개를 흔드는 것으로 말을 대신했다.

'산월아.'

아직 문곡정의 정리가 남아 있다면 날 그냥 놔줘. 소우는 내가 아니더라도 충분히 아파. 사실 따지고 보면 소우의 발목을 잡았던 건 나였는지도 몰라. 내가 서량 아저씨께 육간을 가르쳐 주지 않았다면 오늘날 소우가 칼을 잡았을까? 저렇게 잔혹한 칼잡이가 되었을까?

"좋아! 이 쌍년! 저 새끼 얼굴을 직접 보고도 벙어리 흉내인지 어디 한번 보겠어!"

텁.

등로는 반항했지만 적산월의 완력을 당할 순 없었다.

"이제 저놈을 죽이러 가시옵소서, 대가."

"오냐! 으스러뜨려 주겠다. 풰."

철담에 침을 뱉은 팽련호가 음사형을 봤다.

"자네는 같이 안 가나?"

"오, 오해하지 말라고."

손부터 휘휘 내저은 음사형이 주절였다.

"⋯⋯!"

"난 말이지, 저년을 믿지 못해. 나의 순리는 그거야. 그러니 자네만 나가보게. 만약의 사태에 대비해서⋯ 흠, 그러니까 만에 하나 자네가 잘못됐을 경우⋯ 아, 이건 어디까지나 가정일세. 그럴 경우엔 내가 자네의 시체를 수습해 주겠네. 물론 복수를 해야 되겠지. 걱정하지 말고 나가보게."

“…….”

“뒤가 든든해야 싸울 맛도 나는 거지. 안 그래? 잘해보라고!”

“큰 뱀답게 그 혓바닥 한번 매끄럽군.”

“원, 사람도… 험한 세상 아닌가? 세상은 말이지, 정직하고 우직한 놈은 꼭 매를 맞게 돼 있네. 뭐, 그렇다고 자네가 정직하고 우직하다는 이야기는 아닐세. 사실 따지고 보면 자네만큼 독해 빠진 인간도 드물지. 그 두목에 그 쫄짜라고 저 좆같은 년도 한 수 하는구먼.”

“…….”

“적당히 비겁하게, 그리고 가늘고 길게 천수를 누리다 골로 가는 거. 난 이런 행복을 추구하는 인간이지. 의리? 협의? 하! 좆같은 소리 말라고 그래. 난 말이지, 그리 말하는 새끼들을 보면 아가리를 찢어주고 싶다고.”

“…….”

“물론 철부지 때는 그럴 수 있어, 세상을 잘 모르니까. 그게 옳은 것 같으니까. 하지만 대가리가 하얗게 돼서도 그런 말들을 주저리는 새끼들이 있어. 그런 놈들은 그 따위 명분을 내세워서 자신의 영역을 지키고 싶을 뿐이야. 알겠나?”

“요지는 뭔가?”

얼굴을 일그러뜨린 팽련호가 음사형의 요사한 눈을 통겼다.

히죽.

음사형이 웃었다.

“한마디로 말하자면 자녠 자네고 나는 나란 말이지.”

“……!”

“생각이 다르고 몸이 다르고 추구하는 바가 다르네. 같이 죽어주지 못한다는 말이지. 나는 나의 강호가 있고 자네는 자네의 강호가 있네. 자네의 순리와 나의 순리는 다르지. 똑같은 바람이 불어도 시린 부위가 다르네. 이런 경우, 좆같은 감상에 빠지면 그야말로 황천행이지. 그때가 돼서 울고불고 좆나발 불어도 아무 소용 없다고.”

“끄응.”

신음을 삼킨 팽련호가 입구를 향해 발을 떼었다.

그러자 흑백쌍살이 그의 좌우에 달라붙었고 그 뒤를 관노와 지음이 따랐다. 등로의 목에 강편(鋼片)을 감은 적산월이 음사형을 스치듯 지나가며 침을 뱉었다.

“퉤.”

번득, 들어 올려진 명옥지가 침을 휘어 감았다.

“살아난다면 말이지, 한 번 더 만나자고. 이 독해 빠진 년아!”

“개새끼!”

2

삐익—

하늘을 찢어발기며 명적(鳴鏑:소리나는 화살)이 지나갔다.

만리향의 어디쯤에서 쏘아진 것이 분명한 그것은, 소우의 위세에 눌려 항복한 파락호들의 시선을 이끌고 하늘 높이 치솟았다 아래로 곤두박질쳤다.

“대, 대가!”

"살려주십시오. 어흐흐흑!"

"이런 돼지만도 못한 자식들!"

엎드려 꼼짝 못하던 파락호들을 본 팽련호가 분노를 터뜨렸다.

"철기 오십을 당해내지 못하고 무릎을 꿇어? 그러고도 너희들이 저 잣거리의 호걸들이냐!"

"……."

파락호들의 머리 위에서 팽련호의 철담이 윙윙거렸다.

척.

팽련호의 벼려진 눈이 파락호들의 가운데 서 있는 소우에게 틀어박혔다. 순간 붉은 화염 이글거리는 눈과 검은 화염 고요한 눈이 서로 엉켜 공기를 냉각시켰다.

추릿!

은잠세(隱潛勢).

나간 왼발이 사선으로 벌어지고 옆으로 나간 오른발이 살짝 기울어진 자세. 등에 붙은 개문이 예기를 감추자 한 바퀴 휘돌면서 뻗어 나간 왼손이 인을 맺었다.

스윽.

순간 딱딱하게 얼어붙었던 공기가 개문과 팔이 그려내는 궤적을 따라 먼 곳부터 녹아내렸다.

펄럭펄럭.

숙여진 얼굴, 가볍게 떠오른 눈동자를 스치며 바람이 지나갔다.

"……."

"……."

천 년이 가도 깨어지지 않을 것 같던 침묵을 먼저 깨뜨린 사람은 팽련호였다. 소우에게서 잘 벼려진 장도 한 자루를 본 듯한 그가 감탄했다.

"제법이군, 애송이."

갑작스럽게 솟아오른 호승심이 그의 머리 속을 꽉 메웠다.

창고를 개방한 죄로 산적들과 함께 관부에 쫓기던 시절, 해가 떨어지는 광야 한 켠에서 죽어간 라마승의 진전을 이은 그였다.

부드러운 백랑권(白螂拳)과 중병기인 철담(鐵膽)이 수레바퀴 돌 듯 연속적으로 펼쳐지는 절기, 연환삼십육방(連環三十六方).

"허허."

불쑥 튀어 오르는 그것을 억누른 팽련호가 멀겋게 웃었다. 어금니 다물려진 웃음이라기보다는 비틀림이었다.

"너는 천상 칼잡이다. 나 또한 저잣거리에서 칼밥 먹기를 소원한 칼잡이다. 과거의 사소한 원한을 빌미 삼아 너는 나의 뿌리를 뭉텅 잘라 버렸다."

"그런 원한은 잊었다, 팽련호."

픽.

붉은 입술에서 퉁겨진 웃음이 팽련호의 비틀린 입술을 굳혔다.

순간 책장이 넘어가듯 맞바람을 맞은 머리카락이 뒤로 넘어갔다. 다시 피풍이 펄럭펄럭 울고 개문에 올려진 바람 베어지는 소리가 처절했다.

"그럼 뭔가. 왜 나를 이리 핍박하나?"

"과거는 돌아오지 않는다, 팽련호. 그렇지만 거듭될 수 있겠지. 안 그런가? 썩어빠진 종기를 도려내야 상처가 아무는 거야. 흉터는 남겠지만 다시 썩지 않는다면 그걸로 만족하지. 생각해 보면 내가 오늘 그대를 제명시켜 버리는 이유는 단순하다.”

“뭐?”

“산의 호랑이는 한 마리면 족하다!”

“세력을 원하는 거냐?”

“풋.”

다시 웃음이 퉁겨졌다. 동시에 옆으로 미끄러진 개문이 모습을 드러
냈다. 그것의 피고랑을 따라 어둠과 달빛, 별의 편린이 흘러내렸다.

주르륵.

순간 칙칙한 어둠, 혹은 덩어리진 피비린내가 아우성치며 달려와 팽
련호의 목줄을 휘어 감았다.

“칼잡이는 말로 칼잡이임을 증명하는 게 아니다, 팽련호. 무슨 말인
지 아나? 칼잡이는 오직 칼로 말한다.”

“……!”

홍건하게 젖는 땀을 의식한 팽련호가 문득 뒤를 보았다.

그 눈을 따라간 소우의 눈이 미세한 경련을 일으키며 천천히 정지했
다.

끊임없이 고개를 흔드는 등로를 보았기 때문이다.

‘누… 나!’

툭.

문득 바람이 끊어졌다. 그 사이로 달빛이 쏟아지면서 어둠이 물러났
다. 펄럭였던 모닥불이 가라앉고 파락호들의 두런거림과 목귀대의 철
걱거림이 얼어붙었다.

모든 것들이 정지했다.

"속절없이 나이만 먹는 것 같아. 겨울이 지나면 이제 열다섯 살이야. 이해하니? 여자에게 열다섯 살이란 의미를? 집을 떠나야 할 시간이 그만큼 가까워졌다는 소리야."

질끈.
소우가 입술을 깨물었다. 그러자 푸른 달빛만 한 움큼 쏟아졌던 청연목 아래의 언어가 개문을 치고 올라와 팔을 뻐근하게 만들었다.

"난 할아버지랑 소우랑 오래오래 같이 있고 싶어. 너도 장가가지 말고 나도 시집가지 말고 언제까지나 이런 모습으로 이렇게 살고 싶어. 소우야, 세월을 멈추게 해줘. 난 이 가을이 이대로 멈췄으면 해. 부질없는 욕심이겠지?"

피해갈까, 다시 상처를 만들어줄까 애써 만나지 않았는데… 등로는 상처 입은 모습 그대로 무슨 말인가를 하려는 모습이었다.
상.관.하.지. 마. 나. 신.경. 쓰.지. 마.
입 모양을 통해 전해진 언어였다.
아냐, 누나.
개문이 울었다.
그 울음소리를 따라 자부동의 고련과 뼈에 사무친 자학, 결코 잠들 수 없었던 나날들이 해일처럼 일어섰다 가라앉기를 거듭했다.
난. 아.무.래.도. 괜.찮.아. 너.를. 원.망.하.지. 않.아. 난. 널. 미.워.하.지. 않.아.
아냐, 아냐. 내가 누날 지키지 못했던 거야.
그.게. 아.니.야.

“흥! 이렇게 둘이 만나니까 어떠냐?”

앞으로 나선 적산월이 소리쳤다.

“소우, 이 염쟁이 새끼! 이년을 죽이고 싶으면 덤비고, 살리고 싶으면 그 칼을 놓고 무릎을 꿇어라! 그것은 수하들도 마찬가지. 말에서 내려와 그 자리에 엎드려!”

“대주!”

거연창이 달려왔지만 소우는 의식하지 못했다.

‘소우야.’

얼어붙은 소우에게 등로는 말을 해야 한다 생각했다.

치명적인 상처를 입고도 소우는 바르게 자라주었다.

“누나, 글을 배우면서 깨달은 것이 있어. 사람은 두루 평등하다는 거야. 부자나 가난한 사람이나, 고관대작이나 염쟁이나 하늘 아래에서는 다 같은 사람이야. 귀하고 천하다는 생각은 사람이 만든 거야. 난 사람들을 원망하지 않기로 했어. 성사불설 수사불간 기왕불구(成事不說 遂事不諫 既往不咎)… 이미 이루어진 일은 말하지 않는 거래, 끝난 일은 간하지 않는 거래, 지난 일은 탓하지 않는 거래.”

겨우 천자문을 뗀 아이에게 할아버지는 의식을 파종(播種)하고 있었다.

“난 아주 큰 장사꾼이 될 거야. 그래서 우리 아부지 같은 사람들을 많이 모아 장사를 시킬 거야. 열심히 일하면 굶지 않고 정직하면 손해 보지 않는다는 걸 가르쳐 줄 거야. 귀하고 천한 것을 나누지 않을 거야. 학문을 배워 책상을 차지하고 있으면 안 돼. 높은 관(冠)과 멋있는 관복(官服)을 원하면 안 돼. 학문은 나를 위한 것이 아니라 남을 위한 것이고 모두에게 베풀기 위한 거야."

냉대와 비웃음으로 단련된 소우의 땅은 그 냉대와 비웃음의 양만큼 기름졌다. 하나의 의식이 싹을 틔우고 조금씩 자라는 과정을 지켜보는 재미는 그렇게 쏠쏠했다.

"안 들려? 칼을 버리고 꿇어!"

앙칼진 적산월이 소리쳤다.

뒤를 이어 팽련호가 철담을 흔들었다.

"꿇어! 두 번 말하지 않겠다, 꿇어!"

그러자 이제까지 꿇고 있던 파락호들이 주섬주섬 일어나 버렸던 무기를 집어 들었고 삼삼오오 대오를 갖추기 시작했다.

"이렇게 바뀌는구나."

"난도질해 주겠다!"

"머리 가죽을 벗겨 탕을 끓여 먹어야지!"

우왕좌왕하는 목귀대를 향해 핏발 선 눈알을 번득이며 파락호들이 다가들었다. 그들이 잡은 창과 도끼, 단봉과 분수 아미자, 육도가 함부로 달빛을 헤집었다.

"대주!"

망연히 서 있는 소우를 향해 거연창이 부르짖었다.

스륵.

미친 듯 날리는 머리카락, 전신을 뒤흔드는 피풍의 펄럭임에 휩싸인 소우가 고개를 숙였다. 깨물려진 입술에서 피가 한 줄 흘렀고 멀어져 버린 눈동자와 창백한 볼이 경련했다.

"수석, 그리고 구려 형!"

“…….”

“이 사람은 세상을 헛살았나 봅니다.”

“…….”

“소중한 사람을 다시 상처 줄까 두려워 피하고 있었습니다. 스승께서 말씀하셨습니다. ‘네가 한 발 물러서면 두 발 따라 들어온다. 그리 물러서다 결국 천 길 벼랑에 이르는 것이다’. 이제 와 그 말씀의 깊은 의미를 깨닫습니다.”

“대주!”

애각구려의 목소리는 울음에 가까웠다.

대정로에서 등로를 보았을 때 끝까지 찾아볼 것을… 비도에 정신이 팔리고 공격에 정신이 팔려 이런 상황을 만들고야 말았다는 자책 어린 부르짖음이었다.

소우가 계속 말했다.

“생각해 보면 세상은 많은 변수가 존재하고 그 변수들이 사람을 괴롭게 합니다. 칼바람 부는 벌판에 나선 주제라 소중한 사람들을 상처 입히기 싫어 멀리 두었습니다. 그래야만 되는 거라 생각했습니다. 그렇지만 아닙니다. 잘못된 생각이었습니다. 칼을 잡은 이상 그 칼의 반경 안에 소중한 사람들을 두어야 한다는 것, 그래서 지켜야 한다는 것을 깨달았습니다. 이 지킴을 위해 어떠한 고통도 감수해야 한다는 것을… 이제야 압니다.”

쿵!

“그렇다고 무릎을 꿇을 수 없습니다, 대주!”

거연창이 홍창을 굴렀다.

“…….”

등로에게 못 박혀진 눈으로 소우가 다시 입술을 깨물었다.

동시에 개문이 미끄러졌다.

추릿!

순간 꾹꾹 눌러놓았던 살기가 회오리바람처럼 일어나 달빛과 어둠을 밀어냈다.

"무릎 꿇지 않습니다. 누날 죽이지 않습니다. 이 사람은 지킬 겁니다. 십 년 전의 아픔과 절망을 깨끗하게 씻겨줄 겁니다."

"…대주."

"군사께 신호를 보내세요. 공격은 멈추지 않습니다. 위축될 필요 없어요."

"예, 대주."

거연창이 왼손을 올렸다.

척!

거연창이 그리 손을 든 것은 공격, 아니면 후퇴를 의미했다.

그러잖아도 파락호들의 밀어붙임에 몰린 철기들이 조금씩 뒤로 물러나고 있었다. 당장 무슨 조치를 취하지 않으면 사상자가 나기 직전. 그렇다고 공격할 상황이 아니란 것은 아래에 있는 거연창이나 애각구려, 소우가 더 잘 알 것이었다.

무슨 사연이 있어 저리 인질이 됐는지 모르겠지만 철기가 공격을 재개하는 순간 저 아래 잡혀 있는 여인의 목이 떨어질 것이다.

"으음."

그래 후퇴 신호가 떨어진다면 사해상련이란 거대한 꿈은 멀어질 것이다. 파락호들은 인질을 앞세워 몰아붙일 것이 뻔했다. 그리되면 다시 황야를 달리며 도적질을 일삼는 목귀파로 돌아가야 하는 상황이 올

것이다.

징채 잡은 우림이 손을 떨었다.

"음?"

거연창의 주먹 쥔 손이 떨어졌다.

슥―

우림은 자신의 눈을 의심했다.

허공을 한 바퀴 돌아 떨어진 손의 의미는 징을 쳐 공격을 알리라는
신호였다.

"대체……?"

말을 잇지 못한 우림이 애각구충을 봤다.

"소우 형은 번개를 부를 수 있슈!"

찌익.

신궁을 들어 시위를 당긴 애각구충이 말했다.

"번개? 뇌전(雷電:벼락)을 말씀하시는 것이옵니까?"

"그류. 히히히. 사실 소우 형이 가진 무공은 세 종류유. 개문천도(蓋
文天刀), 탁환(托幻), 벽력(霹靂). 이 중 두 가지만 사용했지유. 그것도
일부만 사용했슈."

"예?"

"어쩌면 오늘 벼락을 볼 수 있을지 몰러유. 귀곡 할배가 팔황맹을
만나기 전까지 쓰지 말라고 했지만… 힉! 빨리 징을 치세유! 팔 떨어지
것슈!"

"……!"

잠시 망설이던 우림이 징을 두드렸다.

깡깡! 깡깡! 깡깡!

어둠을 흔들며 아래로 번져 나간 징 소리가 목귀대와 파락호들의 간격을 좁혔다. 그러자 한순간 수세와 공세가 바뀌고 다시 칼 부딪는 소리와 비명 소리가 헝클어졌다.

푸슝―

시위를 놓은 애각구충이 소리쳤다.

"쫘!"

핑핑핑!

살점이 튀고 흙덩이가 위로 치솟았다.

퍼퍼퍼퍽!

이마와 어깨, 등과 가슴을 가리지 않고 퍼부어진 화살비가 파락호들을 바닥에 눕혔다. 이어 삼첨양인도가 호선을 그렸고 핏물이 퉁겨졌다. 말발굽에 깔린 늑골 으스러지는 소리가 요란했다.

"꿇어! 이년을 죽일 거야?"

'조금만 참아, 누나.'

오른발을 앞으로 내디딘 소우가 왼발을 비틀면서 지그시 몸을 숙였다. 그러자 개문이 움직였고 그 궤적을 따라 허공에 현란한 담금질 무늬가 그려졌다.

스윽.

순간 하얗게 일어섰던 어둠이 갈가리 베어졌다. 동시에 배(背)를 밟고 올라선 달빛이 산산이 부서져 내렸다.

"으음. 계집은 안중에 없다, 이것인가? 그렇담 실패가 아닌가!"

팽련호가 미간을 찌푸렸다.

3

슈악―

미간에 무엇인가 와 닿는 느낌에 팽련호는 본능적으로 몸을 비틀었다. 동시에 튀어 나간 철담이 단번에 서른여섯 개의 점(點)을 허공에 찍자 불똥이 튀고 공기가 출렁거렸다.

파파팡!

다시 철담을 뻗으려던 팽련호가 눈을 크게 떴다.

'방금 철담에 부딪쳐서 불똥을 튕긴 것은 뭔가?'

소우는 그 자리에서 움직이지 않았다. 개문을 겨눈 그대로 그 자리에 서 있었다. 귀신에 홀린 듯한 느낌이 든 그가 다시 소우를 바라보았다.

"붕란(鵬卵)이야."

"붕란?"

도무지 이해할 수 없는 말이었다.

더불어 그가 이해할 수 없었던 것은 자신의 철담이 사금파리가 깨어지듯 깨어져 나간 것이었다. 그리 높지 않은 온도에도 쉬이 녹는 대신 연성(軟性)과 전성(展性)이 좋은 가단주철(可鍛鑄鐵)로 만든 철담은 인성(靭性) 또한 강해 어지간한 충격에는 흔적조차 생기지 않는 성질을 지닌 철담. 조각조각 부러진 그것이 땅에 흩어졌다.

"…이게!"

철담을 집어 던진 팽련호가 얼른 등로의 목을 움켜잡았다.

"이년을 정말 죽이고 싶으냐?"

신.경. 쓰.지. 마. 난. 네. 얼.굴.을. 이.렇.게. 잘. 자.라.준. 너.를. 봤.으.면. 됐.어.

자신은 상관하지 말고 팽련호를 베라고 등로가 말하고 있었다.

'안 돼!'

개문을 은잠세로 등판에 붙인 소우가 고개를 흔들었다.

'그럴 수 없어, 누나.'

너.의. 꿈.을. 이.뤄. 큰. 장.사.꾼.이. 된.다.고. 그.랬.잖.아.

'곁에 있는 사람의 눈물도 닦아주지 못하는 자가 어떻게 큰 장사꾼이 될 수 있지?'

소우의 입술에 맺힌 피가 흘러내렸다.

'지금은 손을 쓸 형국이 아니다. 팽련호와 적산월이 누나에게 바짝 붙어 있고 그들 뒤에 장검을 빼 든 흑백쌍살이 서 있다. 저리 바짝 붙어 있지만 않아도 어떻게 해보겠는데…….'

그래 일반적인 방법으로는 손을 쓰지 못한다. 소우가 발이라도 움직이면 그보다 몇 배나 빠른 칼이 먼저 등로의 등을 찌를 것이다.

'어쩔 수 없어.'

소우가 그것을 쓰기로 결심하자 인 맺은 손가락이 풀리면서 안에 숨겨져 있던 금환이 떠오르기 시작했다.

그것은 염로에서 황보염이 펼쳤던 벽력공(霹靂功)보다 완전한 형태인 벽력뇌환(霹靂雷環)이었다.

"팔황맹을 상대할 힘을 갖추기 전에 절대 사용하지 말거라. 너도 겪고 보았듯 이 벽력공은 팔황맹, 팔대가문 중 하나인 황보무문으로 흘러 들어간 무공이니라. 그래 네가 이것을 가졌다는 소문이 퍼지면 그들이 가만있지 않을 것이야. 더구나 제남과 태산은 지척이 아니더냐? 너는 그 가문의 장자를 쓰러뜨렸고 네 스승은 그 가문의 가주와 양패구상(兩敗俱傷)했다."

'어쩔 수 없습니다, 어르신.'

금환은 눈부시지 않았고 소리도 나지 않았다. 그렇다고 뜨겁다거나 차갑다는 느낌도 들지 않았다.

세상에 존재하지 않는 어떤 존재 같은 그것은 어두운 강물을 흐르는 달처럼 흐느적거리며 소우를 맴돌았다.

"천둔(天遁)."

번쩍 쳐든 손가락을 따라 치솟은 금환이 하늘로 빨려 들어갔다.

고오오—

억겁처럼, 그러나 짧은 시간이 지나자 별빛에 묻힌 금환은 보이지 않았다.

"뭐야, 이거?!"

피식.

금환이 날아오지나 않을까, 잔뜩 마음을 졸였던 팽련호가 웃었다. 판단이 정확하다면 금환은 단순한 금환이 아니라 내공을 응축시킨 기의 덩어리. 그것이 사라져 버리자 어이없어진 것이다.

"지금 장난하나? 그 따위 요사한 눈속임이 이 팽련호에게도 통할 것이라 생각했나?"

"요사한 눈속임이라고?"

빙그레 웃은 소우가 손가락을 내려 땅을 가리켰다.

"지둔(地遁)."

손가락을 따라 올려진 팽련호의 입이 벌어졌다.

고오오오—

순간 갑자기 지펴진 어둠이 별빛을 가렸다. 그 까만 어둠이 한순간 길게 찢어지면서 빠져나온 빛이 쇠 벼려지는 소리를 내며 떨어졌다.

쩡!

얼음장같이 날카로운 그것이 팽련호 좌측에 떨어져 땅으로 스며들었다.

"흐!"

깜짝 놀란 팽련호가 멍한 눈으로 소우를 봤다. 그도 환술(幻術)이라면 적잖이 봐온 터였다. 그렇지만 방금 철담이 부서져 나간 것과 금환. 떨어져 내린 것은 환술이 아닌 실제의 무엇. 섬뜩한 공포가 잠시 등로을 쥔 그의 손에서 힘을 풀게 만들었다.

그것은 적산월도 마찬가지였다.

"대체 뭐야, 이게!"

등로를 놓고 그것이 스며든 땅을 본 그녀가 외마디 소리를 질렀다. 질척했던 땅이 하얗게 말랐고 균열에서 파란 불꽃이 너울거렸다. 그것을 유심히 본 관노가 지음의 소매를 잡고 뒤로 몇 발 물러났다.

"헉!"

장검을 늘어뜨린 흑백쌍살도 등로와 사이를 벌렸다.

그들의 그런 물러섬은 아주 작았지만 소우에게는 그리 작지 않았다. 빠르게 구부러진 엄지가 검지에 닿아 수인을 맺은 순간,

그 손을 하늘로 끌어올린 소우가 낮게 그것을 호명했다.

"천둔."

동시에 그것이 튀어 올라왔다.

픽!

그것이 팽련호의 회음을 부췄다. 그것은 아까 떨어져 내린 빛의 칼날이었다. 그 칼날이 팽련호의 척추를 타고 위로 솟구쳤다.

다다다닥!

순간 늑골이 베어져 나갔고 등가죽이 터졌다. 목의 연골이 함몰되면서 신경줄이 헝클어졌고 뇌의 주름이 펴지면서 머리뼈가 균열됐다.

푸앗—

떨어져 나간 살점과 뇌수가 팽련호의 정수리를 피로 물들였다.

"대가!"

그때쯤 사태를 눈치 챈 흑백쌍살의 장검이 등로를 향해 날아들었지만 소용없는 일이었다. 그 조금 전에 퉁겨진 애각구충의 무시가 그들을 직격해 버린 것이다.

퍼퍽!

피분수를 뿜으며 흑백쌍살이 날아갔다.

그들이 바닥을 구르기 직전, 비연회추로 미끄러진 개문이 적산월을 향해 주욱 늘어났다.

"홍!"

적산월이 코웃음 쳤다.

팽련호와 달리 그 이상한 칼날이 떨어질 때부터 긴장을 늦추지 않았던 그녀였다.

깡!

등로를 감았던 강편을 회수한 그녀가 개문을 후려쳤다. 개문을 휘돌아 오는 강편을 비킨 소우가 서둘러 물러났다.

"네놈이 이 적산월이를 죽일 수 있을 것 같아?"

"누나를 놔줘, 살고 싶으면."

"하! 어차피 이래 죽으나 저래 죽으나 마찬가지야. 뭐? 죽이지 않는다고? 야, 이 개새꺄!"

적산월은 지금 제정신이 아니었다. 문곡정의 그날처럼 충혈된 눈알이 희번덕거렸고 입은 거품을 물었다.

"누나를 놔줘."

소우는 꼬마였을 때의 감정이 새삼 되살아나 무풍을 개문으로 밀어냈다.

추릿.

"움직이지 마! 움직이면 이년은 죽어!"

강편을 집어 던지고 비수를 움켜잡은 적산월이 등로의 목을 바짝 꺾었다. 그러자 파란 혈관이 지나는 등로의 하얗고 기다란 목에 소름이 돋았다.

피가 흐르는 입술로 소우가 거듭 말했다.

"놔줘."

순간 개문이 적산월의 이마에 사환(死幻)을 찍었다.

낌새를 눈치 챈 적산월이 얼른 등로 뒤로 머리를 숨겼다.

"칫!"

사환을 회수하려던 소우가 움찔했다.

난. 지.금. 행.복.해. 너.를. 볼. 수. 있.어.서.

등로의 이마와 연결된 사환이 등로의 언어를 전달하기 시작했다.

'누나……'

그래, 생각해 보면 오랫동안의 기다림이었어.

나는 네가 잘 자라주었으리라고 생각했어. 너는 심지가 굳은 아이였으니까. 이 누난 할아버지를 돌려보내고 기절했다가 사흘 만에 깨어났단다. 가랑이에서 악취가 나는 고름이 질질 흘렀어.

'누나.'

그뿐 그날의 기억은 백지처럼 지워져 있었지. 오직 문곡정과 청연목, 네 모습만이 각인되어 있었어. 장 언니가 치료해 주며 말을 해줬단다. 미친개한테 물린 셈치라고. 이 누난 장 언니의 말을 이해하고 받아들였단다. 그리고 벙어리가 된 거야. 말이 나오지 않았어. 누난 이를 악물고 버티어냈단다. 다시 할아버지를 볼 수 있을 때까지, 너의 손을 잡고 청연목으로 가 우리가 새겨놓은 이름을 보는 날까지 살아야 한다고 생각했어. 그날의 기억이 떠올랐던 것은 네가 잡아놓은 여파달이란 파락호를 봤을 때였어. 내게 아무런 자격이 없다는 걸 깨달았지.

가.랑.이.에.서. 왜. 고.름.이. 나.왔.는.지. 알.았.던. 거.야.

'상관없어.'

"누나를 이리 보내면 살려주지, 적산월."

소우가 개문을 쳐들어 적산월을 겨눴다.

"병신새끼! 무릎을 꿇고 빌어도 못 놔줘! 도대체 이년과 무슨 사이니? 어렸을 때 손가락이라도 걸었니? 같이 잤어?"

"유치하게 놀지 말자, 적산월."

뒤집어진 개문이 달빛을 잘라 먹으며 수직으로 세워졌다 왼쪽 옆구리로 파(把)를 들이밀었다.

슥.

호선을 그린 첨과 함께 오른발이 일 보 전진했다.

스악—

공기가 베어지며 별 부스러기 같은 눈부심이 한 번 일었다. 동시에 어둠이 뒤로 멀어지면서 갈가리 찢어진 바람이 곤두박질쳤다.

"……!"

내심 팽팽한 긴장감을 즐기며 마음을 놓았던 적산월이 이 느닷없는 공격에 당황해 순간적으로 비도를 떨었다.

그러나 본능적인 동작으로 발을 번쩍 들어 등로를 찍었다. 그 발에 차인 등로가 개문이 베어오는 반경과 섞였다.

퍽!

"이런!"

갑작스런 사태를 지켜보던 우림이 눈을 감았다.

애각구충도 털썩 주저앉았다.

"누나아!"

됐.어.

실타래처럼 헝클어진 칼날을 본 등로는 미소를 지었다.

이.제. 됐.어. 너.의. 칼.은. 바.르.겠.지. 그.럼. 된. 거.야. 소.우.야.

등로는 죽음을 예감했다.

그러자 엉뚱하게도 눈물이 흘러내렸다.

그 눈물이 엉뚱했던 이유는 마음이 흐뭇함으로 가득 차 있기 때문이었다.

툭.

할아버지의 얼굴이 잠깐 떠올랐지만 할아버지가 키운 소우가 이렇게 훌륭한 청년으로 자랐다는 사실만을 생각하기로 했다.

생각해 보면 얼마나 고되고 벅찼던 날들이었나.

없어져 버린 기억에 대한, 그 기억의 결벽증으로 매달렸던 금(琴)은 잃어버린 말에 대한 보상이었다. 그렇게 금줄을 고르며 살지 않으면 안 됐던 나날들은 자신에 대한 안쓰러움이었고 위로였으며 자학이었다.

등로는 팔을 벌려 개문의 예기를 끌어안았다.

너.의. 칼.이.라. 면. 너.의. 칼.이.라. 면.

소우도 등로에게 밀려들어 가는 개문을 보고 있었다.

한 번의 손놀림에 도합 여섯 번의 칼질이 네 번을 연속해서 펼쳐지는 수법, 감장(甘䱐)이었다.

애초에 적산월을 향해 펼친 감장이었지만 고르지 못했다.

이런 중요한 순간에 칼잡이가 부동(不動)을 흩트린다면 통제할 수 없는 방향으로 칼이 뻗어 나간다.

직선상에 놓여진 투로(投路)는 표시나지 않아도 직선과 곡선을 교차해야만 하는 접로(摺路)의 경우에는 거의 통제 불능의 상태까지 몰고 가는 것이다.

지금 소우가 그랬다.

적산월의 비아냥거림으로 발생한 마음의 불퉁거림이 실렸기 때문에 감장은 거칠었고 사나웠다.

투로가 그리 헝클어진 만큼 투로의 중간에 뛰어든 어떤 사태를 대비한 접로를 생각할 수 없었다.

부챗살처럼 어둠을 죽죽 빠개며 등로의 전신으로 밀려들어 가는 감장을 바라보고 있어야만 하는 신세가 된 것이다.

그만큼 개문에 맞선 적산월의 순발력이 뛰어났고 등로 역시 죽음을 피할 생각보다는 받아들일 생각이어서 밀착도가 좋을 수밖에 없었다.

안 돼!

마음 저 아래에서 누군가 짧게 부르짖었다.

아버지 같기도 했고 고명경의 눈빛 같기도 한 그 짧은 부르짖음이 소우의 모든 관절에서, 근육에서, 신경에서, 하다못해 혈관 속을 흐르는 피의 입자들까지 맹렬하게 반응시켰다.

그러자 독사 혓바닥처럼 낭창거렸던 파가 눈 높이 아래로 떨어지면서 옆구리로 흘러내렸다. 내디딘 오른발이 발꿈치를 들었고 자연스레 양 무릎이 조여졌다. 그러자 개문에 집중됐던 무풍이 단전으로 빨려들었다.

주욱.

편 상태였던 오른손이 당겨지면서 구부러졌고, 자연스럽게 틀어진 왼손이 개문의 흐름을 완화시키면서 단락을 만들었다.

척.

내디뎌진 왼발이 비틀리면서 개문이 돌아왔고 바로 등에 달라붙었다. 그렇게 회수된 개문을 따라 눈을 꼭 감은 채로 팔을 한껏 벌린 등로가 날아들었다.

덥석.

칼날을 끌어안으려던 등로가 끌어안은 것은 소우였다.

"…됐어, 누나. 괜찮아. 괜찮아. 이젠 괜찮아……."

등로의 등을 쓰다듬는 소우는 괜찮아를 연발했다.

'소우야.'

천천히 눈을 뜬 등로가 눈썹을 휘면서 눈물을 훔쳤다.

소우가 자책했다.

“누나, 내가 잘못했어. 다 내 잘못이야.”

등로는 고개를 흔들었다. 그리고 말하려 노력했다.

“…소…….”

천 년같이 느껴질 만큼 아주 오랜 시간이 지난 후에 헤어진 입술을 비집고 마침내 말이 만들어졌다. 이어 혀가 조금씩 풀리고 성대가 움직였다.

“…소… 우야…….”

4

“잡아!”

애각구충이 날린 무시가 땅거죽을 파헤쳤다.

쾅!

퉁겨진 잔돌과 흙덩어리를 맞은 적산월이 뛰었지만 비연회추를 펼친 애각구려를 능가할 수 없었다.

펄럭.

무언가 어깨를 스쳤다고 느낀 순간, 뿌연 선이 일직선으로 그어졌다.

“칵!”

앞서 달리던 관노와 지음이 거짓말처럼 정지했다.

그들의 어깨 사이로 사람이라면 도저히 도달할 수 없는 거대한 덩치가 보여졌다. 그 덩치가 메고 있는 거대한 칼에서 새파랗게 일어선 칼날이 번득였다.

"사, 살려주세요, 대협!"

눈치 빠른 관노가 바닥에 납작 엎드리면서 어정쩡하게 서 있던 지음을 걷어찼다.

"마, 마찬가지네요!"

"난 대협이 아녀. 그리고 니들 좀 비켜봐!"

한 자 반(45㎝)은 죽히 되는 발이 진창에 박혀 있는 둘의 손가락을 분지르고 지나갔다. 아픔도 잊고 엉거주춤 일어선 둘의 시선이 애각구려를 지나 적산월에게 박혔다.

"퉤, 이 악독한 년!"

뭉툭한, 그래 더욱 두려워 보이는 도신에서 폭풍 같은 도기가 뿜어졌다. 그 도기를 감당 못한 옷자락이 펄럭이는데도 적산월은 태연했다.

"날 죽이고 싶다면 죽여도 좋아!"

목에 대어진 거도를 젖힌 적산월이 씹어뱉듯 나머지 말을 거도에 올려놓았다.

"진 노대 알지? 나를 죽이면 그 새끼도 죽어!"

"넌… 정말!"

"내 오늘은 운이 없어서 일을 그르쳤지만 그렇다고 아무런 대비도 없을 줄 알았니?"

"……."

그제야 애각구려는 등로가 인질이 될 수밖에 없었던 사연을 이해했다. 이 악독한 년 적산월은 육간과 친했던 진 노대를 먼저 잡아 등로를 잡는 수작을 부린 것이다.

“내가 돌아가지 않으면 내일 아침에는 진 노대의 잘려진 모가지를 볼 수 있을 거야. 어서 미련한 칼을 치워, 새꺄!”

“끙.”

산 너머 산이라더니… 등로를 구한 것으로 마무리될 일이 아니었다.

“익!”

분노를 참지 못한 거도가 적산월의 손가락을 제쳤다.

그뿐이었다. 애각구려는 적산월을 벨 수 없었다. 어느 사이 달려왔는지 여리가 거도를 제지했기 때문에.

“그 여자 말이 맞아요, 각 오라버니!”

여리 뒤에 선 북역하 주인 하후굉도 고개를 끄덕였다.

“맞습니다, 맞아요!”

“들었어?”

하얀 이빨을 드러낸 적산월이 힐끔 뒤를 돌아봤다.

“이봐! 염쟁이 새끼. 오늘은 그냥 가준다. 그렇지만 다음엔 반드시 네 모가지를 베겠어!”

슈악―

무릎을 구부리지 않고 흘러온 소우의 발이 허공을 갈랐다.

빡!

나가떨어진 적산월을 움켜잡은 소우가 이빨을 갈았다.

“진 노대 어딨어?”

키득키득.

적산월이 웃었다.

“너 같으면 가르쳐 주겠니?”

“…….”

"죽일 자신 없으면 이거 놔, 새꺄!"

소우는 고개를 숙이고 시뻘겋게 달아오른 무풍이 대번에 팔로 솟구쳐 올라온 것을 보았다.

탁환시(托幻矢)로 적산월을 두들기고 싶었지만 그럴 수 없었다.

홀홀 단신 제남에 처음 발을 디딘 꼬마를 무시하지 않고 따뜻하게 맞아준 사람, 눈에 넣어도 안 아프다는 듯 그 꼬마를 바라봐 준 사람이 바로 진 노대였다.

"…분명히 들어둬라!"

"……."

"진 노대에게 손가락 하나라도 댄다면 넌 아주 오랫동안 지옥을 경험하게 될 것이다. 너도 알다시피 난 육간 출신이니!"

"……!"

유부에서 우려내진 목소리에 어깨를 편 적산월은 대꾸도 잊은 채 소우를 봤다.

'이 자식!'

소우는 어렸을 때와 마찬가지로 계집애처럼 섬세한 얼굴이었다.

조금 더 창백해지고 깡말랐다는 것만 빼면 그리 달라지지 않은 얼굴. 그러나 거친 바람이 휩쓸어가는 세상의 끝, 명계를 바라보는 눈동자. 그곳에서 이글거리는 검은 화염이 그녀를 꽁꽁 얼렸다.

'소우!'

의지를 박아 넣듯이 적산월의 목을 한 번 꾹 눌렀던 소우가 돌아섰다. 잠시 망연한 눈이 됐던 적산월이 자리를 툭툭 털고 일어나 지음과 관노를 불렀다.

"앞장서!"

"예? 어… 디로?"
"돈영회!"

*   *   *

"…어떻게 지냈느냐 묻지 않겠어."

안개 속에 물비린내가 퍼지고 있었다.

"이렇게 살아 있어준 것만으로도 너무 고마워. 난 한시도 누나를 잊은 적이 없어."

"……."

언제나 그렇듯 역하는 물결이 겹치고 일어섰다가 내려앉는 소리로 존재를 알려준다.

"이해할 수 없는 일이 일어났고 이해할 수 없는 길이 펼쳐졌어. 납득하기에 벅찬 날들이 누워 있었어. 힘들다고 울지도 못했어. 그렇지만 이젠 아니야. 힘을 가졌다는 건 꿈을 꿀 자격이 있다는 거야."

"……."

등로는 소우의 말을 듣고만 있었다. 말이 살아났지만 할 필요가 없었다. 오랜 시간 인내하며 기다렸던 소우는 이제 어린애가 아니었다.

"아버지께서는 당신께서 하고 계신 일을 내가 물려받으면 안 된다 생각하셨지. 글을 배워 대서방(代書房)이라도 차려야 한다고 말씀하셨어. 내가 글을 모르는 사람에게 편지를 써주고 읽어주는 일, 관부에 올릴 공문을 대신 작성해 주고 해독해 주는 일을 하길 바라신 거야. 단순히 그것뿐일까?"

"……."

"글을 모르는 사람에게 글이란 곧 힘이야. 몇 줄의 글귀가 사람을 살리기도 하고 죽이기도 하니까. 감정을 상하게도, 흐뭇하게도 만들어 주니까. 글을 알고 난 이후 난 깨달았어. 그들… 글을 몰라서 늘 머뭇거렸고 두려워했던 우리 아버지 같은 사람들에게 진정한 대서쟁이가 되자고. 어쩌면 아버지께서는 그것을 바라셨는지 몰라."

억새를 쓸어가는 바람 소리가 머리카락을 날렸다.

펄럭펄럭.

"……."

"내가 상련을 하는 이유는 단순해. 난 정의나 협의, 의리 따위의 모호하고 어려운 말들은 몰라. 다만 내 주위에 있는 사람이 아파서 울 때 그 눈물을 닦아줄 수 있다면… 그 눈물을 흐르지 않게 해줄 수 있으면 돼. 굶는 사람에게 참고 견디다 보면 좋은 날이 온다는 식의 백 마디 공허한 조언보다 한 숟갈의 조를 내어주는 것. 곪은 상처를 어쩌지 못해 괴로워하는 사람에게 인내의 열매가 맛이 있느니 없느니 논하기보다 직접 입을 대고 고름을 빨아내 주는 것. 이런 구체적인 도움을 주는 대서쟁이가 되고 싶은 거야."

'그래, 이해할 수 있어.'

등로의 눈에 비친 소우는 누구를 닮아 있었다.

타협을 모르고 자신이 믿는 바대로 묵묵히 길을 간 나머지 사람들에게 괴팍하다 소리를 들었던 고려 사람. 한없이 고지식했고 정직했던… 그러나 불운했던 칼잡이 고명경.

역하로 나오기 전, 아직까지 과거의 수다가 남아 있는 유쾌한 막내 애각구충에게 그간의 일을 등로는 들었다.

그래 할아버지께서 풍산에 계신다는 말을 들었을 때의 기쁨보다 고씨 아저씨, 고명경이 소우에게 모든 것을 맡기고 눈을 감았다는 말을 들었을 때의 슬픔이 더 컸다.

"난 주어진 순리대로 살겠어. 과거의 상처와 모욕이 나를 순리로 이끌었다고 생각해. 누나도 그렇게 생각하길 바라. 그래야 마음이 편해서가 아니야. 누구나 한 번쯤은 받는 시련이었으니까. 그 시련은 가혹했지만 그만치 우리가 큰 거야. 그리고 마음을 놔, 누나. 장담하건대 다시는 모욕받지 않게 해줄 거야. 쫓기기 않을 거야. 소중한 사람을 벌판에 놔두지 않아. 이게 내 순리야."

"……."

물수리가 울었고 속눈썹에 매달린 안개가 푸르게 눈을 물들였다. 포구로 돌아가는 놀잇배들의 유등(油燈)이 뱀처럼 미끄러지는 역하는 아름다웠다.

펄럭펄럭.

바람에 길길이 날리는 머리카락, 눈썹처럼 부드럽게 휘어진 장도, 안개보다 더 창백하고 투명한 얼굴을 가진 소우 앞에 그 역하가 엎드렸다.

"넌… 잘할 수 있을 거야. 좋은 대서쟁이가 될 수 있을 거야."

꿈꾸는 눈으로 등로가 말했다.

"……."

소우는 대답하지 않았다.

'이제 곧 해가 떠오를 것이다.'

힘을 확인한 이상 적산월은 감히 진 노대를 건드리지 못할 것이라는 확신 속에 자부동의 어둠 속에서 오로지 빛만을 생각하며 살아왔던 날들이 피풍을 타고 뒤로 곤두박질쳤다.

"이제 우리는 모두 행복해질 거야."

소우가 말했다.

5

추적추적.

더위가 한풀 꺾이는 우기(雨期).

소우는 고개를 들어 창을 바라보았다. 처마 밑에 돋는 빗방울 너머로 빗금을 죽죽 그으며 어디론가 몰려가는 빗소리가 심란했다.

"우림이옵니다!"

뒤에서 우림이 머뭇거렸다.

소우는 우림이 그렇게 머뭇거리는 사연을 이해하면서도 충실하게 대꾸했다.

"말씀해 보세요."

하루 저녁에 용각사와 틈사파가 무너지자 돈영회는 칠공자파와 손잡고 사해상련의 전진을 가로막았다.

강력한 무력을 지닌 칠공자파가 선두에 서고 오랜 역사의 돈영회가 뒷받침된 전선(戰線)은 의외로 완고해서 접근이 용이하지 않았다.

돈영회 역시 사해상련이 목귀대 시절에 일구어놓은 공포와 피의 잔치를 똑똑히 각인하고 있어서 먼저 도발해 오는 어리석음을 범하진 않았다.

최전선을 담당하는 수하들 간의 산발적인 칼부림은 있었지만 두 파

모두 자파의 명운을 걸고 건곤일척(乾坤一擲)을 벌일 만한 준비가 되어 있지 않은 상태라 교착 상태를 유지하고 있었다.

잠시 한가해진 틈을 탄 소우는 개편을 단행했다.

대주, 수석, 군사라는 단순한 지휘 체계만 가지고 지휘를 할 수 없기 때문이었다.

용각사와 틈사파에서 흡수한 파락호들이 이백오십여 명을 헤아렸고 그 두 세력이 지배했던 상인들이 스물둘이나 됐다.

소우의 의중을 읽은 우림은 우선 만리향의 안쪽에 자리 잡고 있던 화가(花家)를 폐쇄, 원북역하에 두었던 본전을 이동시켰다.

불어난 덩치에 걸맞게 만리향 전체를 사해상련의 본전으로 삼은 것이다.

다음 용각사나 틈사파에 소속되어 있던 거상들을 한자리에 불러 모아 설득했고 충성을 서약받았다.

파락호들을 출신 성분별로 분리, 적소에 배치하는 한편 그중에서 근력과 덩치가 쓸 만하고 손재주가 좋은 파락호 오십 명을 추려내 다섯 명씩을 한 조로 묶어 오 일 간격으로 풍산촌에 올려보내고 있었다.

풍산촌에 도착한 그들은 귀곡선생으로부터 기본적인 무공과 합격술을 교육받은 후 제남으로 보내질 것이다.

"항복한 자들이 문제이옵니다."

고민을 털어놓은 우림이 소우의 답을 기다렸지만 소우는 묵묵부답이었다.

조금 더 기다린 우림이 부연했다.

"신안천리 노공, 그가 불러온 황하어옹 마여, 미요랑 두위주 와 인도 강염의 자리가 마땅치 않사옵니다. 어디에 두어야 하올지……."

그들은 가진 바 무공과 재주가 뛰어난 자들이라 파락호로 취급해 무시해 버리자니 뭔가 아귀가 안 맞고, 그렇다고 지휘부에 끼워 넣자니 속을 알지 못했다.

신안천리 노공과 같은 경우에는 더욱 심각했다.

"특히 노공이란 자의 경우에는… 신기(神氣)를 억제하지 못하고 때와 장소의 구분 없이 괴상한 말과 행동을 일삼고 다니는 자이옵니다. 그가 자리 잡을 마땅한 곳이 없어서 이리 고민이옵니다."

노공은 소우를 보자 대뜸 '기다렸던 하백(河伯)님의 현신'을 연발하며 땅에 납작 엎드려서 기이한 신음 소리를 냈다.

그를 떠올린 우림이 눈썹을 찡그린 것은 당연했다.

"그렇군요."

빗금으로 지나가는 비를 보고 있는 소우가 대꾸했다.

"……!"

우림는 숙였던 고개를 들어 소우를 봤다.

창백한 얼굴색은 여느 때와 다름없지만 입가에 보일 듯 말 듯 매달린 것은 분명 온기였다.

외부의 자극에 즉각 반응했고 지나치리만치 잔혹하게 대응했던 사람의 입가에 걸린 그 온기는 많은 것을 생각하게 했다.

"으음."

칼잡이의 예리함과 문사의 유현(儒賢)함을 동시에 지닌 소우. 세력을 이루기 전에는 피와 공포로 뭉쳐진 칼잡이였지만 이렇게 세력을 이룬 후에는 둥그러지는 모습을 보이고 있었다.

우림을 비롯한 사해상련의 수뇌들은 소우의 그 미세한 변화를 선명히 느끼고 있었다.

"이 사람이 만나보고 결정하겠습니다, 군사."

"예? 그러시다가 노공이란 자가 또 망령된 입술을 놀리면 어떻게 하시려고 그러시옵니까?"

흥분하지 않을 수 없는 우림이었다.

'하백의 현신'을 주절거리며 땅에 납작 붙었던 노공이 갑자기 벌떡 일어선 것까지는 좋았다.

그러나 그는 참람하게도 황제에게나 올리는 만세(萬歲)를 외치며 울부짖었다. 그런 황당하고 민망한 사태가 다시 일어나지 말라는 보장이 없기 때문이었다.

"그자는 정말 아무런 대책이 없는 자이옵니다. 그자는 내일에 벌어질 일을 미리 알고 사람의 전생과 후생을 짐작한다 하옵니다. 아울러 귀신들과 통하는 능력을 지녔다는 소문이지만… 소생이 보기에 그저 과장된 소문일 뿐이옵니다. 날씨를 귀신처럼 알아맞히는 재주밖에 없는 것 같은 미치광이에게서 또 무슨 봉변을 당하시려고 그러시옵니까?"

"아닙니다. 이 사람의 생각은 좀 다릅니다."

뚝뚝 부러지는 듯했던 말투도 많이 부드러워져 있었다.

우림은 가만히 소우의 말을 기다렸다.

"사해상련은 이제 목귀대가 아닙니다. 많은 사람들과 교류해야 하고 그들을 받아들여야 합니다. 물론 버릴 건 마땅히 버려야겠지요. 이 사람이 봤을 때 노공이란 자는, 그런 부류에 있는 다른 자들과 다릅니다. 재주를 과신한 나머지 남을 업신여긴다거나 약점을 물고 늘어지는 따위의 치졸한 행위를 일삼던 자가 아니라는 말이지요. 남에게 해악을 끼치는 자는 아니질 않습니까?"

"그건 그렇사옵니다만……."

"그렇다면 만나서 의중을 물어야겠지요. 그를 비롯한 황하어옹이나 미요랑, 인도 같은 자들은 어중이떠중이들이 아닙니다. 이미 완성된 자들이고 완성을 향해서 가는 자들입니다. 스스로 무릎을 꿇고 들어온 이상, 자신들이 있어야 할 곳이 과연 어딘지, 자신들을 어떤 부분에서 가장 필요로 하는지 알고 있을 겁니다. 그걸 물어보겠다는 겁니다."

"……."

"이 사람은 그들의 선택을 존중할 겁니다. 그들에게 군사께서나 이 사람이 나서서 함부로 길을 정해주는 건 온당치 못합니다. 힘으로 승리한 이상, 우리는 아량으로 그들을 맞이해 주어야 합니다. 그러면 그들과 우리 사이에 승자와 패자라는 간격은 존재치 않게 되고, 그럼으로써 그들과 우리는 진정한 하나가 되는 겁니다. 이 사람은 그렇게 믿고 있습니다."

간곡한 의견의 피력이었고 일리있는 설득이었다. 마땅히 할 이야기가 없어진 우림이 수염을 쓸어 내렸다.

"에헴!"

그의 머리 속에 귀곡선생의 환영이 보여졌다.

단순한 거연창을 만난 이후 칼잡이를 경멸해 온 우림이 칼잡이들의 집단인 목귀대 군사가 된 것은 귀곡선생의 확신이 제일 크게 작용했다.

얼굴에 웃음을 가득 띤 귀곡선생은 그에게 이렇게 말했다.

"두고 보게, 저 아이는 자네를 실망시키지 않을 터이니. 좁은 도랑을 흐르는 급류는 기세가 험악하지. 그러나 강을 만나면 강과 합류하여 잔잔하고도 깊게 흐르는 법이네. 저 아이에게 강이란 바로 세상일세. 그 강으로 저 아이를 인도해 주게."

"그들을 불러오세요, 군사."

하백은 세상의 바다와 강을 다스리는 수신(水神)이다.
지역마다 조금씩 차이는 있지만 대부분 용왕, 즉 용으로 불려진다.
요동을 비롯한 동북지방에서는 '해밝' 이라 불려지며 천지신(天地神)을
상징하기도 한다.

"어흠. 노공… 이 노괴, 다시 한 번만 그 따위 망령을 떨면 몇 대 맞
을 줄 알아."
"너나 잘해, 자식아. 누군 뭐 그러고 싶어서 그러냐? 마음속에 계신
상제(上帝)께옵서 가르치시는 걸 낸들 어떡하누?"
"호! 그래?"
"쓸데없는 데 신경 쓰지 말고 네놈이나 물고기들에게 악업을 쌓지
마. 살생 좋아하는 놈치고 잘 됐다는 말을 들어본 적이 없어. 하긴
뭐… 어떤 놈은 정도를 벗어난 지 오래라 황천에도 자리가 없다는구
먼. 카카."
"뭐? 이 자식이!"
"어? 주먹을 들어? 그래, 패라, 자식아. 나일 처먹었으면 나잇값을
해야지. 천벌을 받을 거야, 이 살귀 놈아."
"사기 치지 마, 노괴. 속일 사람을 속여야지, 이 어르신은 안 속는다,
안 속아."
"허!"

조우관(鳥羽冠)을 삐딱하게 눌러쓴 사 척 단구 노공과 맑은 눈매에 고집스런 코를 가진 마여는 나이가 엇비슷했고 같은 암대 소속이어서 친구 사이가 된 지 오래였다.

"곱게 늙어, 노괴야. 신빙성없는 육효(六爻) 따위에 매달려 마음 약한 사람들 겁이나 주면서 살다 보면 죄받는 게야."

마여의 느물거림에 노공이 퉁방울 같은 눈알을 희번덕거렸다.

"이 빌어먹을 놈! 노신선을 이리 대우하다니… 나쁜 놈!"

마여가 벌컥 소리를 질렀다.

"야!"

"아이고, 귀떨어지겠네. 살살 말해, 자식아."

"대체 하백은 뭐고 만세는 뭐냐! 만약 지나가던 관부 놈이라도 그 소리 들었어 봐라, 자식아. 당장 참수감이야! 사기꾼에다 얼굴도 못생긴 네놈 죽는 거야 아깝지 않지만 이 늙은이는 좀 더 살아야 할 이유가 있어."

"아, 임마. 환갑이 다 되도록 장가도 못 간 놈이 무슨 할 일이 있어? 오쟁이 한 번 더 지려고? 카카카."

"……."

"창피하지? 민망하지? 거 봐, 자식아. 캌캌캌."

"못된 자식. 끄음."

다 지난 일을 끄집어내서 무엇 하누.

기녀와의 좋았던 한 시절을 떠올린 마여가 망연히 추녀에서 떨어지는 빗물을 바라보았다.

'은자가 욕심나 살았을 게야.'

기름기 빠져 썩은 대나무 냄새가 나는 늙은이의 식은 가슴에 평생을 걸 여자가 어디 있을까. 그녀를 죽여 버리며 내가 울었던 이유는 그녀에 대한 미움이 아니라 나에 대한 미움이었을지도.

늙어버린 주제도 모르고 손녀 같은 젊은 여인에게 마음을 의지할 수밖에 없었던 어리석은 은애에 대한 미움이었을지도.

"어? 이 자식, 충격 먹었네. 여하튼 이 자식한테는 농담도 못해."

"놀리지 마, 이놈아."

노공이 정색했지만 마여는 빗방울만 바라보았다.

그러자 무안해진 노공이 슬쩍 지나가는 듯한 말을 흘렸다.

"으흠. 너도 다 됐어. 그까짓 말로 삐치다니… 오늘쯤은 무슨 연락이 올 게야. 그러면 네놈이나 이 노신선이나 마지막 불꽃을 살라야 해. 죽을 자리를 잘 고르는 것도 복(福)이야."

"연락이 온다?"

빗방울에서 눈을 뗀 마여가 노공을 바라보았다.

"그래, 이 빌어먹을 늙은이야. 오늘 하백님께서 부리시는 큰 쥐가 와서 우릴 물어갈 게야. 살귀야, 이 노신선이 왜 용각사에 있었는지 아느냐?"

잠시 눈썹을 모았던 마여가 노공을 봤다.

"누굴 기다린다 했잖아."

"자식, 그래도 기억력은 있네?"

"아무렴. 사기꾼인 네놈보다야 못할라고."

오래전에, 처음 용각사에 몸을 담았을 때 노공은 말했다.

"그분께서 오시기를 기다려. 이런 구질구질하고 추잡한 파락호들의 집단으로 오시는 게 납득이 안 되지만, 신탁을 믿고 기다릴 밖에. 그분은 아수라로 군림하실 거야. 불과 얼음, 칼과 글의 노래를 부르시며 주작을 앞세워 오신다고."

그때는 신병(神病) 들린 미치광이의 헛소리라고 생각했는데 아닌 모양이었다.

"그렇다면?"

"맞아."

"……."

이번에는 노공이 빗방울을 바라보았다.

"들불처럼 세상을 쓸어버릴 분, 그분이 바로 하백님이야. 입에선 불을 토하고 발톱엔 얼음장이 매달린 분, 황천의 풍경을 알고 계신 분, 세상의 끝자락을 바라보시는 분이 바로 그분이야. 살귀야, 우린 복을 받았어. 이제부터 그걸 알게 될 게야."

6

노공이 산세 수려하고 물굽이 유려한 계림(桂林) 강현(康縣) 출신이어서 부드러운 성격인 데 비해, 미요랑 두위주는 모래바람 심하고 소금처럼 짠 눈이 내리는 척박한 땅 청해(靑海) 속현(屬縣) 출신이어서 거친 성격이다.

그런가 하면 인도 강염은 밀과 목화가 아름다운 관중평원 봉상(鳳翔) 출신이어서 여성스러운 성격이었다.

"캭캭캭. 자네들은 아무리 봐도 바꿔 됐어."

육 척 장신. 여인의 몸으로 사십 근짜리 철부를 등에 진 두위주와 아담한 키에 오절곤을 옆구리에 꽂은 강염을 본 노공이 악의없이 웃었다.

"홍."

"어흠."

두위주와 강염은 얼굴을 붉히지 않았다.

다른 사람이 이런 소리를 했다면 성격 급한 두위주의 주먹이나 철부가 날아갔을 테지만 상대는 사람인지 귀신인지 경계가 모호한 노공이었다.

"노야(老爺), 노야께서는 나이를 거꾸로 잡수시는 것 같소!"

심정이 사나워진 강염이 툴툴거렸다.

그와 두위주는 황하어옹 마여를 따라 사해상련에 항복했다. 대형이 항복을 결정했으면 불만없이 따라야 한다 생각해 흔쾌히 무릎을 꺾은 것이다.

그러나 사해상련은 벌써 며칠째 가타부타 기별이 없다.

그것이 심란한 강염은 투정을 부리지 않을 수 없었다.

그를 바라본 노공이 썩은 이빨을 허물었다.

"캬캬캬캬. 여하튼 젊은 녀석들은 어쩔 수 없다니까. 이놈아! 이 노신선이 얼마나 말해야 알아듣겠어? 오늘쯤이면 큰 쥐가 우릴 물어갈 거라고 그랬잖아."

"아, 글쎄 큰 쥐가 우릴 물어간다는 뜻이 뭐냐, 이 말씀이지요. 세상에 사람을 물어갈 만큼 큰 쥐가 어디 있습니까? 노야는 가끔 일곱 살 먹은 아이만도 못하십니다."

"으잉?"

"노야께서도 생각을 해보세요. 비 온다 하셔서 죽산(竹傘)을 준비하면 맑고, 맑을 거라 하셔서 죽산을 버리면 그날은 꼭 비가 옵니다. 그 반대로 행동해도 비를 맞기는 마찬가집니다.”

“카카칵. 그래도 머리는 있어서… 이놈아, 비는 보약인 게야.”

“……?”

“뜬 먼지로 가득한 세상이 흐려 보일 때, 그래 이놈이 저놈 같고 저놈이 또 이놈 같을 때 보다 분명히 색깔을 드러내라고 상제께서 내려주시는 보약이 바로 비란 말이지. 퍼런 것은 퍼렇게, 벌건 것은 또 벌겋게 쑥쑥, 자라게 만드시니 말이야.”

“그것이 사람과 무슨 상관이 있습니까?”

여전히 투정을 부리는 강염이었다.

“이놈아, 넌 어떻게 곡식을 영글리는 비 한 방울의 귀함은 생각지도 않고 네놈을 때리는 비 한 방울의 귀찮음만을 생각하냐? 자고로 혈기를 가진 놈들은 당장 눈에 뵈는 것밖에 몰라. 요란한 소리와 화려한 치장, 기괴함으로 눈을 현혹하는 것에 열광해. 사실 그런 외피로 포장된 물건치고 속이 제대로 찬 물건이 없어.”

“끄음.”

“이놈아, 어미젖을 뗀 지가 언제인데 그 따위 유치한 것만, 달디단 것만 밝히느냐? 그것들이 네 눈을 버리고 네 이빨을 썩혀 결국 시궁창에 너를 박아버릴 게야. 카카.”

“…….”

옆길로 새도 한참이나 샌 말이었다.

도대체 무슨 말끝에 저런 소리가 나왔는지 강염은 한참 생각했지만 도저히 알 수가 없었다.

대꾸를 하지 않으면 노공은 옆길로 잘 새는 평소의 버릇대로 지신(地

神)과 천신(天神), 서왕모(西王母)와 동왕공(東王公)의 시시콜콜한 연애 담까지 꺼낼 판이었다.

"카카… 무공도 마찬가지. 이제 겨우 칼 쥐는 법을 배운 놈이 더 험악하게 설쳐. 실력은 땅바닥인데 마음은 일류야. 그 설익은 칼로 이곳저곳을 시끄럽게 쑤시고 다니길 좋아해. 내가 칼을 잡았으니 한번 봐 달라고 칭얼거려. 그러다 골로 가는 게야."

"……"

"어떤 놈은 비슷한 부류를 모아놓고 스스로 일류칼잡이라고 떠벌리길 좋아해. 대단한 무공을 지닌 것처럼 몸을 부풀리는 거지. 생각해 봐. 담금질도 모르는 놈이 칼 비슷한 걸 만들어 가지고 마구 휘두르며 '난 대장장이다' 입에 게거품을 물어. 그러면 이 노신선은 그냥 손을 들어 줘. '그래, 너 잘났다. 네 옆차기 쥑인다' … 하고 마는 게야. 카칵칵."

"노야!"

드디어 미요랑 두위주의 거친 성격이 폭발했다. 철부를 끌러 땅에 소리나게 내려놓은 그녀가 소매를 걷어붙였다.

"대체 그 큰 쥐는 언제 오는 겁니까?"

"음?"

노공이 힐끔한 눈을 들어 문을 바라봤다.

"지금 왔잖아?"

"예?"

두위주와 강염이 서로를 보며 고개를 기울였다.

늙으면 어린아이가 된다더니… 노공에게 한두 번 골탕 먹은 것이 아니어서 어딘가 미심쩍어하는 표정이 역력했다.

둘의 그런 표정은 금방 바뀌었다.

끼이익—

습기 먹은 문 장식이 길게 빗소리를 끌며 문을 옆으로 밀어냈다.

"우림이외다!"

여전히 추적추적 돋는 빗방울 아래 대나무에 기름종이를 덮은 죽산이 빙그르르 돌았다.

"여러분들을 모시러 왔쇠다!"

자부동의 숨구멍에 햇빛이 들지 않는 날은 오늘처럼 비가 내렸다. 어둠도 아니고, 어둠이 아닌 것도 아닌 희뿌윰한 공간을 점점이 내려 앉히며.

벽에 빼곡이 음각된 무공과 도형들, 천장까지 쌓아 올려진 고서들… 합종과 연횡에 대한 조사들의 시각과 실패에 대한 교훈이 그 빗방울에 묻어 땅에 고였다.

소우는 시간의 흐름을 알기 위해 하루에 한 구절씩을 익힌 다음 그 아래 빗금을 그어 표시를 하기 시작했다.

이 빗금이 늘어날수록 생각은 명료해지는 대신 말이 우둔해졌다. 가끔씩 '이야!' 소리를 질러보았다. 소리 지를 때마다 지난 세월 동안 켜켜이 쌓인 먼지가 풀썩였고 교룡이 울부짖는 메아리로 자부동 전체가 차 올랐다.

깍깍.

천년편복(千年蝙蝠)이 시끄럽게 날았다.

거꾸로 매달려 눈을 반짝이던 그것들은 엄중하게 밀려오는 파동을 견디지 못하고 빗방울을 거스르며 숨구멍 위로 치솟아올랐다. 그러면 천장을 기던 백오공(白蜈蚣)이 우박처럼 떨어졌다.

아작.

천년편복을 씹으면 입 안이 비릿해지면서 아랫배가 뜨뜻해져 왔다. 그 이상한 느낌은 전신으로 번졌는데, 사람의 몸을 솥이라고 가정한다면 그 비릿한 육향과 붉은 육질은 솥을 달구는 불꽃 같았다.

뜨거워 더 이상 견딜 수 없을 때는 백오공을 씹었다.

밤꽃 냄새.

입 안에 금방 차 오르는 달디단 육향, 깔깔한 백오공의 각질에서 우러난 부드러운 물은 천년편복이 지펴놓은 불꽃을 죽였다.

그리 불꽃을 조절하며 무풍선식을 하면 감빛 기화살 모양의 무풍이 폭포처럼 웅장해졌고 강처럼 넓어졌다. 그 밑도 끝도 없는 웅장함과 넓어짐을 지나면 무한의 공간이 열렸다.

주작이 날아다니는 바다가 보였고 땅거미 지는 황야가 보여졌으며 달을 문 개들이 경중거리는 황천이 보여졌다.

달의 뒤편으로 지는 별들, 오래전에 출발한 바람, 녹슨 이파리가 긋고 지나간 계절… 그런 것들이 떨어져 내리는 풍경은 아득했다.

자부동의 상념에서 깨어난 소우는 문을 보았다.

창호지에 어른거리는 그림자 너머로 여전히 비가 지나가고 있다. 그때의 비와 지금의 비가 다를까.

그때 내린 비는 마음을 적셨고 지금 내리는 비는 육체를 적신다.

그것만 다를 뿐이다.

그렇다면 다르다고 말해야 하는가.

"대주! 그들을 데려왔습니다!"

"어서 들어오세요, 군사."

얼마 전까지 목숨을 걸고 싸웠던 사이.

황하어옹 마여는 마음이 불편했다. 이런 경우, 화해하면 더 친해지는 법이지만 살수로 평생 살아온 고집스런 성격은 서먹함과 계면쩍음, 민망함이 뒤엉킨 심연으로 그를 머뭇거리게 만들었다.

"흐음."

문이 열리자 사방 십 장에 달하는 회의실이 한눈에 들어왔다. 탁자의 좌우에 앉아 있는 상인들의 시선이 마여와 노공에게 집중됐다. 삼십여 명에 이르는 그들의 시선을 한꺼번에 받자 마여는 어깨를 움찔했다.

"잘 오셨습니다, 여러분!"

탁자 중앙에서 검은 피풍을 걸친 소우가 팔을 벌렸다.

"…찾으셨나이까?"

엉거주춤 허리를 꺾은 마여에게 주작기를 배경으로 선 소우가 미소로 답했다.

"아이고! 하백님!"

또 그 이상한 하백타령에 철렁한 마여가 노공을 제지했지만 노공은 부득불 바닥에 납작 엎드렸다. 그러자 상인들의 어리둥절해진 시선이 바닥에 엎드린 노공의 등을 쓸었다.

'이 고집불통.'

마여는 고개를 흔들었다. 부름을 대기하고 있는 동안 우림이 그리 주의를 주었음에도 또 이리 망령된 행동을 한다.

"련주를 부를 때 하백이란다거나 만세 따위를 부르지 마시오!"

이곳으로 오는 도중에도 '큰 귀를 가진 쥐' 우림은 신신당부했다. 그때 노공은 먼 산을 보며 잠자코 있더니 기어코 이런 사단을 벌인 것이다.

"하백님."

고개를 든 노공의 숯검정 같은 얼굴이 경련했다.

"사람이 제아무리 날고 기는 재주가 있어도 겨우 한 세대일 뿐이옵니다."

할 말이 아주 많은 노공이었다.

"……."

"길게 잡아 그 한 세대를 육십 년이라 보면 사람이 재주를 부릴 수 있는 기간은 삼십 년을 채 넘지 못하옵니다. 어릴 때는 너무 어려 재주가 필요치 않고 백발이 되어서는 재주가 필요치 않아 재주를 부리지 않사옵니다."

"……."

마여는 가시 방석에 앉은 듯한 따가움을 느꼈지만 어리둥절했던 상인들의 시선은 점차 가라앉고 있었다.

허튼소리라도 그의 입에서 나온 소리면 허튼소리가 아니라 천 근의 무게를 지닌 신안천리 노공이 아닌가.

"또한 재주를 부릴지라도 그 재주로 인해 덕을 보는 사람은 재주를 부린 사람보다는 인근에 있는 누군가일 경우가 많사옵니다. 주인이 따로 있단 말씀이지요. 일례를 들어, 아비가 재주를 부리면 자식이 그 열매를 먹는 것처럼 말이옵니다. 결국 이 늙은이의 주인은 하백님이셨다는 것을 알았사옵니다."

잠시 말을 끊은 노공이 소우를 바라봤다.

고개를 한쪽으로 기울인 소우가 대꾸했다.

"노공, 이 사람은 하백이 아니올시다."

노공이 부정했다.

"아니옵니다, 당신은 분명 하백님시옵니다."

"인정하지 않습니다."

"인정하고 안 하고의 문제가 아니옵니다."

"……."

"하백이시라 해서 전설처럼 머리에 뿔을 다시고 하체에 비늘을 덮으신 괴이한 형상으로 오신다면 누가 그분을 하백님이라 인정할 것이며 따르겠사옵니까? 그런 끔찍한 괴물을 아무런 선입감 없이 따를 사람은 천지에 없사옵니다."

"……."

"만일 하백님께서 그런 형상으로 오셨다면… 그분이 바로 자신들이 기다리던 하백님이 분명함에도 자신들과 다른 생김을 가지고 있음에 사람들은 경계를 하고 핍박을 하겠지요. 그들의 냉소와 돌팔매에 그렇게 오신 하백님은 피를 흘리며 아무런 보람도 없이 돌아가실 것이옵니다."

"……."

사람들은 지금 말하는 자를 노공이라 생각지 않았다.

노공 안에 들어 있는 어떤 존재가 노공 입을 빌어 사해상련의 젊은 주인을 설득한다 생각한 것이다.

"련주, 괴력난신(怪力亂神)을 빌어 무엇을 이루려는 시도는 혹세무민(惑世誣民)일 뿐 이제 통하지 않사옵니다. 그럼에도 불구하고 이 늙은이가 하백님이라 거듭 말씀을 드리는 이유는 바로 하백님께서 달아 주신 날개가 이 늙은이 눈에는 보이기 때문이옵니다. 련주… 께서는 하백의 운명을 타고나셨사옵니다."

“……..”

소우가 벌렸던 팔을 내려 탁자를 짚었다.

그러자 등에 매달린 개문이 출렁 내려와서 탁자에 환을 드렸다.

가볍게 눈을 들어 올린 소우가 노공을 바라보았다.

“믿지 않습니다, 노공!”

“……..”

“이 사람에게 힘을 가진 자의 도리, 힘을 가진 자라면 마땅히 짊어져야 할 세상에 대한 책임과 의무. 다시 말하면 대의나 정의를 논하시려는 겁니까? 그러셨다면 아쉽게도 잘못 짚으셨습니다. 이 사람은 그러한 허울, 혹은 자기 위안 따위에 얽매어 고상하게 세상을 살고 싶은 마음이 없습니다.”

“하백님!”

“더 들으세요, 노공!”

“……!”

“수천 년 동안 식자들은, 위정자들은 그런 명분에 매달렸습니다. 악(惡)보다 선(善)을, 불의(不義)보다 정의를 부르짖었습니다. 그래서 그들의 부르짖음대로 이 세상이 선해졌습니까? 정의가 강물처럼 넘치는 그런 세상이 왔습니까? 아닙니다. 악은 더욱 교묘해졌으며 불의는 어디에나 넘칩니다.”

“……..”

“그렇다면 말입니다, 그들이 부르짖었던 선과 정의는 과연 무엇일까요? 선을 가장한 악, 정의의 껍질을 쓴 불의. 더불어 자신만이 절대 선이고 정의라는 독단이 아니었을까요?”

“……..”

"그리고 그들에게 선과 악, 불의와 정의를 가늠할 수 있는 잣대는 누가 주었을까요? 좋은 옷, 따뜻한 먹거리, 존경… 이런 세속적인 꿈에 취해 그것을 영속시키려 획책했던 그들과 그들의 가신들이 스스로 만들어낸 참람한 잣대가 아닙니까?"

"……."

"그래 이때까지 그렇게 흘러왔으니까 이 사람이 나서야 한다고 말씀하시려는 겁니까? 이 땅에 선을 세우고 정의를 이뤄야 한다고 말씀하시려는 겁니까?"

"……."

"다시 한 번 말씀드리지만 이 사람은 그 따위 허무맹랑한, 도저히 불가능한 가치를 믿지 않습니다. 처자식이 굶고 있는 상황에서 공자왈 맹자왈, 흰소리를 늘어놓지 않겠다는 말입니다."

"……."

"처자식이 굶는다면 서책을 팔아서 식량을 구해야 합니다. 아프다면 칼로 의원의 목을 눌러서라도 약을 구해야 합니다."

"……."

"한 번도 겪어보지 못한 극락의 즐거움을 위해 이 땅의 지옥을 감내하기보다 그 지옥을 깨부수고 이 땅에 이 사람만이 생각하는 극락을 만들겠다는 말입니다. 그런 노력이 식자들에게 악이고, 불의라고 지탄받아도 이 사람은 개의치 않습니다. 아시겠습니까?"

소우의 눈동자에 잔잔하게 일렁이는 검은 화염을 본 노공이 다시 바닥에 엎드렸다.

"하백님!"

노공은 더 이상 말을 잇지 못했다.

소우와 눈이 마주친 순간, 번갯불이 지나가는 것처럼 신명(神明)이 사라지고 잡다하게 떠올랐던 생각도 하얗게 사위어 순수한 결정만을 보여줬기 때문이다.

"끄음."

그런 노공을 따라 소우가 칼만 잘 쓰는 새파란 파락호인 줄 알았던 상인들이 고개를 수그렸다.

"일어나세요, 노공. 이 사람의 생각은 그렇습니다. 그런 구체적인 노력을 이 사람은 노공께 원합니다. 황하어옹께도, 어옹의 두 동생 분께도 원합니다. 사사로운 감정은 없습니다. 마음을 편히 가지세요."

『천도비화수』 4권에 계속…